大方
sight

[阿根廷] 尼古拉斯·迦科波恩 著
卜珊 译

Nicolás Giacobone

失败笔记本

EL CUADERNO TACHADO

中信出版集团 | 北京

图书在版编目（CIP）数据

失败笔记本 /（阿根廷）尼古拉斯·迦科波恩著；卜珊译 .--北京：中信出版社，2020.1
ISBN 978-7-5217-1227-8

Ⅰ .①失… Ⅱ .①尼… ②卜… Ⅲ .①长篇小说-阿根廷-现代 Ⅳ .① I783.45

中国版本图书馆 CIP 数据核字（2019）第 256486 号

失败笔记本

著　　者：［阿根廷］尼古拉斯·迦科波恩
译　　者：卜　珊
出版发行：中信出版集团股份有限公司
（北京市朝阳区惠新东街甲 4 号富盛大厦 2 座　邮编　100029）
（CITIC Publishing Group）
承 印 者：上海盛通时代印刷有限公司

开　　本：880mm × 1230mm　1/32　　印　　张：10.25　　字　　数：208 千字
版　　次：2020 年 1 月第 1 版　　印　　次：2020 年 1 月第 1 次印刷
京权图字：01-2019-4734　　广告经营许可证：京朝工商广字第 8087 号
书　　号：ISBN 978-7-5217-1227-8
定　　价：52.00 元

目 录

失败笔记本

一切都始自一部电影剧本。

一部我本不该写出的剧本。

《莫扎特传》[1]是一部伟大的剧本。

这部剧本我已经读了十多遍，我对这部作品认真研究、细细品味、吞咽吸收，然后再用手指伸进嘴去抠嗓子眼儿。

《莫扎特传》最初不过是一部出色的舞台剧作品，后来才成了一部了不起的电影剧本。

但舞台剧剧本可远远比不上电影剧本。

彼得·谢弗[2]将自己优秀的舞台剧作品变成一部个人特色鲜明（可能也没那么鲜明）的伟大的电影剧本，以这种方式，他大大超越了自我。

彼得·谢弗在创作这部戏的舞台剧本时，不可能想得到在按

---

1 《莫扎特传》（*Amadeus*），由彼得·谢弗编剧，米洛斯·福尔曼执导，F·默里·亚伯拉罕、汤姆·休斯主演，摄于1984年的美国影片。该片以倒叙方式讲述音乐家沃尔夫冈·阿马迪乌斯·莫扎特的一生。影片获第57届奥斯卡最佳影片、最佳导演、最佳男主角等八项大奖。（除特别说明，本作品中注释均为译者注。）

2 彼得·谢弗（Peter Shaffer, 1926–2016），英国当代著名剧作家，代表作品有《莫扎特传》（*Amadeus*）、《恋马狂》（*Equus*）、《皇家猎日》（*The Royal Hunt of the San*）等。

照他的剧本拍电影时 F·默里·亚伯拉罕[1]会如何表现；其实他根本不知道自己的戏剧作品最终会成为一部电影，而且还是一部能赢得一切的电影。在那部电影中，F·默里·亚伯拉罕以一种史无前例的淋漓尽致将一个艺术家与自己那无可救药的平庸之间的抗争表现出来，对此，彼得·谢弗在写剧本时也完全一无所知。

F·默里·亚伯拉罕的"F"到底隐藏了什么名字？

费迪南德。

菲洛梅诺。

费德里科。

圣地亚哥·萨尔瓦铁拉说，那个"F"什么意义都没有，F·默里·亚伯拉罕的原名就是"默里·亚伯拉罕"，默里给自己的名字加了个"F"，只是因为他觉得这样念起来更好听。

萨尔瓦铁拉告诉我，F·默里·亚伯拉罕是个让人很瞧不上眼的家伙。

我问他是怎么知道的，而他就像每次我问了一个他不希望我问的问题时那样瞥了我一眼，然后就走出地下室，关上了门。

他还说过，F·默里·亚伯拉罕是一个让人瞧不上的天才。

但是，难道我们所有人不都有那么点儿让人瞧不上吗？

不，问题不在这儿，我们大多数人都不是天才，这才是问题所在。

绝大多数人都不是天才。

1　F·默里·亚伯拉罕（F. Murray Abraham, 1939–　），美国演员，曾在《莫扎特传》中饰演宫廷乐师萨列里一角。

彼得·谢弗是个天才。

可他现在还是天才吗?

还是他以前曾是天才?

在他那有着宽大窗户、没有阳光时由大大小小各种灯具照明的舒适书房里，彼得·谢弗用打字机写出了自己的舞台剧剧本，然后又写出了电影剧本。

而我却生活在一间地下室里。

五年以来，我一直住在这间地下室里。

我所拥有的，只有一盏光线昏暗的小台灯。

早上六点到七点，我都在一个笔记本上写东西。

圣地亚哥来地下室时会带着他的椅子、咖啡、水果盘，以及打印好的、边白处密密麻麻写满通常是负面评语的剧本，而在他下来前几分钟，我把在笔记本上写过的东西都涂掉。

诸位（如果这个“诸位”真的存在）现在读到的这些，只是我在从布宜诺斯艾利斯带来的里瓦达维亚牌笔记本上写下来又涂抹掉的几页文字。

这些用蓝色墨水写就的文字，被密密麻麻的黑色墨迹涂抹遮盖。

我今年四十五岁。

我写作已经有差不多二十年了。

尽管最初几年我并没写出什么来，但我毕竟还是努力要写点儿东西的。

没错，我那时每天要花上八九个钟头尝试写些什么。

中学毕业时，我报名上了布宜诺斯艾利斯音乐学校。

我那时想成为一名独立音乐人。

我选定演奏的乐器是——吉他。

但是，当一个人只有十九岁的时候，是成不了独立音乐人的。

我那时离成为独立音乐人还差着十万八千里呢。

在音乐学校还没待够两年，我就退了学，因为在那儿就连小学都没毕业的小屁孩儿都有着高超的技艺，演奏时那些乐器简直就像是从他们的胳膊腿儿和嘴上长出来一般，老是看到、听到这些真是让我受不了。

因为吉他在我手里简直就是件"冒牌货"。

我都不知道"冒牌货"这个词用得是不是恰如其分。

听起来倒还挺合适。

每天早晨，我都会喝上一杯多尔卡牌的奶香咖啡[1]，再配三块在奶香咖啡里泡得几乎化掉的林肯牌饼干当作早餐。早餐后，我就把自己关在房间里（我那个小小的房间只能挤进一张又窄又短的床，外加我分三十六期付款购买的马歇尔[2]功放、摆着各种视唱练耳练习曲谱的乐谱架、我分二十四期付款购买的泰克尼克斯[3]四喇叭音响，还有地上到处散落着的唱片和书籍），把我分十二期付款购买的那把墨西哥产的芬德-斯特拉托卡斯特[4]

1 用雀巢公司生产的多尔卡牌（Dolca）速溶咖啡加糖和牛奶制作的咖啡饮品。

2 马歇尔（Marshall），英国音箱品牌，诞生于20世纪60年代，以100W分体功放头加4x12箱体的分体设计成功塑造了摇滚音乐的音色。

3 泰克尼克斯（Technics），日本松下公司旗下的音响产品品牌。

4 芬德-斯特拉托卡斯特（Fender Stratocaster），芬德公司为美国著名乐器生产厂商，在美国本土、墨西哥、英国、德国等地均设有工厂。Stratocaster是该公司在1954年设计生产的一款电吉他，当时取得了极大的商业成功，并影响了整个流行乐坛。

吉他拿在手里，可我的两只手起码得花上半个小时才能搞清楚让它俩忙活来忙活去的这个长长的物件儿到底是什么东西。

当我接受了自己作为一名音乐艺术生的失败，我那成为独立音乐人的未来也已经烟消云散时，我的父母大人，就像天下所有的爹妈一样，问我以后到底打算怎样过活：

你都有什么规划啊？我们是想帮助你，但我们得知道你打算做些什么，你想干什么。我们就是要确定你是清楚自己到底想干什么的。

我告诉他们，很遗憾，我对此毫无想法。

他们不喜欢我对他们这么讲话。

足足有二十分钟的时间，他俩默不作声地烹制着烤牛肉配南瓜泥，根本不看我一眼，彼此之间也没有目光交流，他们的视线只是从空洞虚无转向菜肴，再从菜肴转回空洞虚无。

我老爸那时给一位拥有全世界四分之一免税店的百万富翁打工。

他的职责是对雇员的工作进行评估。

他每个月都要出一趟差（主要是去拉丁美洲和欧洲的城市），他总是入住机场附近的酒店，在两天的时间里巡视不同的免税店，在一个奶油色封面的小本子上记录店面空间以及工作人员的各种细节。

他执着地追求秩序和清洁，对自己看待事物的方式笃信不疑。

我只陪他出过一次差，去的是里约热内卢。

在汤姆·若比姆国际机场最大的免税店里，他走近一个店员，用纯熟的葡萄牙语问对方，为什么琼尼沃克[1]红方威士忌质量不如黑方威士忌，但在货架上比黑方威士忌放得高；不止如此，他还问人家，红方威士忌的包装盒设计平淡无奇，一点儿都不引人注目，黑方威士忌的包装盒却能凭借金色的装饰和烫金的字母立刻博人眼球，可为什么红方威士忌的酒瓶被放在盒子里而黑方威士忌却没有；除此之外，包装盒的漆面配黑方商标会比配红方商标显得更为亮丽。

有好一会儿，那位店员都怔怔地盯着他，张口结舌，仿佛我老爸是个正向他解释自己打算怎样杀掉他和他家人并肢解他们尸体的连环杀手。

几年后，在一次飞行途中，我老爸半夜起身去上厕所，他挤进飞机上那狭窄的卫生间，关上门，一边小便，一边将额头靠在弧形舱壁上，想让脑袋休息一下。然而就在他尿完最后几滴之前，飞机却意外遇到气旋，剧烈的晃动之下，我那仍把额头靠在弧形舱壁上、不知想着什么的老爸把脖子撞断了。

我们想帮助你，儿子。

他们叫我“儿子”，这可真够奇怪的。

他们叫我“儿子”的次数屈指可数。

有天晚上，在意大利医院[2]，他们叫过我“儿子”，那时我十六岁，刚和我唯一的朋友利桑德罗一起在解放者大道上出了事故。

---

1 琼尼沃克（Johnnie Walker），又译“尊尼获加”或“强尼走路”，世界著名的苏格兰威士忌品牌。

2 此处指位于布宜诺斯艾利斯市区的一家私立医院。

出事前，我们俩灌下了一整瓶掺了雪碧和密涅瓦柠檬汁的斯米诺伏特加。

我们汽车的右前轮撞上了马路牙子，车子转了个近二百四十度的圈子，而这时另一辆疾驶而来的汽车一下子撞上了我们车子的后备厢；我们迅速逃离车子，连滚带爬，争先恐后，然后，不知是我们车上还是另一辆车上的什么东西爆炸了，好在没有人受重伤。

儿子，你差点儿把我们吓死了。

我老妈本来想当个演员，她为此奋斗了十多年的时间，后来她终于厌倦了，便跟两个朋友一起组建了一个专门从事儿童派对策划组织的团队。

结果这项事业倒是大获成功。

那可是登峰造极的成功。

甚至在五年前，当我登机飞赴圣马丁德洛斯安第斯[1]，来到圣地亚哥·萨尔瓦铁拉家的地下室时，我那年近七旬的老妈还在靠儿童派对策划组织的工作来维持生计。她不再去做活动主持人，而是成为一群年轻男女演员的组织协调人。那些青年演员也像她当年那样为了成为戏剧和影视演员而努力奋斗，而且也像她当年那样被戏剧界和影视界粗鲁地拒之门外了。

我老爸去世后，我和老妈搬进了一套更小的公寓，只有厨房、卫生间和一间卧室，在那里，我们俩只能睡在一张大床上，

1 圣马丁德洛斯安第斯（San Martín de los Andes），阿根廷城市，由内乌肯省管辖，距首都布宜诺斯艾利斯 1 575 千米。

地方小得连衣柜门都差点儿打不开。

从布宜诺斯艾利斯音乐学校退学后，我无所事事地过了好几年。

我那时和老妈住在一起，早饭、晚饭都跟她一起吃，白天则去一家酒吧里看书。

我什么书都看。

我那时整天都带着一本旧书，看完后就拿它再去换另一本旧书。

下午，我一般跟朋友利桑德罗碰面，一起喝点什么。

通常是一杯牛奶咖啡。

有时是一杯菲奈特[1]兑可乐。

或是一份瑞士巧克力和水果冰淇淋。

如果我在某间咖啡馆、酒吧或冰淇淋店认识了一位姑娘，我都会祈求能有个让我们俩私会的地方，即使她跟家人同住，至少也能有一个她自己的房间，好让我们两人待在里面。

我认识的姑娘并不多，认识的那有限的几个，在发现我跟我老妈同睡一张床后，也把我给甩了。

真是没办法啊。

就算我向她们展示那是张双人大床，大到我跟我老妈晚上躺在上面时谁也碰不到谁，她们也全然无动于衷。

而如今在这地下室里，我却连张床也没有。

圣地亚哥那时拖了好几天时间才给我弄来一张床垫。

1 菲奈特（Fernet），完整名称为菲奈特·布兰卡（Fernet Branca），意大利著名苦味利口酒。

他当时希望我把写好的第一幕交给他。

他希望能确认第一幕写得是合格的，证明我能写得出东西。

现在我晚上都睡在那张床垫上，据圣地亚哥说，那是他儿子伊拉里奥的。

照圣地亚哥的说法，伊拉里奥是个任性的毛孩子，对任何事情的注意力都没法超过五分钟，区区五分钟都做不到。他天生就是画画的料，画起画来出神入化，但对画画这件事提不起丝毫兴趣。他对任何事情都提不起丝毫兴趣。

那会儿我对圣地亚哥说，我在伊拉里奥这个年纪时同样对任何事情都兴味索然，完全不感兴趣，我老妈也曾为此非常苦恼。

但你至少还读书呢，圣地亚哥对我说，你能读完一本书，或学会用吉他弹唱一首歌。可伊拉里奥这毛孩子就连一个鸡蛋都煮不好，煮到一半他就烦了。他会把鸡蛋留在那儿撒手不管，直到鸡蛋被煮破，蛋白变成了一团泡沫。

你得给他时间。

时间？他都快二十五岁了。

如今的二十五岁就跟过去的十五岁一样。

谁说的？

我也不知道。

听起来好蠢。

圣地亚哥在西班牙、墨西哥、委内瑞拉、厄瓜多尔、古巴都生活过一段时间，在玻利维亚、秘鲁、智利、巴拉圭、乌拉圭也生活过几个月，在牙买加待过三个星期，在巴拿马待过两个星期，哥伦比亚只待过几天。

凭着热情而直率的个性，同时靠着三寸不烂之舌，圣地亚哥游说那些西语美洲国家的电影公司，从他们的荷包里吸金，以此为自己建立起了拉丁美洲电影有史以来最伟大导演的名望。

圣地亚哥·萨尔瓦铁拉可是那些实打实的“大导演”中的一员啊。

他对拍摄的掌控、他与演员合作时的全情投入，以及他的严格要求都是他人所无法匹敌的。

那是一种巨大能量与高尚品位的组合；那品位确实出类拔萃。

人们眼光所到之处，到处闪现着他那难以抑制的才华。

他拍的影片充斥着大银幕，浸润着你的身心，撩拨着你的头发，将你拥入怀中，在你耳边窃窃私语。

圣地亚哥天生就是来当导演的。

他成长的唯一目标就是让自己站到摄影机后面。

这一切从摇篮之中就开始了。

他根本不需要通过什么教育学习。

他野心勃勃地自学成才。

他那有血有肉的脑袋里装满了永恒的人物形象。

但圣地亚哥的问题是，他不会写东西。

他那在银幕上喷薄而出的才华，在一张白纸面前便消失无踪了。

圣地亚哥同时具备着双重艺术家的身份：一方面，他是跟费里尼和黑泽明共进早餐的大导演；另一方面，他却是怯生生推门走进工作坊，和六个闲极无聊的家庭主妇一起坐在桌旁的小编剧。

不对，圣地亚哥的问题其实也不是不会写东西。

许多导演都不会写东西。

圣地亚哥的问题是他觉得自己会写东西。

他自认为是一名编剧。

他觉得自己得成为一名电影编剧，才能让他的艺术表达完美无缺。

许多导演都觉得只做导演似乎还远远不够，只有成了编剧才能让自己的表达完美无缺。拍摄的影片如果不是自己写出来的，那感觉就会像是在给别人拍片子，作品并不能完全属于自己。编剧是一个人，而导演是另一个人，那这电影就好像没了作者，就仿佛成了“孤儿”，或者更糟糕，这“孤儿”会被好几个人收养，变成有好几个妈妈的“儿子”。

大多数导演都不太会写东西。

我现在可以说几乎一无所有，唯一的希望就是我老妈还活着，如今我就用自己的这点儿念想当作赌注来赌我下面说的话确实没错。

那就是百分之九十九的导演都不会写剧本。

可我说的这话根本没人当回事儿。

有谁会费劲去读我在这个笔记本上写过又涂抹掉的东西呢？

又有谁会有心思去猜出那些涂抹印迹后藏着的意思呢？

百分之九十九点四的导演都不会写剧本。

可那又有什么问题呢？

各位可千万别担心啊。

编剧们成千上万，到处都是，像贝克特剧中的那些人物一样在一文不名的处境中等待着去给大导演们帮忙的机会。

电影一直都属于，且只属于诸位，只有那么一点点算是我们的。

诸位尽可以把自己的名字在海报上印得大大的。

只是别试图去干我们熟悉而诸位并不擅长的事情，不要自负地相信剧本是随便什么人都能写的东西。

百分之九十九点二的导演都相信像彼得·谢弗那样写剧本完全是有可能的，只要坐下来写，再读上几本介绍剧本写作基本规范的小册子就完全可以搞定了。

* * *

圣地亚哥刚刚带着他的椅子离开。

之前他带来了一杯咖啡，一小盘水果，还有打印好的、被他批注过的剧本。

在那四十多条批注里，有三条倒还有点儿意思。

一如每天早上的例行公事，他进入地下室，打开灯，走到床垫旁，将一杯热咖啡端到我鼻子底下。

我也如每天早上的例行公事一般假装睡着。

然后，我们两个都坐好（他坐椅子上，我坐床垫上），开始讨论他批注的内容。

随着时间的推移，在地下室写作两个剧本的过程让我渐渐明白，最好不要跟圣地亚哥对着干。那些根本不会写作的人对文本的评价往往有失偏颇，圣地亚哥的那些批注意见也是如此，可就算他的评论再不靠谱，最好也别对其持拒绝态度。

我渐渐明白，其实关于任何事情都可以写出好东西，最好的方式就是做批注（并非逐字逐句的那种），然后将这批注反复琢磨、深挖细刨，直到找到这批注里正确的东西（于我而言是正确的，对圣地亚哥而言却并非如此），找出那批注里到底藏着什么东西能让正文更出彩，而又丝毫不会有损它的内容。

我承认，这是个让人殚精竭虑的过程。

但是所有的合作都是让人殚精竭虑的。

事情本就该如此。

起码两个彼此欣赏的艺术家之间的合作就应该是这样让人殚精竭虑的。

只要这两个艺术家不是出生时就被分开的连体双胞胎兄弟。

这是我为圣地亚哥写的第三个剧本了。

我之前写的那两个剧本拍成电影后，在影院大火特火，拉美电影自此从沉睡中苏醒，这事儿可是天下皆知（尽管人们并不知道那剧本是我写的）。

圣地亚哥·萨尔瓦铁拉最新拍的这两部影片不仅取得了巨大的票房成功，还囊括了现有的大多数电影奖项，从戛纳的金棕榈奖到戈雅奖、英国电影学院奖、金球奖，最终双双获得了奥斯卡最佳外语片奖。

历史上第一次有一位导演连续两次获得金棕榈奖。

他还是历史上第三个连续两次获得奥斯卡最佳外语片奖的导演，另外两位是英格玛·伯格曼[1]和费德里科·费里尼[2]。

然而，这第三个剧本却是最难写的。

按照圣地亚哥的话说，这第三个剧本会是那部可以赢得一切的作品。

一切的一切。

当圣地亚哥说到“一切的一切”时，他是在专指“好莱坞”。

这第三个剧本（也就是说，根据这个剧本拍出来的电影）就是那部将在美国各影院大火特火的作品，它将打破所有的票房纪录，哪怕在日本和中国也是如此，直至最后横扫金球奖和奥斯卡奖里的重要奖项，而不仅限于“最佳外语片”的头衔。

按圣地亚哥的话来说，那将是一部如此伟大的作品，以至于它根本不用在意奖项。

除了最佳影片、最佳导演、最佳男女主角、最佳男女配角、最佳摄影、最佳音效这些奖项外，圣地亚哥最新的两部电影——我给他写的那两部——还赢得了最佳剧本等几个其他奖项。

圣地亚哥作为编剧获了好几个奖项。

他的疯狂、他的自负，抑或他的厚颜无耻，竟能让他端坐

1 英格玛·伯格曼（Ingmar Bergman, 1918–2007），瑞典著名导演、编剧、制作人。

2 费德里科·费里尼（Federico Fellini, 1920–1993），意大利著名导演、编剧、制作人。

在我面前，告诉我他作为编剧都赢得了哪些奖项，告诉我他已经成为包括美国西部编剧工会在内的很多重要国家作家工会的成员。

我问他我是否可以参加阿根廷作家协会，他那夸张的笑声在地下室里被放大了好几倍。

那笑声里带着七重含义，是圣地亚哥的七个版本，是他在七个不同的年龄阶段同时发出的笑声。

他告诉我，那些重要国家的大多数作家工会都为他提供了一份最高级别的医疗保险，因此在最近这些年，他都可以在世界上的任何地方随意生病而不需要花一毛钱。

美国编剧工会甚至替我支付看牙医的费用，他对我说，好几千美元呢。有时候，当我在楼上待得无聊了，我就想着去趟美国，飞机落地后，不用花很多时间，就能让人家用钳子给我拔颗牙，这也就是为了把那笔钱花掉一部分，如果谁都不花，那这保险铁定会被一帮压根儿就不会写作的家伙中饱私囊了。

圣地亚哥向我保证过，在这地下室里，我什么都不会缺，一切基本需求，以及其他那些不那么基本的需求，都会得到满足。

他对我说，如果你头疼了，诺尔玛会给你拿来阿司匹林，胃疼有解痉灵，发烧有布洛芬。万一你牙疼得受不了，诺尔玛还会把米兰达医生叫过来。

幸运的是，我在这地下室里过了五年，到现在牙还从未疼到受不了的地步。

去年，或者是前年，我的牙龈开始出血，诺尔玛给我拿来一些像小牙刷一样的带牙线的冈姆[1]牌牙签，我每天都用它们剔牙，它们帮我的牙龈消了炎，让它变得平滑、粉红。

我也不缺阳光。

地下室有一块长方形的玻璃砖，早上会有一点儿阳光透过那里照进来。

照圣地亚哥的说法，这长方形的天光可是最要紧的。

他要求我每天至少要在那缕阳光下待够一小时，那样我就不会缺维生素 D 了，缺乏维生素 D 会导致红血球减少，这问题靠吃药可解决不了。

诺尔玛每周一次（周日中午）给我拿来维生素补充营养药，我会就着一杯他们自制的红茶菌把它口服下去。

诺尔玛从来都不跟我说话。

她一天三次来地下室给我送饭，给我充氧，帮我铺床，再把地下室打扫一番。

那次跟圣地亚哥一起高谈阔论共进晚餐后，我第二天下午才在这地下室里醒来。在那之后的最初几个星期里，我一直试图跟诺尔玛搭讪，可她一句话也不说，连看都不看我一眼，最终我只能认输。

诺尔玛是墨西哥人。

这是圣地亚哥告诉我的，是他把诺尔玛从墨西哥带到这儿来的。

---

1 冈姆（Gum），日本 Sunstar 集团最负盛名的口腔护理品牌之一，创立于 1989 年。

圣地亚哥其实根本不用告诉我这事儿，因为从第一天开始，诺尔玛就一直在用她那地狱般的食物一点点戕害着我。

除了墨西哥人，没人会在烹饪的几乎所有菜肴里都放普埃布拉[1]辣椒和香菜。

自打我开始在这地下室里住，我吃过的几乎所有菜肴都加了普埃布拉辣椒和香菜来调味。

没过几个月，我就得了痔疮。

圣地亚哥主动叫来了米兰达医生。

是他主动让诺尔玛给米兰达医生打了电话。

但其实根本没必要。

圣地亚哥说，他治疗痔疮用的是一些含橙皮苷甲基查尔酮与假叶树根、芽孢乳杆菌和抗坏血酸的咀嚼片。

他告诉我，那些药片特别灵。就算我连睾丸都长了脓肿也没事儿。如果一个人的睾丸没长过脓肿，那他就不可能成为一名大导演，更别提成为最伟大的导演了。

那些药片在不到四十八小时的时间里就开始对我发挥效用了。

现在，我总会保存一板儿那种药片，就放在床垫旁那个被我称为“床头柜”的“农夫鞋”[2]的鞋盒子里。

巴勃罗，在这下面你什么都不会缺的。

---

1 普埃布拉（Puebla），墨西哥一个州，位于首都墨西哥城以东。

2 农夫鞋（Camper），也被称为“看步”牌，西班牙著名的制鞋业品牌，创立于1975年。Camper一词来源于对马略卡岛上农夫的称呼，该品牌产品最初的设计灵感也来自岛上农夫穿的鞋，所以被称为“农夫鞋”。

可我需要的东西多了去了。

比如，关于我老妈的消息。

每当我请求圣地亚哥去打探一下我老妈境况如何时，他都会对我说，“行啊，当然可以”，然后就把谈话转移到别的话题上去了。

然后，在接下来的几天时间里，我问他是否去打听了我老妈的一些情况，他就对我说“还没有呐”，直到最后我也懒得再问了。

实际上也不是我懒得问了，而是圣地亚哥的沉默（意味着他那里毫无我老妈的音信）让我只想到了一种可能性，而我不愿意去想那种可能性，我不敢就那种可能性去问他。

事情这个样子就行了吗？

虽然听上去很好笑，但我确实已经习惯了作为一名被囚禁的编剧的生活。

不对，不应该是“被囚禁的”，而是“被关在地下室的”。

在被关起来快满一年的时候，我发现了一套很管用的作息安排，从那时起，我就按照这套作息生活了。

像我之前说过的那样，早上六点到七点，我会在这个笔记本上写东西。

然后，早上七点到七点五分，我会把写过的东西都划掉。

然后，我会装睡，直到七点十分圣地亚哥到地下室来，带着他的椅子、咖啡、一小盘水果，还有打印好的、他批注过的剧本。

从早上七点二十到中午一点，我们一起工作，用让我有时看不太懂的潦草字迹写满那块大黑板。

然后，圣地亚哥带着他的椅子离开，诺尔玛把午饭端下来。

中午一点十分到一点半，我独自一人吃午饭。

接下来我午睡一个小时。

我在下午两点半到七点半间写剧本。我坐在床垫上，背靠着墙壁，在一台已经被禁用无线网和蓝牙功能、无法接驳因特网的十五英寸旧苹果电脑上写东西。

我参考着圣地亚哥的批注来对之前写好的剧本做修改（通常我会采纳他批注意见中百分之十的内容），然后再根据我们俩讨论的内容来写作新的场次（通常我会用上他想法中的百分之三十）。

晚上八点，诺尔玛带着晚饭和移动硬盘下来，将我改好的部分和新写的部分都拷走。

晚上八点十分到八点半，我独自一人吃晚饭。

然后我就从“床头柜”里拿出两本《花花公子》（圣地亚哥一年给我更换三次杂志），然后自慰差不多一个小时，我每回都努力让这活计所占据的时间能尽量延长。

然后，从晚上九点半到十点半，我啥也不干。

我就那么呆望着天花板。

也许会弯弯胳膊什么的。

然后，诺尔玛下来端走装着餐具的托盘，再给地下室充氧气。有那么一会儿，她静静地站在门边，等着氧气泵将地下室里已经污浊不堪的空气更换一新。

有时我会跟她说话，仅仅是为了拍她的马屁。

正如我先前说过的那样，我早就不打算让她开口讲话，也不指望让她看我一眼了。

我从晚上十点四十五到第二天早上五点五十睡觉。

在地下室的黑暗中，我一直都睡得很踏实。

早上六点到七点，我再在这个笔记本上写东西。

可就在圣地亚哥提议让我写那部要获取所有、赢得“一切的一切”的剧本后，这个笔记本就已经开始打破这一成不变的生活了。

我老是想用这个笔记本。

烈性毒品的成瘾者往往想戒断，但鼓不起勇气扔掉自己剩下的那几克毒品，而是想把它藏起来，我就像这“瘾君子”，在白天把笔记本藏起来，试图无视它的存在，但是写点东西然后再划掉的需要却总能最终让我屈服。

这个笔记本已经成为我孤独时光的主人。

* * *

我不记得是在什么时候我开始对自慰感到厌倦了。

不，抱歉，我并不是对自慰感到厌倦（没人会对自慰感到厌倦），我只是开始感觉仅仅靠自慰是不够的。

一天早晨，我就这事儿跟圣地亚哥谈了谈。

他盯着我看的样子就好像我在对他说，他的一个批注根本没用，那场戏应该保留我写的内容，这样剧情才会真的成立，而他的批注，不管是添加还是删减内容，只会破坏剧情，那场戏就得保持原样才能完全发挥它应发挥的作用。

三天以后（我觉得那天是星期五），圣地亚哥带着个姑娘来到地下室。那姑娘高挑苗条，有着古铜色的皮肤，绿色的眼睛，一头黑发犹如暗夜中地下室里的一片漆黑。

圣地亚哥给我介绍，说姑娘名叫阿尼塔。

他对我说，如果我觉得合适，阿尼塔就会留下来跟我一起待上两个钟头。

我连半秒钟也没耽搁，马上跟他说我觉得合适。

圣地亚哥将一只手放在我肩膀上，将一盒“超感体验”的避孕套扔在了床垫上，告诉我别犯浑，一定得用那玩意儿，然后就离开了地下室，一边还用口哨吹着《来吧，拉克尔》[1]的调调。

阿尼塔待在那儿一动不动，等着我告诉她该做些什么。

我也不知道我当时为什么要问她的年龄。

再也没有比问一个女人多大岁数更差劲的问题了，尤其是当我们一开口谈论的就是这档子事儿，情况就更糟糕了。

二十九岁，她说。

在地下室那昏暗的光线下，她看起来最多二十岁。

我请她靠近点儿。

她向前迈了一步，又停了下来，斜睨着放在地上的床垫。

她不喜欢没有床，也不喜欢那只是个单人床垫。她没跟我

1 《来吧，拉克尔》（*Vení Raquel*），阿根廷音乐组合“真正颓废派”（Los Auténticos Decadentes）于 1989 年发行的一首单曲。

明说，但我从她的眼睛里看出来了。

你被关在这里干什么？她问我。

她的声音跟她那瘦高的身材可不太匹配，那是一个经年累月每天至少被某个混蛋当面骂一次“肥婆”的胖丫头的声音。

我在写作，我说。

写些什么？

电影剧本。电影长片。剧情片。你喜欢看剧情片吗？

还行。也不算十分喜欢。我更喜欢看喜剧片。

你是哪儿人啊？

就是本地人。

是圣马丁人？

不，不是圣马丁人，是内乌肯人。我出生在萨帕拉。

我坐到床垫上，然后做了个手势让她坐在我旁边。

她转身朝向大门，然后看了我一眼，笑了笑。她脱掉凉鞋，在床垫的另一头坐了下来。

就在阿尼塔坐下来的那一刻，我体会到了情况的可怕。我开始明白（我相信我明白）那种情境对她来说该有多么可怕；在两个小时的时间里，被关在地下室跟一个陌生人待在一起，没有床，没有窗户，除了吊在天花板上的一盏小灯和床头灯，就再也没有别的灯光了。

我问她是否愿意喝点儿什么。

她点头赞成。

我到放在橱柜台面下的冰箱前猫腰打开冰箱门，里面只有些早上吃剩下的水果，还有四分之一瓶矿泉水。

我把水倒在唯一的一个杯子里，然后端给了她。

我只有这个了，我对她说。

矿泉水吗？

是的，我不喝别的。

她用水润了润嘴唇，咂摸了一下滋味。

然后喝了一口。

之后便一口气喝下了一杯水。

你为什么住在这地下室里？她问道。

圣地亚哥没告诉你吗？

圣地亚哥是谁？

我从她手里拿过空杯子，放在床垫和墙壁之间的地面上。

与阿尼塔的这段简短的谈话意味着她根本不知道带她来的那个人就是拉丁美洲有史以来最伟大的导演圣地亚哥·萨尔瓦铁拉，这让我意识到，被称为“艺术”的电影并不是人们唯一的娱乐方式，它距离大多数人其实是那么的遥远。

最近几十年间，有些事情让大多数人都远离了所谓的“艺术电影”。

大多数人去电影院都只是为了消遣一会儿，而在他们和所谓的“艺术电影”之间，一道无形的壁垒已逐渐被树立起来。

而在五六十年代，大多数人要消遣就到影院去看费里尼的影片。

费里尼的电影在那时候是非常流行的。

而今天，大多数人都看不懂费里尼的影片，甚至连费里尼是谁都不知道。

近几个世纪以来，戏剧的情况也差不多如此：一道无形的壁垒逐渐被树立在大多数人和所谓的“艺术戏剧”之间。

而在十七世纪，大多数人都会去剧院观看莎士比亚的剧作。

人们一边看着莎士比亚的戏剧，一边嬉笑悲泣，从中消遣。

其中有不会读书写字的人。

也有完全没受过教育的人。

而今天，几乎没人能看懂莎士比亚了。

连那些自以为很有文化的人都无法理解莎士比亚。

我就不懂莎士比亚。

圣地亚哥·萨尔瓦铁拉也不懂。

他是拉丁美洲有史以来最伟大的导演，很快还会成为全世界有史以来最伟大的导演，可他根本就不懂莎士比亚。

写了这么多回“莎士比亚”真是把我累坏了。

我仰面朝天躺在了地上。

我把已经在我左侧鼻腔顶粘了好一会儿的一块鼻屎抠了出来。

我试图回想起《来吧，拉克尔》的歌词。

阿尼塔把一只手放在了我的大腿上，不过仅此而已，她只是将左手搁在我的右腿上按了按。

她是想跟我说点什么。

我打算再给她倒一杯水。

你叫什么名字？她问我。

巴勃罗。

谁都不该在一间地下室里待这么长时间，巴勃罗。你多长时间出去一次？

我从来都不出去。

从来都不出去？

从来不出去。

她把手从我大腿上挪开。

我考虑着给她讲讲我的故事，就从跟圣地亚哥一起高谈阔论的那顿晚餐说起，聊聊自打写了那部小伙儿把他家人都扔到井里去的剧本以来我所经历的事情。

我根本就不该写那个剧本。

我就不该把那个剧本寄给圣地亚哥。

我不该把剧本寄给了圣地亚哥的助手，好让她呈交给圣地亚哥。

是我的朋友利桑德罗给我搞到了圣地亚哥的助手帕特里夏的邮件地址。

圣地亚哥在布宜诺斯艾利斯给“佳得乐”[1]拍摄一个商业广告时，利桑德罗曾担任场记。

我真不知道，利桑德罗到底是如何凭着他那张如受惊小鼠一般的面孔迷住帕特里夏的。

我猜他一定还是靠着那股死缠烂打的执拗劲儿。

要论起死缠烂打的劲儿，利桑德罗绝对是个“大师”；他可以跟一个姑娘一连聊上好几个钟头（哪怕那姑娘打一开始就决

1 佳得乐（Gatograde），全球著名的运动型饮料，于 1965 年由佛罗里达大学的研究人员研制而成。

定跟他不会有任何结果），说服人家跟他一起到他那个只有一扇窗户，而且开窗就是围墙的“小窝”去。

我猜利桑德罗也许就是凭借着这种死缠烂打的劲头让帕特里夏上了钩。

在“佳得乐”广告拍摄的那两个星期时间里，他们两人几乎每个晚上都见面。

那时两人还彼此立下海枯石烂、相爱永恒的誓言。

这都是利桑德罗告诉我的。

他们约定要在库斯科[1]再见面，当时帕特里夏就在那儿，住在距圣地亚哥的秘鲁宅邸半个街区外的一所小房子里。

但是利桑德罗一直没去库斯科，至少就我所知，他连布宜诺斯艾利斯都没离开过。

一天早晨，我和老妈正吃着早饭，享用着马黛茶和卡普里香草饼干，利桑德罗来串门儿。

他一直不停地微笑着。

他抢走我的马黛茶杯，自己动手泡了一杯。

然后问我正在写的那个剧本是不是已经写完了。

好几个剧本呢，说的到底是哪一个？

就是写小伙儿把家里人都扔到井里去的那一个。

我还没跟我老妈说过我在写一部小伙儿把家人扔到井里去的剧本，她看着我，想向我询问与此相关的事情。

还没写完，我答道，我还差第三幕。都一个月了，我一直

---

1 库斯科（Cusco），秘鲁南部库斯科省的首府。

在为最后二十页纠结。

好吧，利桑德罗说，等你写完了，就发一份剧本的 PDF 副本到这个电子邮箱：ssassistant@gmail.com。

为什么？

什么为什么？

为什么我得把那个写小伙儿把家人扔到井里去的剧本副本发到那个邮箱去啊？

那是帕特里夏的邮箱，就是圣地亚哥·萨尔瓦铁拉的助手啊。我们现在正在交往。她跟我说，如果你写了什么东西可以发给她，她会转交给圣地亚哥的。

我老妈问那个圣地亚哥是谁。

我告诉她，是个电影导演，阿根廷的。

利桑德罗说，是世界上最重要的导演之一。

才不是世界上最重要的呢。

没错，他就是世界上最重要的导演之一。他就是新一代的伊纳里图[1]和阿莫多瓦[2]。其实他比阿莫多瓦要更伟大，他没有阿莫多瓦那么“混账”，没有后者那种“我兀自混账，你活该忍受”的嚣张。

1 亚历杭德罗·冈萨雷斯·伊纳里图（Alejandro González Iñárritu, 1963– ），墨西哥电影导演，2000 年凭借《爱情是狗娘》（*Amores perros*）一片在戛纳电影节“国际影评人周”单元获评审团大奖。后被邀前往美国执导电影，先后凭借《鸟人》（*Birdman*）和《荒野猎人》（*The Revenant*）连续获得了第 87 届和 88 届奥斯卡最佳导演奖。

2 佩德罗·阿莫多瓦（Pedro Almodóvar, 1949– ），西班牙著名电影导演、编剧和制作人，曾以《关于我母亲的一切》（*Todo sobre mi madre*）和《对她说》（*Hable con ella*）等影片揽获奥斯卡奖、金球奖、戛纳电影节最佳导演奖等多项国际大奖。

阿尼塔站了起来，背朝着我，开始脱衣服。

她的身体就像一个狭长的长方形，丝毫没有凹凸的曲线。

她把套在手腕上当手镯的一根橡皮筋摘下来，用它将头发扎成一个马尾辫。

在转身之前，她问我为什么不逃跑：

你为什么要同意生活在这个地下室里？

我并没有“同意”住在这儿，是他们强迫我的。我是被他们绑架的。

这时她转过身来，脸上显现出恐惧，那可是一种真正的害怕。

你该不是喝醉了吧？她说。

没有啊。

除了矿泉水，你还喝些什么呀？

早上喝咖啡，我回答道，还有，当圣地亚哥晚上到地下室来跟我讲述他那些狗屁不通的灵感顿悟时，会喝上一小杯红酒。

她没有笑。

她那一本正经的表情把我吓到了。

不，并不是把我吓到了，而是让我心里充满了深深的忧虑。

我真不该把这些都告诉她，我想着，我这是在把她推入险境。

圣地亚哥可什么事情都干得出来，这一点他早就证明过了。

来到地下室的第一天，在明白过来到底发生了什么之后，我跟圣地亚哥吵了一个小时，威胁着要把他揍个稀巴烂（尽管当时我的一只胳膊被锁链拴在一根直到今天我都不知道干什么用的管子上），对着他大喊大叫，说我什么都不想给他写，一个字儿都不写，他最好当时就把我杀了。于是圣地亚哥拿出了武器，那是一支左轮手枪，他将一颗子弹装进了手枪转轮，然后转动转轮，瞄准我，扣扳机，咔嗒一声，再转动转轮，瞄准我，扣扳机，咔嗒一声，再转动转轮，瞄准我，咔嗒一声，直到我最后终于哭了出来，然后圣地亚哥上前来抱住我（那左轮手枪的枪托就顶着我的后背），在我耳边说，我们俩将一起去创造艺术。

艺术是伟大的，巴勃罗。独一无二的艺术是真正伟大的艺术，因为已经没有人在做真正伟大的艺术了。没有人。但我们会去做。你将帮助我来改变世界，改变一个几十年来在艺术上没有任何变化的世界。

我对阿尼塔说，她出去时如果圣地亚哥问她我们这两个小时里都谈了些什么，她只要装傻，说她什么都不知道就可以了。

你怎么知道他没有在听咱们两个说话？她问道，你怎么知道这台笔记本电脑上没装一个隐蔽型麦克风？

我拿起笔记本电脑检查，翻来倒去地仔细查看。

这台 MacBook Pro 型号的笔记本电脑带着一个原装的麦克风，但我不认为圣地亚哥能用它来窃听我们。

当时我老妈跟我说，她觉得那主意不错。

什么主意？

把剧本寄给那位先生，那位电影导演。

那不是什么先生，他跟我的年龄差不多。

无所谓，反正我觉得这主意不错。人们从来都不会知道到底将发生什么。但大家都明白，要是你什么都不做，那么任何事都不会发生。你把剧本寄给他又不会损失什么。

不会有任何结果的。

你又不会损失什么。

可不会有任何结果的，妈。

你什么都不会失去的。

好吧，老妈，你可是大错特错了，因为我寄出了剧本，结果失去了“生命”，不仅指身体上的，还指思想上的，不仅失去了人那具有动物性的生命力，还失去了他具有艺术性的生命力。

把那个写小伙儿将家人都扔进井里的剧本寄给圣地亚哥是我犯过的最大的错误。

不对，我最大的错误是接受了圣地亚哥的邀请，去他位于圣马丁德洛斯安第斯的家里度周末。

如果我好好想一想的话，就会发现那其实是一连串儿的错误。这一连串儿错误从我决定把那个写小伙儿将家人扔到井里的剧本寄给圣地亚哥（圣地亚哥的助手）的时候就开始了，在我接受圣地亚哥的邀请去他位于圣马丁德洛斯安第斯的家里度周末时向前推进，之后，我决定跟谁也不提此次出行，就因为担心会丢面子，我连老妈和利桑德罗都没告诉，就在做出那个愚蠢决定时，我的错误链条继续发展，我在晚餐中间还告诉圣地亚哥，我因为害怕丢面子而没将此行的任何消息透露给我老妈，这更是让我错上加错。

其实我当时也没告诉他我是因为害怕丢面子。

事实是，我也不知道为什么要告诉他我什么都没跟别人说，既没跟任何人提过他因为我那个写小伙儿将家人扔进井里的剧本而发来祝贺我的邮件，也没透露我要动身前往圣马丁德洛斯安第斯。

通常情况下，当我跟某个我认为比我高明（比我更聪明，更具艺术气质）的人待在一起时，我总会说上一大堆没必要的废话。

这一点我实在是改不了。

在出门去见某个我认为比我高明的人之前，我总是对自己说，这次可不能再说任何废话，不能再胡说八道了，我把右手放在胸口赌咒发誓，但之后，在人家跟前还没坐几分钟，第一句废话就会从我这里脱口而出，再过一会儿，我就完全刹不住了。

我完全脱离了自我，看着自己在那儿喋喋不休。

我看着自己在谈论那些我不想说的事情，那些没必要说出来的事情。

* * *

圣地亚哥刚刚离开。

他忧心忡忡。

他又过了一个心事重重的夜晚。

这种情况他每个月至少都要经历一次。

突然之间，他看什么都不对头了，想把一切推倒重写。

我求他冷静下来。

我告诉他最好待上几天，然后再重新把剧本读一遍，别急着做任何决定。

可不行，真是没办法，他想把一切都扔进垃圾桶。

他绕着圈子行走，右手蹭着地下室的墙壁。

他行走的路线是一个长方形。

他将床垫从墙边拉开，好能沿着长方形路线行走。

那时是凌晨三点四十分。

我给他读了我昨天写的一场戏，而他恨恨地盯着我看。

在这些怀疑主义泛滥的夜晚，圣地亚哥就会显得恨我入骨：我可以给他读爱德华·阿尔比[1]写的一场戏，假装那就是我写的，他会凶巴巴地看着我，问我既然我没有丝毫写作才能的事实是那么一清二楚，那我到底是见了什么鬼会想到要去当个作家。

然后，在跟我闹腾完这一通后，他通常都会离开，再去把那些时时得为他工作的人们（演员、摄影师、服装师、艺术指导、音乐作曲、剪辑师等等）臭骂一顿，质问某个根本就没来过我们这地下室的人，问人家他圣地亚哥凭什么就总得跟这么一帮笨蛋纠缠不清，为什么总得是他圣地亚哥拼死拼活地干活，好把那群笨蛋一心糟蹋的电影从平庸的深渊里拯救出来。

圣地亚哥已经将这种推诿责任的才能发挥到了极致。

---

1 爱德华·阿尔比（Edward Albee, 1928–2016），美国著名剧作家，代表作《谁害怕弗吉尼亚·伍尔夫？》（*Who's Afraid of Virginia Woolf?*）、《动物园的故事》（*The Zoo Story*）、《微妙的权衡》（*A Delicate Balance*）、《三个高个子女人》（*Three Tall Women*）等，曾多次获得普利策戏剧奖、托尼奖等奖项。

时不时地，他就会受到被他称为“自我怨愤”的情绪的猛烈暴击。

他对我说，我可以一连两三天在家里自怨自艾，根本不照镜子，连一面镜子都不能看，因为如果我看到自己，哪怕只是个侧脸，都会有自寻烦恼的危险，恨不得把一顿暴揍排泄到自己身上。我现在想来，这倒还真是个十分别致的表达。这表达从字面上考虑没什么意义。到底要怎样给人排泄一顿暴揍呢？“排泄”通常是指“将粪便自内而外地排出”。我们都是自上而下排出粪便，拉出屎。我无法想象有谁能自内而外地排泄出一顿暴揍。到底从哪里把它排出来呢？

阿尼塔问我是否希望我们俩做点什么。

我老妈曾问我，她能不能看看那个写小伙儿将家人扔到井里的剧本。

我还没写完呢，妈。等写完了我给你一个副本。

我一直都没把剧本副本给她看。

圣地亚哥看过剧本，我猜他的助手也看过，除了他俩，再也没人看过。

那是一部我本不该写的剧本。

那是一部永远也不会被拍成电影的剧本。

上个月我把那个剧本重读了一遍，毫无疑问，那是我写过的最好的剧本。

阿尼塔问我是否愿意吻她一下。

我跟她说可以。

她向我说明，如果我吻她的话，价钱会更高些。

没关系，我跟她说，又不是我付钱。

我拉住她的手，将她拉到床垫上。

我轻抚她的面庞。

我们接吻了。

一个简简单单的亲吻，只是嘴唇亲着嘴唇，没有舌头的接触。

只是简单的、没有任何色情意味的亲吻，却让我激动起来。

我感觉到自己的身体在膨胀。

然后，又一阵强烈的激动让我翻肠倒胃起来。

我不得不离开床垫，走到橱柜台面下摆着的冰箱那里，喝了一口水。

喝水是个错误。

我马上想起，我老妈曾说过，在把手指伸进喉咙催吐之前，最好能喝点水，因为喝水能加剧胃痉挛。

我闭上双眼，尽量不去想我唯一想考虑的事情：诺尔玛做的辣烧鸡肉配米饭正在我的胃里腐烂。

我急忙冲向卫生间，跪在了马桶跟前。

卫生间的大小跟一具棺材差不多。

淋浴时水会全都浇到马桶和洗手池上。

而且卫生间没有坐浴器。

我现在用的是一个便携式清洗器；那是一个可以挤压的塑料瓶子，瓶口有个小喷头。

这是那次“左轮手枪”事件后，我向圣地亚哥提出的不多的几个条件之一：我跟他说，如果不给我解决坐浴器的问题，我就不可能在地下室里生活。

我真不知道世界上那百分之八十没有坐浴器的人是怎么活下去的。

是百分之八十吗?

还是百分之六十来着?

被吐在马桶里的辣烧鸡肉配米饭再次让我的胃翻腾起来,但是已经没有什么东西好吐出来的了。

我拉了一下水箱链。

我考虑着要用《博尔赫斯全集》来净化一下我自己。

全集我就保存在药箱里,跟牙刷、牙膏和香体剂放在一起。

我在写作的时候不想看到它们。

我不愿意让它们在我的近旁。

圣地亚哥对博尔赫斯很着迷;除了柴可夫斯基,博尔赫斯是唯一让他真正敬仰的艺术家。

我到地下室的头一个星期,圣地亚哥就给我拿来了博尔赫斯的全集,是行星出版社出的文评版版本。

他跟我说,对他来说,博尔赫斯是有史以来最伟大的作家,他就是荷马,同时还是叔本华、狄更斯和陀思妥耶夫斯基。

圣地亚哥告诉我,他之所以邀请我和他一起工作,部分原因是我和博尔赫斯一样都是阿根廷人,而阿根廷是整个拉丁美洲唯一一个出产严肃作家的国家。

他对我说,墨西哥、智利、哥伦比亚这些出产优秀文学的国家的大作家,连阿根廷大作家的脚后跟都比不上,不管是鲁尔福、聂鲁达,还是加西亚·马尔克斯,连给博尔赫斯和科塔萨尔提鞋都不配。

虽然后来他又说，就连科塔萨尔也都没资格给博尔赫斯提鞋。

一想到博尔赫斯的脚板我就觉得恶心，但我什么也没说。

在最初的几个星期里，我总是尽量不向圣地亚哥提出任何异议。

因此我也没告诉他我不可能去读博尔赫斯。

我足足等了一年多才告诉圣地亚哥我不可能去读博尔赫斯。

在二十七到二十九岁，我都酷爱博尔赫斯的散文，超过喜欢世界上的任何东西。

那是我当时唯一读的东西。

倒也不是不读别的，只是我读的博尔赫斯作品之外的一切东西我都会拿来跟他的作品作比较，只读上了几页便不再读下去了。

在二十七到二十九岁间，我就这样沉迷于博尔赫斯的散文，被他的全集所俘获。

我老爸因在飞机上撞断脖子去世以后，我在他最喜欢的夹克衫口袋里找到一些钱，并用这些钱买了一套四卷本的《博尔赫斯全集》。

我那时到哪儿都带着那四卷本中的一本。

特别是第一卷。

我在布宜诺斯艾利斯四处游荡，胳膊下面夹着《博尔赫斯全集》的第一卷。

直到有一天，我坐在贝尔格拉诺坡地上边的一条长凳上，一边吃着浇芥末酱和番茄酱的热狗，一边读着《博尔赫斯全集》，就在我的视线扫过《环形废墟》的第一段时，我感到所有那些话语——每个字每个句子——都是多余的。

我突然发现博尔赫斯的散文都是那么矫揉造作，从那一刻起，不管是他的散文、小品文，还是第三卷里那些极简主义的短篇小说我就怎么也读不下去了。

博尔赫斯对语言的运用应该是他这个人最糟糕的部分，而他最出色的部分，则是他的睿智和幽默。

博尔赫斯在写散文时对文字实在太过刻意。

有天中午，在圣地亚哥带着他的椅子离开地下室之前，我把这话告诉了他。

他看着我，带着想扇我一记耳光的神情：

你他妈觉得自己是老几啊？你写过什么了不起的散文了吗？你写过什么句子，能比得上“一群月白色的狗从黑色的玫瑰丛中浮现出来”？

我试图向他解释，我跟博尔赫斯的问题也许是我已经把他用滥了，听任他的作品将我的余生否定，否定了那些属于现实生活但未能出现在他全集中的东西。

我可不想把《博尔赫斯全集》拿走，巴勃罗，圣地亚哥对我说，这些书归你了，你把它们都留下。要是愿意你就看看，要是不愿意你就别看。不过我还是建议你读一读。

我没看那些书。

我一直都没读那些书。

读那些书根本就没有意义。

因为如果你真的正儿八经地将《博尔赫斯全集》都读了，那些书一准儿得把你毁了。

圣地亚哥的作家梦已经完全被毁了，不仅因为他根本就不会写作，还因为他经常读博尔赫斯的作品。

博尔赫斯毁了圣地亚哥，同样也毁了其他很多人。

历史上那些伟大作家们所做的唯一的事情就是把我们都毁掉。

可我们无法躲开他们，同时，除了被他们毁掉之外，我们也别无选择。

阿尼塔问我是不是还好。

我用好几大口水漱了口，然后请阿尼塔原谅我。

这不怪你，我对她说。这跟你一点关系都没有。其实是因为很久以来……

我明白，她说。

我从她的双眼中看出，她确确实实是理解我的，尽管我也不知道她到底应该理解我些什么。

我脸朝下俯卧在床垫上。

阿尼塔已经走到门旁，手都放到门把手上了，却并没有转动它。

她进了卫生间。

一阵静默。

我问她在干什么。

她没有回答我。

我听到她将水龙头打开又关上；水流冲击到洗手池里，不过只有不到一秒钟的时间。

接着，她出了卫生间，走了过来，她让我腾个地方，然后在我身边躺了下来，让她的乳房贴住我的左臂。

我们就这样待了好一会儿。

之后，我感觉到阿尼塔在我耳边喃喃说了些什么，虽然我也没听懂她说的话。

可我照样对她说了句“行”。

我转过身凝视着她。

我们再一次接了吻。

她脱掉了内裤，我也将运动短裤褪到脚踝处。

她一边牢牢盯住我的眼睛，一边以一种令人羡慕的熟巧给我戴上套子。

在进入她身体的那一刻，突然有一种如干冰一样冰凉、黏稠的寒冷侵入了我的身体。

我的心正试图提醒我领悟一些事情。

连五分钟都没到，我就完了事儿。

阿尼塔慢慢穿好衣服；衣服吊挂在她的身上，就好像正挂在一把椅子的靠背上晾干。

我再也没有见过她。

一天早上，我向圣地亚哥问起阿尼塔的下落。

阿尼塔?

就是你上周五带来的那个姑娘。

啊，对，是阿尼塔。这名字可真够蠢的。她不想再来了。她说她不喜欢你。她的客人足够多了，何况她也不喜欢你。

* * *

今天我们一整天都要来讨论第二幕。

圣地亚哥带着他的椅子、咖啡和装水果的小盘来到地下室，我们花了两个小时的时间来讨论三幕戏的逻辑关系图，确定了那些重要的叙事点、情节的起承转合，以及每一个叙事点要表现的行为和冲突。

我们进展很顺利。

我感到脑仁儿都疼了，这倒是个不错的信号。

圣地亚哥在大黑板上潦草地写着东西，一边还吃着加了海盐的黑巧克力，每一回他都能吃掉四五条黑巧克力。

每咬上几口巧克力，他就请我也吃上一小块，我每次都说不吃，我已经第一百万次地跟他解释，我吃巧克力会引发头疼，他当时表示知道了，但才过一会儿，就又会请我吃一小块。

第一幕戏不错：介绍了人物，交代了主要矛盾，足够令人惊奇，足够让人迷惑，但又避免了一切荒诞不合理。

圣地亚哥讨厌一切荒诞不合理的地方，在他看来，那都是廉价的、反艺术的。

他需要在电影和现实世界之间建造起一个代表普遍认知的空间盒子，然后就试图在那个盒子里自由飞翔。

但他永远都不会逃离那个盒子。

他也不会允许任何自由的想象或一时的疯狂将他带离那个盒子。

第二幕总是最难搞定的。

才不是因为第二幕是最长的，不是的，第二幕长一些反而会让它变得更容易写；第二幕要是跟第一幕那么长，那就根本不可能写出来了。

因为在第二幕里要展现故事的主要内容，是整个故事的精华部分。

我和圣地亚哥在讨论第二幕时都恨不得用头去撞墙（至少写前两个剧本时是这样）：我用双手抓住他的头往墙上撞，而他也用双手抓住我的头往墙上撞。

第二幕戏都是要见血的。

第二幕就是决定整个战局的那场战役。

我有不少剧本都是在写到第二幕的时候放弃的。

就是这第二幕不止一次地让我一败涂地。

我在心里问自己，彼得·谢弗是不是也曾在与第二幕的较量中狼狈落败。

《莫扎特传》的第二幕是有史以来写得最好的第二幕之一。

在那一幕的结尾，萨列里最终明白（接受），在他的一生中，上帝都只是在嘲弄他；那份他与上帝签订的契约对他而言意味着全部，为尊重契约他甚至可以不近女色，但对上帝而言，那契约毫无意义。

突然之间，萨列里的世界失去了秩序，陷入一片混乱之中。

这里就是那个通常被称为“一切尽失”的情节点。

一切都失去了。

三幕戏的逻辑关系图通常会有五个主要的情节点：开端、

第一幕的结尾、将第二幕分为两部分的中间点、第二幕的结尾以及全剧大结局。

我们为第三部剧本——这部将改写世界电影史的杰作设计了逻辑关系图，用来界定开端情节点的词就是“infestation”（侵扰）。

我也不知道圣地亚哥为什么喜欢用英语词儿来界定那些情节点。

用来界定第一幕结尾的词是“tree”（树）。

现在我们必须构建场景，把我们从“tree”这个情节点带到将第二幕一分为二的中间点，经过好几个星期的讨论，我们把后者定义为“adoption”（采纳）。

通常情况下，我们会花上六个月的时间来完成第二幕。

那可是一个不断尝试、不断出错的过程。

我们将故事反复思量、精心设计，进行逻辑推演，但这一切并不意味着在写作过程中我们不会吃闭门羹，不会被拒之门外。

在动笔之前进行的工作，持续数月的对故事的构思，都是为了来搭建那个“盒子”。

一个符合圣地亚哥期待的“盒子”。

一个包含了主题、基调和重要情节点的“盒子”。

一个包含了主要人物的生平或背景，以及他们的戏剧性场景设定的“盒子”。

然后，在开始动笔写作的时刻，我会钻进去，立足在那“盒子”里，仿佛第一次一样去发现原来那里面有那么大的空间，有那么多可供选择的道路。

就在这个精心设计而成的盒子里，包含着数不胜数的电影。

这个盒子里催生出的电影，可以令人震惊，可以反响平平，可以是无关紧要的，也可以是尚可接受的，可以是不错的，可以是有趣的，可以是非常好的，可以是堪堪优秀的，也可以是出类拔萃的，甚至可以是得以名列电影史的惊世之作。

那个“盒子”虽然并非实体的存在，但我能看到它。

加密的 Word 文档

圣地亚哥发现了那个笔记本。

他问我那个笔记本是什么，干什么用的。

我则问他是怎么发现那个笔记本的。

他对我说，如何发现那个笔记本并不重要，重要的是他发现了那个笔记本，而现在他想知道那笔记本是什么，干什么用的。

那本子没有什么用，我对他说，就是些笔记。我在晚上写的一些傻话。

那你为什么要把它们都涂掉?

因为都是些傻话啊。

如果是傻话，你就不会把它们都涂掉了。因为傻话是没有必要特意涂抹掉的。

我不知该如何回答他了。

我们对视着，圣地亚哥带着想扇我一记耳光的神情。

他试图去辨认被盖在涂抹线条下面的内容，却看不出来。

笔记本上写的东西是不可能看出来的，我把它们都仔细地涂抹了，用的是黑色墨水，把蓝色墨水写的字几乎完全遮盖住了。

他就是把笔记本拿走也没关系。

那上面的内容我都写进了一个加密的 Word 文档，保存在这台十五英寸笔记本电脑的一个文件夹里。

今天，我得动笔写出第二幕的第一场。

脑子里构思着这场戏，我根本就无法入睡。

一种无法抑制的热望让我的心跳加速，我不得不时时给自己测一测脉搏。

我根本不知道那场戏要写什么。

我知道那场戏应该是什么样，知道那一场会发生事情，知道该如何开始和结束，但具体是什么事情却毫无头绪。

我试图忽略我对笔记本的需要，在没有它的情况下继续写下去，但最终我还是打开了那个 Word 文档，每当我写一场戏进展不顺利时，都会忍不住要在这文档里写些什么。

我真该学会某种得用上好几分钟（至少十五分钟，或半个小时）才能解密的加密方法，一种除非我感到有继续书写的迫切需要，否则根本就懒得去解密的加密方法。

得用一个我得花上十五分钟才能在键盘上敲出来的密码。

一个不一般的词语。

给 Word 文档加密的密码最多可以用多少个字符呢？

没有互联网可真是让我恼火。

不知道圣地亚哥是如何发现笔记本的这件事也让我恼火。

他是什么时候发现的呢？

我从来都没出去过啊。

是在我洗澡的时候吗？

也许是诺尔玛在打扫卫生的时候看见的。

可是，她都看见什么了呢？

在那个笔记本与西班牙皇家学院字典、朗文英西字典和《博尔赫斯全集》之间到底有什么区别呢？

这些书本都被我堆在同一摞里。

它们都是我工作时用的材料。

除了《博尔赫斯全集》。

诺尔玛在那个笔记本上看到了什么引起她注意的东西了？

是那些涂抹的痕迹吗？

可涂涂改改并没有什么奇怪的啊。

涂涂改改也是写作的一部分，而且还是必不可少的一部分。

在我们工作的成百上千个小时里，圣地亚哥从未见过那个笔记本，据我所知从来没有。

那是我从布宜诺斯艾利斯带来的一个笔记本。

现在我回想起来，我曾在第一次与圣地亚哥共进晚餐时用过那个笔记本，当我们高谈阔论时，我用它记下圣地亚哥想让我看的电影的清单：

《甜蜜的生活》[1]

《潜行者》[2]

《七武士》[3]

---

1 《甜蜜的生活》(*La Dolce Vita*)，1960 年由意大利、法国合拍，费德里科·费里尼执导，马塞洛·马斯楚安尼主演的影片。这部影片是费里尼早期新写实主义与后期艺术电影的分界点，曾获 1960 年戛纳电影节金棕榈奖。

2 《潜行者》(*Stalker*)，由苏联导演安德烈·塔可夫斯基执导，于 1979 年上映的影片。

3 《七武士》(*Los siete samuráis*)，由日本导演黑泽明执导，三船敏郎主演的影片，曾获得 1954 年威尼斯电影节银狮奖。

《二楼传来的歌声》[1]

《鼹鼠》[2]

《2001 太空漫游》[3]

《黎明》[4]

《偷自行车的人》[5]

《陆上行舟》[6]

《甜蜜的生活》

在那次晚餐跟圣地亚哥畅谈海聊时，我根本就没想到，自己最终会被囚禁在一间地下室里观看那些影片。

一天早晨，圣地亚哥来地下室时，带来了一台七十五英寸的电视机和他的蓝光播放器，他让诺尔玛准备了一壶咖啡、一罐脱脂牛奶（为我准备的）、一罐杏仁奶（为他准备的）、一罐橙汁，还有一盘子“林肯与微笑”牌饼干。然后我们坐下来，按照我之前列举的顺序，将那些电影全部都看了一遍，从《甜蜜的生活》开始，最后以《甜蜜的生活》结束。

当我们俩一起在地下室里看那些电影时，圣地亚哥喜欢从片

---

1 《二楼传来的歌声》（*Canciones del segundo piso*），由瑞典导演罗伊·安德森执导，于 2000 年上映的影片。

2 《鼹鼠》（*El Topo*），由墨西哥导演亚利桑德罗·佐杜洛夫斯基编剧并执导，于 1970 年上映的影片，是 Cult 电影的代表作品。

3 《2001 太空漫游》（*2001: Una odisea en el espacio*），由斯坦利·库布里克执导，根据科幻小说家亚瑟·克拉克小说改编的美国科幻电影，于 1968 年上映，被誉为“现代科幻电影技术的里程碑”。

4 《黎明》（*Amanecer*），由匈牙利导演哲尔吉·费赫尔执导，于 1990 年上映的影片。

5 《偷自行车的人》（*Ladronesde bicicletas*），由意大利导演维托里奥·德·西卡执导，于 1948 年上映的影片。

6 《陆上行舟》（*Fitzcarraldo*），德意志联邦共和国和秘鲁合拍，由沃纳·赫尔佐格执导，于 1982 年上映的影片。

头处的颜色条一直看到片尾处的颜色条，也就是说，他会一直坐在那儿把所有影片的演职员表都看一遍，或假装看一遍，所以当第二遍《甜蜜的生活》的演职员表也放完后，我问他是否愿意我们第二天看《莫扎特传》，那可是我最喜欢的电影之一。

他看着我，神情一如我有时说了什么他不赞同的话时看我的样子，他对我说，在他看来，米洛斯·福尔曼是个上不了台面的导演。

你别误解我的意思，他是个不错的导演，可是上不了台面，圣地亚哥说，福尔曼这样的导演一抓一大把，他不过是一大堆还不错的导演中的一员。我想说的是，在这一大堆平庸之辈中，米洛斯·福尔曼，还有库斯图里卡[1]、波兰斯基[2]、塔伦蒂诺[3]，都还算得上是拔尖儿的几个。米洛斯·福尔曼人倒是真不错，去年还请我去他位于恰斯拉夫的家里吃早饭。

恰斯拉夫?

在捷克斯洛伐克。一个美丽的小村庄。在那儿屁事儿也干不了，不过确实是个美丽的地方。米洛斯·福尔曼真是个不错的家伙。

---

1 埃米尔·库斯图里卡（Emir Kusturica，1954– ），南斯拉夫导演、编剧。曾凭借《流浪者之歌》《亚利桑那之梦》《黑猫白猫》等影片多次获得戛纳、柏林、威尼斯电影节奖项。

2 罗曼·波兰斯基（Roman Polanski, 1933– ），法国导演、编剧、制作人。1962 年，其编导的个人第一部长篇《水中刀》即获第 36 届奥斯卡奖最佳外语片提名，之后，凭借《荒岛惊魂》《唐人街》《怪房客》《苔丝》《第九道门》多次荣膺国际电影节奖项或获得提名，2002 年，凭借《钢琴师》获得第 75 届奥斯卡金像奖最佳导演奖。

3 昆汀·塔伦蒂诺（Quentin Tarantino, 1963– ），美国导演、编剧、演员、制作人。1987 年，拍摄个人首部喜剧短剧《我最好朋友的生日》。凭借《低俗小说》获得 1994 年戛纳影展金棕榈奖及 1995 年奥斯卡最佳原著剧本奖。之后，其执导的《危险关系》《杀死比尔》《无耻混蛋》《被解救的姜戈》在各种评奖活动中屡获殊荣，在电影界均引起很大反响。

在地下室生活的第二年，如果我没记错，那时我们正在为两人合写（其实是我为他写，再由他独自署名）的第一个剧本的第三幕耗心费神，一天早上，圣地亚哥带着他的七十五英寸电视机和蓝光播放器来到地下室，让我看他所有的电影，也就是他执导的所有作品。

其实其中的大多数我都已经看过了，但他还是让我全都看了一遍。

在一起看那些影片的时候，他就对每一场戏的细节进行讲评，完全是一场现场直播的即时讲评。

他向我解释如何与某些演员进行斗争，以便获得他想要的最完美的拍摄效果。

他还笑着告诉我，他曾经威胁过几个演员，声称要杀了他们；甚至威胁一个演员说要让他妈妈消失。

他说，我曾花钱雇了临时演员，让他们假扮成杀手的样子，然后我让他们默不作声地站在导演监视器附近，让道具枪的枪把儿从他们黑色衣袋的翻盖处露出来。黑色衣袋、黑色衬衫、黑色裤子，还有黑色鞋子。一身全黑。威慑力十足。演员们都心惊胆战。我向你发誓。我看到他们瑟瑟发抖，听到他们在那儿嘀咕“最好别惹他动气”或“你还是加把劲儿，咱们可是被架在火上烤呢”。我总是让麦克风都开着，这样就能听到他们在说些什么。甚至在他们去卫生间时我也听得到。我听得出他们的弦儿绷得有多紧。这一点很重要，他们得把弦儿都绷紧。

说话的时候，圣地亚哥不停地挥着手。他说话不仅用嘴，还要用手。

他在不到三十岁还很年轻的时候就剃了光头，现在他每天早晨都会用吉列刀片来刮他的胡子和脑袋。

他告诉我，诺尔玛会给他举着一面小镜子，好让他能刮干净后颈的部分。

圣地亚哥有一个很突出的鼻子，不像我的鼻子那么大，却很抢眼，就是那种像是要脱离整个面孔的鼻子。

他整天为那些从鼻孔里滋生出来的毛发烦恼。

他时不时地就用一根手指摸摸鼻孔，如果有哪根毛儿龇了出来，他就把它捅回去。

我已经不再刮胡子了，也不去剪鼻子和耳朵里冒出来的毛儿了。

诺尔玛偶尔会给我理理发，就是粗枝大叶地胡乱剪一剪，用的是一把玩具剪刀，就是那种小孩子们做拼贴游戏时剪纸用的剪刀。

用那种剪刀理发实际上根本不是在剪头发，而是在薅头发。

就算我突发奇想把剪刀从诺尔玛那儿抢来，并威胁用剪刀来刺她，那样的剪刀也实在派不上什么用场，因为它根本就没有尖儿。

我的胡子已经长到腰际了。

有一天晚上，闲极无聊的我曾跟诺尔玛要了把尺子量了量胡子，足有 55.8 厘米长了。

现在肯定早就超过 60 厘米了。

我只是这样猜。

因为我没有再量过胡子了。

我那浓密的耳毛则疯狂地从耳朵里冒出来。

有的时候我会摩挲那些耳毛。

有时，我放了屁，气味会盘桓半个多小时才散去。

地下室的通风实在是不尽人意，通风水平只够将将让我不会随时晕倒。

没准儿我真的曾晕过去了。

圣地亚哥就是这样发现了笔记本：他在我昏厥时进入了地下室。

不对，我想我应该会发觉自己快晕倒了，我会有感觉，会感到晕眩。

我也不知道一个人快喘不上气来时是什么感觉。

每次我提到迈克尔·哈内克[1]的时候，圣地亚哥都显出一副要晕过去的样子。

在我看来，哈内克是近三十年来最伟大的电影导演。

圣地亚哥知道我是对的。

我敢肯定他是知道的，所以我也就尽量不再提哈内克的名字了，也因如此，我每次一提那名字，他就显出马上要晕倒的样子，并且赶紧转移话题。

我还记得在圣马丁德洛斯安第斯的第一晚我们曾谈论过哈内克。

那时我们就圣地亚哥最新一部影片中一个人物的自杀进行了讨论（那部影片是圣地亚哥和他的西班牙合作伙伴费尔明·埃米

---

1 迈克尔·哈内克（Michael Haneke, 1942– ），奥地利编剧、导演。曾自编自导由《第七大陆》《班尼的录像带》和《机遇编年史的 71 块碎片》组成的“冰川三部曲”，在西方影视界形成影响。后凭借《未知密码》《钢琴教师》《隐藏摄像机》《白丝带》等影片频获国际奖项。2012 年执导了《爱》（*Amour*），该片获得第 65 届戛纳国际电影节金棕榈奖和第 85 届奥斯卡最佳外语片奖。

达合写的），我提到了《第七大陆》，那是哈内克的电影中我最喜欢的一部，是有史以来最棒的一部关于自杀题材的影片。

当我提到这位奥地利导演时，圣地亚哥的表情变了，他那澎湃的激情突然收敛、低落了。

他对我说，《第七大陆》是一部好影片，毫无疑问，是一部优秀的影片，但同时它也是一部失败的影片。

那部影片其实不过是一个问题，他说，一个长长的问题，如果你愿意，也可以把它看作一个谜题，在影片的最后解答揭秘。整个片子就是这么回事儿：一个长长的问题，在最后得到解答。根本无法唤起观众的同理心。人物没有变化，不会变得更好也不会变得更坏。确实，你会为那小姑娘感到有点儿难过，那个小女孩是个多好的演员啊，但是你不会为那对父母感到难过。他们死去了，杀死了那个小女孩，然后自杀了，你会想："好吧，这事儿发生了，那家人已经决定放弃这个世界了，那现在我晚饭该吃些什么呢。"

在我们这第三部剧本的第二幕也会有一起自杀事件。

那会是一场被精彩呈现的自杀戏（毫无疑问，自杀场景拍摄会调度有方，照明适宜，配乐恰当），有可能成为电影史上最令人惊心动魄的自杀场景之一。

它会完完全全地出人意料，但同时又难以避免。

所有人（或几乎所有人）都会看到它即将发生，但同时，所有人（或几乎所有人）只能满怀惊异、眼巴巴地看着它发生。

观众会将这自杀的场景一直带回家去，圣地亚哥·萨尔瓦铁拉的那些狂热粉丝还会把那场景配上画框，挂在自家起居室餐厅的墙壁上。

那自杀场景还会成为最畅销 T 恤上的印花图案。

如果我能把那场自杀戏成功地写出来，那它将会是多么引人入胜的一场戏，这甚至让我有些害怕。

那种想去模仿这次自杀的欲念让我心生恐惧。

如今我躺在床上，一边吃着我从早饭里省下的最后几块菠萝，一边想着，要写出这场自杀戏的唯一方式就是模仿这场自杀。

* * *

我请圣地亚哥给我弄一把吉他来。

随便一把就行。

只要能弹出声儿就行。

拉美本地产的就行。

便宜点儿的就行。

没过几个小时，他就拿下来一把“黑鸟”牌高音尤克里里，全新的、全碳纤维的美国货。

这肯定是一件价值不菲的乐器。

我问他是怎样在圣马丁德洛斯安第斯这样的地方找到一把全碳纤维的尤克里里的，他告诉我，他的一位邻居是音乐家古斯塔沃·桑陶拉利亚[1]，他们俩是朋友，他向桑陶拉利亚借一把吉他，可

1 古斯塔沃·桑陶拉利亚（Gustavo Santaolalla, 1952–　），阿根廷著名音乐家、电影配乐家与制作人，曾两度获奥斯卡金像奖，并获金球奖、格莱美奖等重要奖项。代表作有《断背山》和《通天塔》等。

是桑陶拉利亚看起来没有吉他可以借给他，他自己的所有吉他他都要用，可他正好有一把“黑鸟”牌尤克里里，是他在旧金山处理一桩音乐事务时一时冲动买下来的，几乎都还没用过。

尤克里里奏响时听起来和吉他也差不多。

地下室的音响效果实在是很完美，这里就是我的“哥伦布剧院”。

明天我得向圣地亚哥要一本练习曲来学习演奏尤克里里。

我还会向他要“披头士”歌曲的曲谱。

我只听披头士的歌，在笔记本电脑上我有他们的专辑全集。

我在音乐学校度过的两年光阴里，最棒的事情就是理解了披头士的音乐。

我那时就变成了披头士的发烧友。

在启程前往圣马丁德洛斯安第斯之前，我只听披头士的歌，如今在这地下室里，我也只听披头士的歌。

这是我向圣地亚哥提出的最初的几个要求之一，在那之前我只要过坐浴器，要求他给我解决没有坐浴器的问题。

当我得知圣地亚哥要借给（是借，不是送）我一台十五英寸的 MacBook Pro 笔记本电脑用于工作时，我请他把披头士所有专辑的曲目，包括 BBC 的那些朗诵会，都给我拷贝到一个 U 盘上。

就在那天晚上，圣地亚哥拿走了笔记本电脑，在 iTunes 上购买了披头士的所有专辑，外加列侬、麦卡特尼和哈里森的几张个人专辑，然后在第二天一早将下载了披头士音乐的笔记本电脑跟早饭一起送了下来。

圣地亚哥痛恨盗版。

我曾向他暗示有些东西可以从互联网上下载，比如我们在写东西的过程中会需要的某本书的 PDF 版本，或者对构思未来某段配乐有帮助的某张专辑，每当这时，他都会显出对我不能苟同的样子，向我宣称他当晚就会从 iTunes 上买下那张专辑，或者请我再等上几天，他会让“北方书店”把我们需要的那本书寄过来。

他的所有书籍都是从“北方书店”购买的。

照圣地亚哥的说法，那里是布宜诺斯艾利斯唯一值得去的书店。

他说，如果有一天北方书店不在了——当然我会祈求上帝让这种事儿永远不要发生——布宜诺斯艾利斯将一文不名。除了北方书店，布宜诺斯艾利斯没有任何重要的东西。博物馆和美术馆都令人泄气，电影院凋敝不堪，那些新的院线倒是都已经在用数字方式放映，但这也让它们完全失去了作为电影放映厅的价值。那些大型书店能提供的东西寥寥无几或几近于无，数量巨大，但内容乏善可陈、空洞无物。在帕雷尔默或巴拉卡斯区倒是有一些规模不大的新书店，但它们也提供不了很多东西，能提供的那点儿又会很快就卖光了。现在我们只有北方书店了。整个城市都得仰仗那个书店不要消失。

我对他说，我过去也经常去北方书店，我在那儿发现了好几个我最喜欢的作家。

我发现了贝克特、乔伊斯、莱塞卡[1]、德里罗[2]，还有弗兰纳

1　阿尔韦托·赫苏斯·莱塞卡（Alberto Jesús Laiseca, 1941–2016），阿根廷著名作家。

2　唐·德里罗（Donald Richard DeLillo，1936–　），美国散文家、小说家、剧作家。其知名作品包括《白噪音》（*White Noise*）、《地下世界》（*Underworld*）、《大都会》（*Cosmopolis*）等。

里·奥康纳[1]。

我还发现了阿尔诺·施密特[2]。

在北方书店我第一次读到了菲利普·拉金[3]、菲利普·罗斯[4]和戴维·马克森[5]的书。

圣地亚哥从来没读过马克森的书。

他也没怎么读过贝克特的东西。

圣地亚哥从心底里憎恶贝克特；有些人根本没法读贝克特的东西，看都不能看一眼，甚至单单想起贝克特都会让他们倒胃口，圣地亚哥就是这些人中的一个。

在北方书店，我最后一次见到了利桑德罗，我陪他买了卡特德拉[6]出版的乔伊斯的《尤利西斯》。

我们俩在普埃伊雷东和佩尼亚区的弗拉特恩波酒吧碰面，一起喝了“潜水艇”[7]，分享了一份火腿芝士三明治。

如果我没记错的话，当时我们还聊起了圣地亚哥的女助理帕特里夏。

利桑德罗不知道该拿帕特里夏怎么办。

---

1 弗兰纳里·奥康纳（Flannery O'Conner, 1925–1964），美国小说家、评论家，南方文学作家群中的一员。

2 阿尔诺·施密特（Arno Schmidt, 1914–1979），德国著名作家、翻译家。

3 菲利普·拉金（Philip Larkin, 1922–1985），英国著名诗人、小说家、爵士乐评论家。

4 菲利普·罗斯（Philip Roth, 1933–2018），美国著名作家。1959 年以《再见吧，哥伦布》（*Goodbye, Columbus*）一书成名，著有《美国牧歌》《人类的污点》《夏洛克行动》《反美阴谋》等作品，曾多次被提名诺贝尔文学奖，并获得国家图书奖、福克纳小说奖、普利策文学奖等重要奖项。其作品经常以新泽西州纽瓦克为背景，具有强烈的自传性质。

5 戴维·马克森（David Markson, 1927–2010），美国小说家，其部分作品被奉为后现代主义小说的经典之作。

6 卡特德拉（Cátedra），西班牙著名出版社，以出版高质量的文学经典著作见长。

7 潜水艇（Submarino），一种由龙舌兰酒和啤酒配制的鸡尾酒饮料。

他告诉我他跟帕特里夏相处得很好，好得有些过分，但是他却没有一点儿激情。

最要命的是我不知道为什么自己没有激情，他说，她拥有一切让我燃起来的东西，可我却没有激情。当我和她一起上床时，我必须得想着那天我在街上或网上看到的某个女人。我必须得闭上眼睛，想象着那个女人赤身裸体地跟我在一起，不是帕特里夏，而是俄罗斯、波兰或日本的女人。

我问他是否要跟帕特里夏分手。

才不会呢，他说。

然后我们就一路走到北方书店。

可那里没有卡特德拉版本的《尤利西斯》，利桑德罗就在书店预订了这本书。

我们一起走出了书店，利桑德罗说他要去个地方，于是我们就互相拍拍肩膀告别了。

今天我吃早饭的时候想起了利桑德罗。

我的朋友会怎么样了呢?

当圣地亚哥向我解释他打算怎么来拍第二幕的开场戏时，我却在试图想象我朋友的生活会是什么样子。

我曾经想请圣地亚哥帮我打听打听利桑德罗的消息，至少要知道他还活着。

但还是算了吧，最有可能的结果就是他对我说“行啊，当然可以”，然后什么都不做。

也许他这么做是为了我好。

也就是说，他什么都不做其实是为了我好。

我对利桑德罗和我老妈的状况一无所知，这样倒也挺好。

我想象着利桑德罗在试图完成企业管理专业的学习，他是为了让他父母安心才去学这个专业的，花了十多年的时间都还没有毕业。

我还想象着我老妈仍在组织策划儿童派对，想象着她跟专门给她缝制各种超级英雄、公主和迪斯尼人物服装的瓦瑟曼夫人如何斗个不亦乐乎但之后又成了亲密好友；想象着每天早上当第一缕晨曦赶走夜色时（夏天是五点半，冬天是七点半），她在早餐时享用着拉默塞德牌（乡村产）马黛茶的情景。

那时我总是喜欢伴着老妈在厨房里发出的各种声响醒来，然后我会再继续睡上几个钟头，心里知道她已经醒了，就在那里，喝着她的马黛茶，欣赏着黎明的景色。

我已经有五年时间没有看到过黎明了。

我已经有五年时间没有看到一棵树了。

我已经有五年时间没有看到一片云了。

尤其是想到我现在正身处阿根廷最美丽的、最风景如画的村镇中。

我还记得那天早上，飞机落地后，圣地亚哥用他那辆四驱卡车载上我，从查佩尔科机场驶往他家，一路上的风光深深震撼了我。

大自然斑斓的色彩数不胜数。

天空一片无边无垠的蔚蓝。

纯净空气的气息，与布宜诺斯艾利斯是如此不同。

而在这地下室里，一切都已完结，没有任何无边无垠的东西，也没有任何数不胜数的东西。

那点长方形的天光无法让人看到在它另外一边的世界。

一片长方形的光线亮起来又暗下去，亮起来又暗下去……

还有空气……

我已经说过空气了。

我说过吗?

我跟谁说过?

跟我老妈?

跟利桑德罗?

还是跟彼得·谢弗?

我要让圣地亚哥去打听一下彼得·谢弗是不是还活着。

可这又有什么要紧呢?

彼得·谢弗已经不再重要了。

从未写出过东西的人根本就不重要了。

唯一重要的，只有我为圣地亚哥写的那些剧本。

还有这个加密文档。

还有桑陶拉利亚的尤克里里。

还有披头士的专辑。

我从来都不听列侬、麦卡特尼和哈里森的个人专辑，我只听披头士的乐队专辑。

披头士乐队是合作美德的杰出典范。

四个才气初现的音乐人组成了披头士乐队，当他们聚在一起时，这过人的灵气就变成了天赋奇才；他们已经不再是他们自己了，他们放弃成为一个音乐才华横溢的个体，而变成了超越他们个人的、有着天纵之才的团体的一部分。

很幸运，圣地亚哥将他的“博士”[1]耳机借给了我，否则用笔记本电脑配备的扬声器来听披头士的音乐实在是让人难受的事儿。

电脑的声音都是从电脑的各个按键间播放出来的。

那扬声器完全是由按键构成的。

这样的扬声器正在毁掉新生代年轻人的音乐感受力。

圣地亚哥告诉我他在楼上有一套环绕音响设备：他的工作室房间的天花板和墙壁里隐藏着几十个音箱，通过那些音箱，音乐在到达他的双耳之前会被分解并重新组合。

每天至少一小时，我会坐在我的皮转椅上倾听历史上那些伟大作曲家的作品，圣地亚哥对我说，我会让他们进入我的灵魂，将我托举起来，从这堕落的尘世中脱离片刻。大师们的乐音充溢了我的身心，我会像气球一样膨胀、漂浮，我任由他们引领我，如断线的气球一般随风飘荡。

圣地亚哥能这么矫情可真是让我吃惊不小。

拉丁美洲电影界有史以来最伟大的导演居然也难免那些俗套，热衷于如此矫揉造作的表达。

也许正因如此他才成了最伟大的导演。

也许天才与俗套和矫揉造作的结合才是成为最伟大人物的关键所在。

但哈内克就完全缺少这些俗套和矫揉造作。

---

1 博士（Bose），美国企业品牌，1964年创立，主要研发和生产音响、扬声器、耳机等相关产品。

也许正因如此，虽然哈内克是我和圣地亚哥（虽然他并不承认）眼中最伟大的导演，却无法成为世人眼中最伟大的导演。

虽然我现在这么想，但在他最近的影片《爱》当中（我和圣地亚哥在这间地下室里看了这部片子），哈内克却显露出一些落入俗套的痕迹。

我不知道算不算是矫揉造作，但落入俗套是确信无疑的。

而《爱》这部片子为他赢得了奥斯卡最佳外语片奖。

圣地亚哥是这么对我表述的：凭借《白丝带》，哈内克差点儿就拿了“最佳外语片奖”；靠着《爱》他终于得偿所愿。

让《爱》跨越重重障碍最终得以折桂的部分原因也许就是这部影片运用的一些俗套。

哈内克不得不委身跌落在这些俗套之中，好成为那一年最出色的非美国籍的导演。

不管是凭着《第七大陆》这样的电影还是《机遇编年史的 71 块碎片》这样的电影，他都成不了最伟大的导演。

因为那些电影都过于优秀了。

这么优秀的电影永远都不会让一名导演变成最伟大的导演。

* * *

圣地亚哥正纠结于第二幕第三场的结尾反转，他觉得这么结尾不行。

每一场的结尾反转应该是本场最后才被打开的那扇用来打破一切预想的门。

结尾反转应该是一场戏的出人意料之处，能让故事情节永远走在观众前头。

只要不是过场戏，那这一场就一定要有个结尾反转。

行动、冲突和结尾反转，用英语说就是“reverse”。

诸多人物中的一个负责实施行动，要去爱点儿什么，去需要点儿什么。

冲突就发生在这个人物与被爱和被需要的对象之间。

不管这个人物最终是否达到爱与需要的目的，结尾反转会将他推向意料之外的境地。

例如，在《莫扎特传》里有一场戏，莫扎特的妻子把丈夫写的曲谱拿给萨列里，希望这位大师能够认可她丈夫的才能，并为其提供工作机会。

莫扎特的妻子实施了行动，她需要她的丈夫得到工作，得到职位，随便什么都行，她需要钱。

冲突在于她并不知道萨列里内心深处是憎恶莫扎特的。

也就是说，萨列里因上帝将莫扎特安排成他的对手而对上帝心怀怨恨，这种恨意也扩展到了莫扎特身上。

而萨列里在莫扎特的那些曲谱中再次发现了天赋之才，这是让冲突进一步扩大化的因素。

不仅如此，那些谱子居然是原稿；莫扎特的妻子带来的不是副本，而是原稿，而且上面几乎没有修改的痕迹。

这一切带给萨列里（F·默里·亚伯拉罕）一个在此之前摄影机从未拍出过的最完美的表情。

那是一个让人不可能理解的表情。

那表情足以令世界上的其他演员心生惧意，让他们想去隐退，想要跳下舞台逃走。

结尾反转就是萨列里默不作声地离开。

当萨列里意识到莫扎特的天赋之才已远远超越自己后，曲谱从他的手中滑落，莫扎特的妻子问道，“曲子不好吗？”萨列里回答道，“它们是个奇迹”，她露出微笑，俯身捡拾曲谱，接着问萨列里，“那您会帮助我们吗？”后者一语不发，走出了房间。

一个并不激烈的结尾反转，却足以让我们感到些许迷惑。

在萨列里的内心到底发生了什么？

接下来他又会做些什么反对莫扎特或反对上帝的事情？

而让观众感到有些迷惑是对的。

当然只能是“有些”迷惑，而不能是完全大惑不解。

如果观众完全搞不清楚状况，那他就会跌落到电影之外去了。

圣地亚哥想的是每一场戏都有好几个可能的结尾反转，他总是想用好几种结尾反转的可能性来做文章，但他错了：如果一场戏构作精妙，那么只可能有一种结尾反转。

所以我总是花很多时间来给每场戏收尾，也正因如此，当圣地亚哥来质疑那些结尾反转并提出其他通常是不恰当，甚至更糟糕的想法时，我总是怒火中烧。

每一场戏都犹如披头士的一首歌曲。

那是一首缘自合作的歌曲，是没有合作就不可能存在的作品，但这作品通常也会取决于一位对细节有决定权的作曲者。

披头士乐队的成员都明白，每首歌曲都由他们中的一名成员来执掌指挥棒，而他们之间都彼此尊重。

如果有一首歌是由列侬来指挥的，列侬就会告诉其他人要做什么，演奏什么，其他几个人也会为歌曲的完善而提出各种想法，但同时他们都尊重列侬最终的决定。

然后，当轮到去唱麦卡特尼的一首歌时，列侬就会挎起吉他，待在一边儿，让麦卡特尼执掌指挥棒。

而圣地亚哥坚信他对所有场次的戏都享有指挥权，所有的戏从根本上就是他的创作，而我所做的不过是配合他，帮助他完善他的那些戏。

圣地亚哥相信他就是列侬和麦卡特尼，而我是哈里森。

不，他是列侬、麦卡特尼和哈里森，而我是林戈·斯塔尔。

事实上我对此没觉得有一丁点儿不高兴，我非常敬重林戈在披头士乐队里的工作，他是个自学成才、不那么博学多知的鼓手，但正因为如此，他也更具有创造力，在巅峰时期根本没人可与他媲美。

把我当作林戈我一点儿问题都没有，如果这事儿能成真的话，我反而会异常骄傲的。

但事实是，在写剧本这件事情上，圣地亚哥既不是列侬、麦卡特尼，也不是哈里森、林戈。

圣地亚哥是小野洋子[1]。

小野洋子待在录音室，事事都要发表看法，每分钟都要说出上千条意见，没有人（或几乎没有人）听她的，可之后她会觉得自己就是披头士乐队的灵魂人物。

---

1 小野洋子（Yoko Ono, 1933– ），披头士乐队成员约翰·列侬的妻子。

怀有身孕的小野洋子躺在录音室的一张床上，身上盖着床单，拿着麦克风指手画脚，来激怒所有人，圣地亚哥就跟她一个样儿。

我足足花了两个多小时的时间才让他相信我在戏里采用的结尾反转才是正确的。

我们最终让它保持了原样。

圣地亚哥告诉我，他打算在这第三部影片中用的演员（他还没告诉我他们的名字）在来年的三月到八月期间都有档期。

你得抓紧了，巴勃罗，他对我说，我不想催你。我不希望你着急忙慌地写，但是你还是得抓紧点儿。

到三月份还有三个半月，时间可不多了。

要在一百零五天时间里写好分镜头脚本。

这就是说，我得在两个月时间里完成剧本的初稿。

然后我们会再用一个月来打磨它，完成第二稿。

圣地亚哥说他用初稿一样可以开始前期准备。

我还有一个半月时间用来写第二幕，一个月时间用来写第三幕。

我又一次心动过速了。

我故作镇定，但还是忍不住用右手的食指和中指去测了测左手手腕的脉搏。

圣地亚哥看到了，但什么也没说。

他问我晚餐想不想吃烧烤。

当然想，我对他说。

我要在烤架上烤点儿里脊肉和下水。你喜欢什么下水?

牛杂碎、腊肠，除了肥肠，什么都可以。

有那么一刻他静静地盯着我看，眼里透着想跟我说点儿什么的神情。

现在我觉得他当时是想请我跟他一起到楼上的屋子里去吃烧烤；我相信有那么一会儿他是考虑要请我跟他一起吃烧烤的。

我刚刚把最后一块法式面包在肉汁里蘸了蘸。

肉汁总是让我老妈觉得恶心，她会把肉汁误称为“血”。

当我们去烧烤店吃饭时，她总是点全熟的牛排和烤蝴蝶骨，那散发着焦炭味道的东西活像两块胶皮鞋底。

可我现在希望她仍然到烧烤店去点她的“胶皮鞋底”。

我希望她已经结识了某个人，能带她去烧烤店享受她的“胶皮鞋底”配什锦沙拉。

眼下我这该死的生活日常真是连狗屁都不如。

我刚刚吃完晚饭，已经又在加密文档里写这些东西了。

这就是“生活中的一天”。[1]

从音乐的角度来说，再也没有比用耳机听《佩珀中士的寂寞之心俱乐部乐队》[2] 专辑更令人愉快的事情了。

尽管这张专辑我已经听了成百上千次了，它的立体声音效设计仍然让我惊异不已：器乐和人声会出人意料地从左声道转到右声道，再从右声道转到左声道，那器乐、那人声，在我的耳中出

1 《生活中的一天》（*A Day in the Life*），披头士乐队专辑《佩珀中士的寂寞之心俱乐部乐队》中的一首歌。

2 《佩珀中士的寂寞之心俱乐部乐队》（*Sgt. Pepper's Lonely Hearts Club Band*），是英国摇滚乐队披头士的第八张录音室专辑，1967 年发行。这张专辑因其富于启发意义的创编、制作和插图设计，在流行音乐和严肃音乐之间所起的桥梁作用，以及从音乐角度对婴儿潮一代和 20 世纪 60 年代反文化的集中反映而获得乐评界的广泛好评。

人意料地醒转过来，充溢了我的脑海。

这张专辑的后期制作显示了既夸张又简约的风格。

乔治·马丁[1]只用了四轨录音设备就让它成为一张了不起的专辑，那台被他肆意玩转的设备就恰如他那个年代的“库乐队”[2]。

我可以想象出乔治·马丁进入录音室时得是多么地兴奋，思忖着今天又能出现什么好东西，心中坚信凭着那四个利物浦小子带来的玩意儿，自己又能大展身手了。

* * *

我听出来下雨了。

外面正大雨倾盆。

地下室里就断了这么一次电。

过了三个小时，圣地亚哥才带着手电筒来到地下室。

他让我不用担心，说他已经订了一个发电机组，几天之后就会送来。

也许以前这里也断过电（已经下过几次大暴雨了），但是发电机组弥补了电力的匮乏。

就算我以前发觉断过电，那也是因为发电机启动时需要花上几分钟。

---

1 乔治·马丁（George Henry Martin, 1926–2016），英国唱片制作人、编曲人、作曲家、指挥、音讯工程师及乐手。他广泛参与了披头士乐队每张原版专辑的制作，因此被称为“披头士第五人”。

2 库乐队（GarageBand），一款由苹果计算机编写的数字音乐创作软件，是 Macintosh 电脑上的应用程序套装 iLife 的一部分，允许用户创作音乐。

这都是我猜测的。

我能想象得出在圣马丁德洛斯安第斯除了圣地亚哥·萨尔瓦铁拉的房子外全城都断电的样子。

在一片漆黑中只有一所房子灯火通明。

那是这世界上独一无二的房子。

在这房子里，世界电影史正在被改写。

那是凌晨四点二十分。

圣地亚哥刚刚离开。

他下来时已经酩酊大醉了。

为了配一块前天剩下来的牛排，他足足干了三瓶普洛赛克白葡萄酒。

他拿来一座奥斯卡奖杯，就是他最近获得“最佳外语片奖”的那一座。

他为之前没有给我看这座奖杯而向我致歉。

如果你愿意，我就把它给你留下，他说。你可以把它放在那儿，放在床垫旁边，你要睡觉时就看看它。

不用了，谢谢。我这样挺好的。

你当然挺好的了。你有什么原因能不好呢？你不需要这座奥斯卡奖杯。谁也不需要它。“最佳外语片奖”，这是啥意思啊？

它的意思是……

没有。它什么意思都没有。一个奥斯卡奖杯没有任何意义。你用它当镇纸吧。我楼上还有一个呐。还有一个奥斯卡奖杯。那个也毫无意义。我去给你找。你把两个都留着。

不啦，谢谢，我不想要它们。

为什么不?

因为我不想要。它们是你的。

我知道它们是我的。可我把它们借给你。最佳外语片奖。

他拥抱了我。

从他用左轮手枪瞄准我的那个下午以来，这是他第二次拥抱我。

这一次，顶着我后背的已经不是手枪的枪托了，我能感到奥斯卡奖杯的基座抵在我后背上，那基座上用螺丝固定的小金牌上写着影片的片名，以及导演、编剧、服装、制片人等诸如此类的名称。

圣地亚哥躺倒在床垫上，用双手捂住了脸。

他告诉我，他的前妻下个月就要结婚了。

她给我寄了请柬，他说，你能相信吗?这个不要脸的女人居然给我寄了请柬。她要嫁的那个家伙就是那些搞手机应用软件开发的笨蛋之一。就靠着一款能告诉你每个星期吃的食物有多少种颜色的应用软件，他就发了家。他弄出来的颜色还真不少呢。表面上看，吃不同颜色的食物还是很重要的。他靠这个赚了好几百万。他们要在他位于埃斯特角城[1]的房子对面的海滩上举行婚礼。那是他的房子，马上就会成为她的家。那里也会成为伊拉里奥的家。伊拉里奥会跟他们俩住在一起。我没跟你说过吗?他上个星期告诉我的。他给我发了一封电子邮件。我儿子通过电子邮

1 埃斯特角城（Punta del Este），乌拉圭东南部大西洋沿岸的城镇，距离首都蒙得维的亚140千米，被誉为“南美洲的迈阿密”。

件跟我联络。连个电话都不给我打，即使打电话那也只是为了要钱。他写的那些电子邮件根本不讲究标点、拼写和语法，连一个词儿都写不对。

他从床垫上坐起来，用一种滑稽的严肃表情看着我。

我们必须要打破常规，巴勃罗。这事儿不容置疑。我已经找到了一个美国译者，最好的译者之一，是个女的，曾把波拉尼奥的作品译成英文。我不会让任何事务疏于安排。我要以希区柯克的方式来拍这部电影，全心筹谋计划。等到开拍时都根本不需要我去指导了。

他态度坚定地往地下室外面走，手里攥着奥斯卡奖杯和我的胳膊，嘴里喃喃道：

“我们必须得打破常规，我们必须得打破常规，我们必须得打破常规……”

在我们合作的五年时间里，圣地亚哥第一次表现得如此脆弱。

我不知道自己是否有能力来扛住这压力。

我在压力下根本写不出东西来。

有些作家知道如何在压力下写作，他们需要压力，甚至去寻找压力。

托尼·库什纳[1]就需要压力，他会收取一笔预付款，让前期准备工作向前推进，让大家在明知他还交不出任何东西的情况下，做好准备去按照他可能要交给他们的任何东西的内容进行表演。

1 托尼·库什纳（Tony Kushner, 1956– ），美国犹太裔剧作家及编剧，代表作《天使在美国》（*Angels in America*），曾凭此作获普利策戏剧奖及托尼奖最佳话剧奖。也曾担任电影《慕尼黑》（*Munich*）、《林肯》（*Lincoln*）等影片的编剧并入围奥斯卡最佳改编剧本奖。

等到压力与日俱增，等到团队的成员去擂他的家门求他交出写好的作品时，他才坐下来动笔写，将一部杰作一挥而就。

换成是我，在这种境况下，最有可能发生的事情就是我从阳台一头扎下去，当然我近旁还得有个阳台才行。

我承受不了压力。

我在压力下写出来的东西让我自己都无法忍受。

只有在认为根本没人在等我写东西的时候，我才能顺利地写作。

没人等着我写的东西，所以它根本不重要。

所以那个写小伙儿把家人都扔到井里去的剧本是我写过的最好的一部，因为并没人期待着我把它写出来。

查理·考夫曼[1]也是这样，他迄今为止最好的剧本就是《傀儡人生》，因为他在写这个剧本时并没有人期待着他写什么，他写《傀儡人生》是为了他自己，为了晚上在家给自己找个乐子，根本没想到有一天这剧本会被拍成电影，还会被提名最佳原创剧本奖，从而改变了他的一生。

甚至在这次与圣地亚哥的合作中，我写剧本也会当根本没人在等着我写，尽管我知道圣地亚哥就睡在我的头顶上，天天都在等着我写出新的剧本内容来。

但圣地亚哥从来没有催过我。

---

1 查理·考夫曼（Charlie Kaufman，1958-　），美国著名编剧、监制及导演，作品多不合常规却大受好评。曾于 2003 年凭《美丽心灵的永恒阳光》（*Eternal Sunshine of the Spotless Mind*）获奥斯卡最佳原创剧本奖。代表作有《傀儡人生》（*Being John Malkovich*）、《改编剧本》（*Adaptation*）等。

他从来不给我设置时限。

他从来没有让我觉得我正写着的这场戏必须得成为定稿。

我知道圣地亚哥在盼着我写出那些剧本，但同时也明白我不用着急，用不着初稿就写得完美无缺，我已经学会了在这种情况下来写剧本。

这样的安排足以让我能以我惯常的方式来写作，我知道自己此时此刻正写着的东西还什么定数都没有，我写出来的一切都可以扔进垃圾桶，一切都可以推倒重写，直到我们最后决定前，一切都还毫无意义，而我们会用必要的时间来让一切变得有意义，这样的方式很有效，对我而言非常管用。

但如今却不按这样的安排来进行了。

写第三部剧本时采取了另外的规则。

那些令我胆寒的规则。

那些不再允许我以惯常方式来写作的规则。

那些强迫我变成托尼·库什纳的规则。

我成了被关进地下室的“托尼·库什纳”。

成了在经受压力时只能写出垃圾的“托尼·库什纳”。

也许我应该告诉圣地亚哥，在这些新规则下我根本没法写作，我不能同意自己待在地下室里还得遵守这些新规则。

可那不过是妄想。

你待在地下室并不是因为你同意待在那里，你待在地下室是因为你别无选择，因为你害怕被一枪爆头。

才不是呢，你待在地下室是因为你不愿意失去与拉丁美洲有史以来最伟大的电影导演一起创造艺术的机会。

不对。

你为什么要待在地下室里?

我为什么要待在地下室里?

我为什么不为从这里出去而抗争，尽管这抗争会让我冒丧命的风险?

反正你已经失去“生命”了。

就在你投身于圣地亚哥的第一个拥抱时，你就已经失去“生命”了。

我心下暗问圣地亚哥到底有多喜欢诺尔玛，对她的感情有多深。

如果我把诺尔玛劫为人质，威胁要杀了她，也许……

我才不会把诺尔玛劫为人质并且威胁要杀了她呢。

她最后把我杀了倒是更有可能。

我也不想把诺尔玛劫为人质并且威胁要杀了她。

那你想干什么?

我想干什么?

我想写完这个剧本。

我想改写世界电影史，尽管根本没人知道我是这变化的一部分。

我想写一部真正属于我自己的剧本，跟那部写小伙儿把家人扔到井里去的剧本相比更像是我自己的作品，虽然就连那个剧本也根本不是我的了，它完完全全属于圣地亚哥·萨尔瓦铁拉，因为他是个天才，是他将我那些不堪的剧本变成了足以改写拉丁美洲电影史的影片，而且在不久的将来，如果我还没任由压力把我压垮，那么他拍的影片还有可能去改写世界电影史呢。

* * *

第四十七页了。

第二幕完全就像是由沙子堆成的，而那些沙子正从电脑屏幕的侧边簌簌撒落地面。

在我刚开始写作时，这种感觉句子都从电脑屏幕上掉落下来的情况也时时发生。

地上撒满了那些拒绝成为我狗屁作品内容的文字，我用脚掌都能感觉到它们。

我以前曾买过一台很便宜的电脑。

那时我还不知道要干点儿什么来谋生。

学习音乐曾是个错误，是浪费时间，倒不是说在音乐上浪费了时间（学会演奏一样乐器是很有用的，懂得欣赏披头士也是很有用的），而是我为了做独立音乐人而进行的学习半途而废，让我在近两年的时间里虚掷光阴。

吉他、功放、放着谱子的曲谱架，还有那些视唱练耳的练习曲都只能让我回忆起那个错误。

我把它们都卖了。

只留下了泰克尼克斯四喇叭立体声音响和披头士乐队的唱片。

我把钱藏在了放袜子的抽屉的最里面。

直到有一天早晨，我老妈跟我说她想为她的那些儿童派对活动策划设计个网页，她想在网页上放上照片、视频，以及各种活动策划类型的价格。

我从装袜子的抽屉的最里面把钱拿出来，买了一台便宜的分装电脑。

我还得自己把它组装起来。

由于我对电脑一窍不通，我就想如果我买个分装电脑再把它组装起来，那我就能在很短的时间里学到很多东西了。

我用了两个星期的时间来组装那台电脑。

我不得不把它装了拆，拆了装，还到商店去让人给我换了显卡，再把电脑又组装了一遍。

我给电脑装上视窗系统，又不得不把系统卸载再重装。

我老妈雇了个一对一的老师，教她使用 Outlook、Word、Excel 这些软件，还教她怎么设计一个简单的网页。

一天晚上（我因为炎热而无法入睡，时值盛夏，可我老妈痛恨开着空调睡觉），我下了床，到厨房去喝杯水。

在冰箱旁边，电脑正处于休眠状态。

电脑如此安详地入眠，这让我有些不爽。

我坐下来，动了动鼠标，电脑屏幕亮了起来。

我老妈让 Outlook 的界面开着，上面是她的工作邮件。

我把界面关了。

她把 Word 程序也开着，在一个页面上写着：

“有马黛茶马黛茶真美味乡村马黛茶真美味真是美味”。

我把她的“诗歌”（？）保存在“桌面”里，打开了一个空白文件的页面。

我自己亲手组装了这台电脑，却不知如何使用它，不知用它派什么用场，我欣赏着电脑屏幕上的那个空白页面，就这么过了好一阵子，然后我想最好还是回床上去，躺到我老妈身边，努力入睡。

可是天儿那么热，根本不可能睡得着。

我又想了想出去转一圈的可能性。

不去了吧，我还是留在了那个空白页面跟前，听着电脑发出机器的嗡嗡声。

过了一会儿，我俯身在键盘上敲出了“我写”这个词。

我又把屏幕上的“我写”这个词端详了好一阵子。

然后我又敲出了“我读”这个词。

这他妈是什么啊?

“我写。我读。”

“我写。我读。我写。我读。”

我走进房间，尽可能地不发出声音，从地上捡起本书来。

由于没有地方搁床头桌，我们就把东西都放在地上：书、眼镜、擦鼻涕的纸巾、手机，还有我老妈每天早晚都要亲吻的我老爸的照片。

那会儿我正读的二手书是《魔山》。

我把那本小说放在电脑键盘旁边，翻开中间的一页，把托马斯·曼的一句话敲出来。

我又待了好一会儿来欣赏那个句子。

这个句子并不属于我，但它从一个篇章中分离出来，孤零零地出现在世界尽头的一台便宜电脑的 Word 文档页面上，看起来就像是我的句子。

我也不知道我欣赏着那个句子过了多长时间，但突然我又俯身在键盘上，在托马斯·曼的句子旁边又敲出了另一个句子，这回是我自己的句子了。

我又待了半天来欣赏这两个句子。

我老妈起床去上卫生间，问我在干什么。

没干什么，我跟她说，就是睡不着。

她还想再说些什么，但最终啥也没说，她走进卫生间，上完厕所，冲了水，走出卫生间，又回到床上去了。

那天夜里余下的时间我都在写东西。

我写了个短篇小说。

那可是一篇糟糕透顶的短篇小说，由托马斯·曼起了个很棒的开头，再由我一路毁得惨不忍睹。

那可是篇足足十五页的短篇小说。

在短短几个小时里就写出了十五页。

写完时我很疲倦，但也很幸福，尽管我也不明白自己为什么会觉得幸福。

那是一种令人愉悦的疲倦，是我以前从来没有体会过的，就连我不出错儿地弹出整首吉他练习曲时都没有过那种感觉。

那不是体力上的劳累，而是脑力上的疲倦，但是在身体上也能感觉出来。

我将小说保存在我命名为“草稿”的文件夹里，再将这个文件夹保存在“我的电脑”里。

我老妈醒过来的时候，我上床去睡觉。

听着老妈在那儿准备她的马黛茶，我很快就睡着了。

第二天，我把那个短篇读了一遍，然后就毫不犹豫地把它挪到了“垃圾箱”，再把“垃圾箱”清空。

我给自己准备了一杯多尔卡奶香咖啡，然后坐在电脑前，打开一个 Word 文档页面，开始写了起来。

我想去证明是什么在我身上引起了那种完美的疲倦感：是写出好多东西的事实，是我正在写出好东西的想法，还是在电脑屏幕前一坐好几个钟头的行为。

我一口气儿写出了一篇二十七页的短篇小说。

我喝下去三杯奶香咖啡。

还是那种完美无缺的疲惫感，那种只有狗儿们才能体会到的平静。

第二次写作，我仍然坚信自己写出来的东西狗屁不通，就是一堆文字垃圾。

我将这第二篇小说保存在“我的电脑”中的“草稿”文件夹里。

第二天一早我把那篇小说又看了一遍，然后就把它挪进“垃圾箱”，再把“垃圾箱”清空。

我就这样度过了接下来的两个月：每天我都会写一个十五至四十页的短篇小说，第二天把它读一遍，然后就把它挪进“垃圾箱”，再把“垃圾箱”清空。

我从来没有感觉如此良好过，就好像精神科医生给我开了安定，而且让我每天服用，没有副作用，也不用担心我会有药物依赖。

但我是真的成瘾了。

我沉迷于每天写出那么多页的文字。

我沉迷于每天都写出一个狗屁不通的故事。

如果哪天没写出那个狗屁不通的故事，我就会觉得那是失败的一天。

我就像只无法无天的猴子一样在电脑上敲着字儿。

我开始注意到我老妈发出的各种声响：我写作时我老妈在公寓里做的每一件事（她多年来所做的、以前从来没打扰过我的那些事情）的声音都像是被大喇叭扩大了一般回响。

我买了一个笔记本，到酒吧里去写东西。

从那时起我就几乎不看书了。

我只是在那儿写啊写，度过一个又一个钟头（我周围的世界成了朦胧的一片星云），然后我就把纸撕成碎片，扔进垃圾桶。

那一年我写的东西我只字未留。

不对。

有一篇我一气呵成的侦探小说被我保存了下来。

如果我没记错，那篇小说是在一天下午两点时在我家街角那家酒吧里开始写的，在次日凌晨四点，我老妈在房间里打着呼噜时，我一边玩儿命灌着奶香咖啡，一边在电脑上写完了它。

那是一篇我付出很大热情写就的侦探小说，题为《绝对安静》，尽管后来我发现写得还是不行，起码有一部分写得不行，但我还是懒得对它进行修改。

我开始写这篇侦探小说时，根本不知道故事朝哪个方向发展，也不知道案件的谜底到底是什么。

当我写到六十多页，隐约看到案件的谜底时，连我自己都大吃了一惊。

这篇小说我是一边写一边读的，也许正因为这样才写得不行。

侦探小说在开始写之前就应该计划妥当，要像构作一部剧本一样来设计它，在坐下来写第一个词儿之前就要费尽心思去进行构建。

我一直都很喜欢看侦探小说，尽管大多数侦探小说都很愚蠢，能让人轻易看出结果。

可那类小说里有一种能让人静下来的东西。

每次去旧书店换的四本书里，我都会选一本侦探小说、三本所谓“严肃文学”再加一本侦探小说。

当那些侦探小说不是那种很愚蠢的、让人能一眼看出结果的作品时，我读它们还是非常享受的，要比读那些严肃文学作品愉快得多。

但读贝克特的三部曲时是例外。

抱歉，应该是贝克特的“三部小说”。

贝克特不喜欢人家把他的三部小说称为“三部曲”。

它们是《莫洛瓦》《马龙之死》和《无名氏》。

他的这几部严肃文学作品有些侦探小说的味道，特别是在《莫洛瓦》中更为明显，在《马龙之死》的结尾部分也有那么一点儿。

我在北方书店买下了装在盒子里的阿利安萨出版社的这一套三本小说，纸张廉价、装帧粗陋、印刷字体几乎难以辨认。

在一年的时间里，我把那三本小说不停地看了又看，读它们的时候根本不看其他的作品，直到这三部小说最终让我恶心得实在看不下去了（跟其他两部相比，《马龙之死》还好点儿，虽然

《马龙之死》也恶心着我了，但还不至于让我看不下去），于是我就把贝克特的那三部小说拿到旧书店，用它们换来了菲利普·罗斯的《夏洛克行动》。

* * *

圣地亚哥总是在啃指甲。

最近这些日子，我们工作的时候，他也一直不停地啃指甲。

他随时都要看看那些指甲，把它们仔细检查，怒哼一声，然后就又继续啃它们。

昨天我写了重要的一场戏。

写完后我歇了下来，感觉很好。

圣地亚哥今天一早下来时看我的神情就像他以往读了我写的东西后觉得还不错的样子，那表情挺难解释，就好像他感受到恨意的同时又带着些自豪，就好像我写了那场还过得去的戏让他很不高兴但同时又让他想拥抱我叫我一声“孩子”。

我昨天写的那场戏打破了一堵墙：好几个星期以来我们第一次看到第二幕成了有可能实现的东西。

圣地亚哥情绪很好，他不停地啃着指甲，随便什么事情都能让他露出微笑。

以前他从来都不会因为我讲的笑话而露出笑意，而现在我的所有笑话都能让他发笑。

他讲的笑话一直都很糟糕，可他笃信自己的笑话出色、睿智又新潮，在讲完笑话后总是自己（夸张地）笑出来，一边还看着我等着我也笑出来。

但他所有的笑话都是既糟糕、愚蠢，又老掉牙的那种。

但我还是笑了。

我当然得笑了。

我付出的另一个代价是：下巴都笑疼了。

圣地亚哥如此执信于自己的天才，以至于根本无法想象有人听他的笑话时会假笑，听完他讲的笑话后根本不可能有勉强装出的笑容。

我们在剧本里很难找出幽默感。

我们需要“灵光闪现的时刻”。

圣地亚哥尽最大的努力去获取灵光闪现的时刻，确信它们能被挖掘出来。

但是，那些能发挥作用的灵光闪现的时刻都是在最自然的情况下发生的，而不是在戏里强行制造出来，它们总是以出人意料的方式显现出来。

有时，当我正在写一个悲惨异常的戏剧性场景时，我的大脑会带给我一个灵光的闪现，而我不会失去那个闪现，必须得把它立刻放到戏里去。

那些有用的灵光闪现的时刻就应该是以这样的方式产生的。

但是在我写这第三部剧本时，那些闪现却很少发生，于是圣地亚哥就开始强行制造它们：他想让我相信他经历过灵光闪现的时刻，当他实际上并没经历过时，他就编造一个出来。

可那些灵光闪现的时刻没出现就是没出现啊。

剧本与我们所期望的样子有那么几分相像，或者说，与剧本

“他”自己愿意成为的样子有那么几分相像。

是“他”，还是“她”？

剧本到底是个“他”，还是个“她”呢?

我给圣地亚哥写的第一部剧本是个“他”，而第二部则是个“她”。

而这一部也许是雌雄同体的吧。

或者是一部无性别的剧本。

好吧，一部无性别剧本本来就是缺少幽默感的嘛。

就像圣地亚哥，他也缺乏幽默感。

创造幽默感都得靠我了，而这一次它却不肯出现。

直到现在，剧本都还只是个影子，而一部还只是个影子的剧本是无法拍成年度最佳影片的。

一部只是个影子的电影也许可以赢取奥斯卡最佳外语片奖，但却得不到最佳影片奖。

日子飞一样地过去了。

我从来没想到地下室里的日子也能过得飞快。

午餐时诺尔玛给我拿下来一罐红牛饮料。

我问她干吗要拿红牛来，我冲她嚷嚷说我没要红牛，可她一如既往地什么都不说。

她用不着跟我解释，她拿红牛来是因为圣地亚哥已经绝望了。

我们的第三部电影要花一大笔钱，算来不少于七千万美元。

圣地亚哥拍片子的经费从来没超出过一千五百万，对一部西班牙语影片来说那也已经是不少钱了。

但这第三部影片会有不少于七千万的预算，这还得是在一切顺利、不出任何岔子的情况下，而圣地亚哥的拍摄总是会出岔子的。

他严苛的程度与事前确定的预算是成反比的。

事实上红牛还是管用的，我让诺尔玛在晚餐时再拿一罐下来。

我还记得好几年前的一个夜晚，在摄入了咖啡因后，我坐在电脑前将一篇让我魂牵梦萦的故事写了出来。

那个短篇就像我在那个时期所写的其他东西一样，都是我一口气儿写出来的。

那故事讲述了一个有恋童癖的神父被判处三十年监禁，在无声无息地坐了十年牢以后，他同意接受一位记者的采访，向记者解释说他从来没想侵犯那些孩子，他并不是一个堕落的人，他曾试图做的一切都只不过是出于对幼年耶稣的爱。

我还记得我老妈在读那个故事时脸上的表情。

我也不知道当时为什么要把那个故事给她看，我以前从来都不把我写的东西给她看。

我猜是因为这个故事里有些让它超越了其他故事的东西。

我为写出那个关于恋童癖神父的故事而感到自豪吗?

那是个可怕的、令人恐怖的故事，但还是比我之前写过的所有东西都要强。

那是我第一次为自己写过的东西感到自豪。

但是我老妈脸上的表情却让我不得不把那故事挪进“垃圾箱”并将其清空。

我可不想为一个让我老妈露出那种表情的故事负责任。

我在网吧将那篇题为《绝对安静》的侦探小说用 Times New

Roman 14 号字体、单倍行距格式打印在 A4 大小的纸上，然后拿给我老妈看。

她花了一个星期的时间才看完。

她跟我说她非常喜欢，对故事结尾大感意外，而且为我有能力写出这样的东西而深受感动。

那是我老妈第一次说被我做过的事情打动。

她从来没有为我音乐上的成就感动过。

她看我时总带着些难过，挂着一丝怜惜的微笑，那微笑好像在对我说："不管你想做什么我都会支持你的"，但同时又像在说："我已经预见到，你在音乐上的未来是多么悲惨。"

在写关于我老妈的事情时，我总是有些沮丧。

我想象着自己失踪时她的感受。

就算我想象不出来，我还是要想，而想象她的感受让我心情沉重。

有时我想也许我老妈会同意来跟我一起住在这间地下室里。

也许她能助我一臂之力，让我帮助拉丁美洲最了不起的导演变成世界上有史以来最伟大的导演。

是我老妈说服我不要再把写出来的东西扔进"垃圾箱"。

你想怎么安排自己的时间都可以，她对我说，但是你得写一些值得写的东西，一些对你而言值得写的、你愿意去展示的东西。我会给你准备你需要的所有奶香咖啡。你不用着急。如果需要一年，你就写一年。如果需要两年，你就写两年。

而我用了三年时间。

三年间我写了五个短篇，每个都不超过十页。

也就是说，我实际上写的要比这多得多，但这五个短篇是我唯一觉得还有点儿价值的东西。

很明显，我没法用这五个不到十页的短篇来凑成一本书。

我老妈说可以加上那篇侦探小说，可是不行，《绝对安静》属于另一个时代，是在我进行写作训练的年头里写出来的。

它跟我这五个新写的短篇没有任何关系，我告诉老妈。

我老妈似乎明白了我的意思，但是她又开始带着那种怜惜的微笑来看着我了。

利桑德罗跟我提起他的一个表兄在查斯科穆斯湖边上有一所小房子。

你要是愿意，我就跟他借过来，他对我说，你离开些日子。就待在那所房子里写东西，直到再写完至少十个短篇。然后我就帮你把书稿寄给出版社。

我一直都不喜欢外出旅行，更别说一个人旅行了，但查斯科穆斯湖距离首都只有一个半小时的车程，试一下也不会有任何损失。

我老妈主动帮我支付了包车的费用。

在一个星期二的早晨，我来到了利桑德罗表兄的房子。

天正下着雨。

房子里散发着潮湿和水藻的气味。

在我靠近的每一个空隙处都结着蜘蛛网。

最初的几个小时里我一直都在忙着打扫，清除我能发现的所有虫子，确保门窗上的防蚊虫纱帘都安好了。

我在冰箱里放满了利乐装的善可牌全脂牛奶、赛比达牌橙汁和一包包维耶尼西玛牌香肠。

还在食品橱里摆上热狗面包、蛋黄酱、番茄酱、芥末酱、一大罐多尔卡速溶咖啡、卡普里香草酱和“金九”牌黄油饼干。

头两天我根本就没从房子里出去过。

我试着在厨房里写作，每天早上、下午、晚上都花一点儿时间，在一个笔记本上写东西。

后来我就试着睡觉、看书，或者自慰。

我带去了科马克·麦卡锡[1]的两本小说(《沙崔》和《血色子午线》)、弗兰纳里·奥康纳[2]的《短篇小说全集》，还有我在科连特斯街卖二手书和杂志的书店里买到的一本年头久远的《好色客》[3]。

在最初两天，我把写出来的东西都划掉了。

在第三天的早上，我抓住了向前推进的机会，写出了一个故事，叙述一位作家将自己关在查斯科穆斯湖边一所满是虫子的房子里写作，只吃热狗面包和香草酱，玩儿命地灌多尔卡奶香咖啡，但仍然写不出自己想写的东西，于是他就待在厨房的窗户旁边，开始在笔记本上书写，描述天空显露出的不同色调，云朵的形状，等等等等。

第五天的下午，我走出了房子，一直走到湖边。

我坐到一块石头上，注视着湖水。

在那一大片湖水中没有任何特别的地方。

1 科马克·麦卡锡(Cormac McCarthy, 1933-)，美国小说家、剧作家。代表作有《沙崔》《血色子午线》《老无所依》《路》等，被誉为“当代最伟大的美国作家之一”以及海明威与福克纳唯一的继承者。

2 弗兰纳里·奥康纳所著的《短篇小说全集》(*Complete Stories*)曾获1972年美国国家图书奖，被网络读者誉为“史上最好的美国国家图书奖作品之一”。

3 《好色客》(*Hustler*)，美国月刊型色情杂志。

这个被作为旅游胜地的湖泊总是让人抱有很多期许。

但它没有表现出什么独特的自然风光，而是随便哪儿都有的平淡风景，毫无意外之处，即使突然消失了也不会让人觉得难过。

我打开《血色子午线》，读了几页。

一切都毫无意义，那一大堆令人难以置信的关于暴力的精彩描写实际上完全没有价值。

我坐在石头上，望着棕绿色的湖水，思考着如果科马克·麦卡锡消失了（也就是说，假如他从未存在过），世界仍会是原来的样子；如果福克纳被从历史上消除，世界也还会和原来一模一样；如果莎士比亚被从历史上消除……

一只鸟儿停在了我的身边。

我不知道那是什么鸟儿，看起来有点儿像鸽子，可又不完全像。

有那么一会儿，它待在那儿什么也不干，只是用鸟儿们惯有的那种歇斯底里的方式来回移动着，然后它就看着我，那双鸟儿的眼睛定定地盯着我，它发出一声难听的叫声，继续盯着我看了一会儿，之后便扇动翅膀飞走了。

我合上了麦卡锡的书。

太阳在我对面落下去，躲到了树丛的后面。

我惊讶于太阳落下的速度，短短几分钟它就躲藏起来，天空不再是天蓝色的了，云朵也被染上了一层深玫瑰色，让我想起我老爸带我去看罗达斯马戏团[1]表演时给我买的那些棉花糖。

1　罗达斯马戏团（Circo Rodas），阿根廷最著名的马戏团。

我觉得，那片天空和那些云朵是不可能被诉诸笔端的，不管一个人是多么的天赋异禀，多么的才华横溢，他也没有能力来描写那片天空和那些云朵。

我终于明白自己为什么一直都不喜欢自然主义的文学作品了。

我在读世界文学名著时，总是跳过那些大段大段的描写。

过去、现在和未来都没有任何人能够将我面前那悬于一片沉郁湖水之上的天空和云朵用文字呈现出来。

我回到房子里，给我老妈打电话，告诉她我要回去了。

她问我过得怎么样。

我没有回答她。

我把带来的很少几件衣物放进包里，走出房子，用钥匙锁上了门，沿着湖岸一路走去，直到在一片牧草丰茂的草场上遇到一位正在喝马黛茶的女士，我向她打听开往首都的公共汽车从什么地方出发。

* * *

大约一年以后，我写完了我的第一个剧本。

在三百来天的时间里，我跟文学暂别，与电影结缘。我这辈子看的第一部电影是我老爸老妈带我去皮纳马尔电影院看的《E.T. 外星人》[1]，影片的整个第三幕部分我都哭得像个傻子，从那

1 《E.T. 外星人》(*E.T.*)，1982 年摄制的美国科幻电影，由史蒂文·斯皮尔伯格执导。讲述一个地球男孩与被困在地球的善良外星人成为朋友的故事。

以后，除了每年能去十来次电影院，我对电影这门艺术几乎一无所知。

圣地亚哥说，电影是所有艺术中最大的门类，因为它包含了其他所有的艺术种类：

电影里会运用文学、绘画、戏剧、音乐、摄影、雕塑艺术，还要利用各种各样的科学知识。

我觉得（我从来没对圣地亚哥说过）电影运用来自其他艺术和各种科学的知识，但对哪一样都没有深入挖掘；所有的东西它都用了一点儿，但没有将其用到极致。

只要懂一点儿绘画、戏剧或者文学，就可以去拍电影了。

电影是一种顺应时代而产生的艺术，在其中大多数电影艺术家（包括圣地亚哥，包括我）对一切都所知寥寥，对任何一门学科都没有精深的钻研。

电影就是一种工业化的艺术，也正因为这一点，它非常不完美。

参与的人越多，作品也就越不完美。

它成了很多不完美的集合体。

一个人的才华在其他人的平庸中湮灭。

我暂别文学而与电影结缘，并不是因为我觉得电影是比文学更重要的艺术。

正相反，电影是一门明显弱于文学的艺术。

从表达深度以及建立作者与受众之间的亲密关系这些方面看，没有一种艺术（除了音乐）可以和文学媲美。

不管是电影、戏剧，还是电视，任何一种非文学的叙事艺术都还无法超越于文学之上。

但是文学却要求一种极端的投入。

作家活着就是为了要写出作品。

生命中除此之外的其余部分就都成了障碍：家庭、朋友，所有那些只会对作家造成烦扰的个体都在阻碍他用更多的时间去写作。

而我发现自己没有能力完成这样的投入，即使能够做到，结果也只能是毫无意义。

投入与结果之间的这种关系让我陷入失败的境地。

而写剧本所要求的投入却有所不同。

剧本是一种非文学性的文本。

它可以没有风格。

也就是说，编剧是否要将自己的风格诉诸文本完全不重要。

虽然确实有很多风格各异的编剧，但到头来那些风格都无足轻重，剧本最终只会被归档保存在“已拍摄”或“未拍摄”的抽屉里。

我喜欢坐下来写东西时用不着非得去考虑写作风格的事情。

我用不着成为乔伊斯、海明威或卡佛。

我只要写出精彩的场景——清楚明了的舞台调度以及准确适当的对话——就万事大吉了。

我要回避的东西要远远多于我不需回避的东西。

从查斯科穆斯湖边那所房子回来一年后，我完成了自己的第一个剧本，但那个剧本还是不行，从根本上说质量不高，但我没有像我当初写短篇小说那样感到羞愧难当。

我把它拿给利桑德罗看。

他对我表示祝贺，然后让我把那剧本毁掉了事。

但我没有把它投入“垃圾箱”，而是保存在“我的电脑”路径下名为“剧本”的文件夹里。

利桑德罗已经开始上班了，在他叔叔的广告公司里做摄制助理。

我让他给我搞些剧本，随便什么剧本都行；我想读电影剧本，大量地读，只读剧本。

利桑德罗给我搞到一本收录了威廉姆·高德曼[1]四部作品的西班牙语版的剧本集：《虎豹小霸王》《马拉松人》《总统班底》和《公主新娘》。

我对威廉姆·高德曼着了迷。

我把那几个剧本读了一遍又一遍，我对它们细细研究，用盗版的 Final Draft 剧本编辑软件把它们逐字逐句地输入到电脑里。

尽管还未深谙此中门道，但我觉得写剧本才是我该干的事情。

当初我写短篇小说时会自然而然写出来的句子类型其实更适合用于剧本创作。

我花了两年的时间写了一些剧本，有短的也有长的。

我把剧本写完后，会重读、修改、再重读、再修改、再重读，并且把它们都保存在“我的电脑”路径下的“剧本”文件夹里。

1 威廉姆·高德曼（William Goldman, 1931–2018），美国著名小说家、电影编剧、剧作家。20 世纪 50 年代以写小说成名，之后转向电影剧本创作，被称为“20 世纪最受欢迎的讲故事的人”。其小说代表作《黄金圣殿》《雨中士兵》等都成为北美畅销作品，其电影剧本《虎豹小霸王》《总统班底》《燥热》《公主新娘》在被拍摄成影片后也都成为电影史上的经典之作。

我读了成堆的关于剧本写作的书籍。

我把亚里士多德的《诗艺》也读了一遍又一遍，因为那一大堆关于剧本写作的书里有一本提到一定要看亚里士多德的《诗艺》。

我将《诗艺》中最精华的部分都背了下来，并且在写作实践中进行应用：我遵照亚里士多德的规范写了二十多个剧本。

我买了一个 DVD 刻录机，将带有编剧评论音轨的电影和电视剧的光碟都租了下来。

我在笔记本上记满了最能引起我注意的评论。

我把一些长剧和短剧的剧本拿去参加比赛，但大多颗粒无收，只在一个短剧比赛里得了一个提名奖，获赠了一本《卡萨维兹[1]为了卡萨维兹》。

我把《卡萨维兹为了卡萨维兹》读了好几遍。

我把塔可夫斯基[2]的《大卫·林奇为了大卫·林奇》《雕刻时光》以及高德曼的《对谈伍迪·艾伦》和《一个编剧在好莱坞的历险》也读了不止一遍。

我一连好多个星期都宅在公寓里，看了很多电影史上最重要的影片，其中有一些是我以前没看过的，还有一些是虽然看过但记得不完全了，我灌下去很多奶香咖啡，偶尔也和老妈一起在旁边喝个马黛茶。

我继续写着剧本，并且认真深入地检视它们，试着看出它们

---

1 此处指约翰·卡萨维兹（John Cassavetes, 1929–1989），美国电影导演、演员与制片人，被认为是美国独立电影的先驱。

2 安德烈·塔可夫斯基（Andrei Tarkovsky, 1932–1986），俄国电影导演、作家和演员，被认为是苏联时代和电影史当中最重要和最有影响的电影制作人。

到底为什么不行，明白如何完善它们，如何让每一幕、每一个叙事点都能发挥最大的作用，搞清楚每一个剧本、每一场戏里的行动和冲突，廓清每一幕、每一场的结尾反转，明确每个剧本的主题以及每个人物的意图所在，弄懂什么事物更适宜被设置成每个人物都要去面对或感受的阻碍。

我把那些剧本给我老妈和利桑德罗看，要是赶上当时有女朋友（尽管我也没交过几个女朋友），也会给女朋友看。

我在成为编剧的道路上大踏步地前进，而他们就是我剧本的读者。

我老妈从来没有因为我不上班这件事情而指责我（尽管我宅在家里干的那些事情从某种意义上来说也是工作）。

她从来没有因为我挣不来钱而责备我，哪怕我已年过三十，之后又到了三十五岁。

我们的花费倒是也不多。

我们几乎没有生活必需之外的奢侈享受。

我们几乎从来不去外面吃饭。

衣服都是一穿好多年。

我老妈靠策划组织儿童派对活动积攒起来的钱足够支付我们的医疗保险、食物、生活费用以及一些其他的额外开支。

甚至有一些月份我们还能有结余，我老妈就会把这些钱保存在一个卢米拉格洛牌的保温杯里，再把保温杯藏到食品柜里成盒的拉默塞德牌马黛茶的后面。

我希望在近五年的时间里老妈已经攒了足够多的钱，能保障她晚年过得舒适一点儿。

* * *

圣地亚哥狠狠地摔上门走了。

我们还是像往常那样工作了好几个小时，当他拎起他的椅子，走向门口准备离开时，我让他等一会儿。

我跟他说，要是他不给我老妈送去一张十万美元的支票，那我就不打算再写下去了。

他盯着我，就像平时我跟他说了什么他没完全明白的事情，或者他虽然明白但需要几秒钟来消化一般。

给一个我不认识的女人开出一张十万美元的支票，你让我怎么给这事儿找个正当的理由？他问我。

无所谓，我对他说，反正这不是我的问题。我敢肯定你已经凭借我为你写的电影赚了不少钱，我也确定你还要靠我现在正在写的这一部赚更多的钱。

你在为我写电影？你为我写过电影吗？你凭什么这么说？在那些所谓的“你给我写”的电影里，你的名字究竟在哪里？

他抓住椅子的靠背，将椅子摔到墙上。

你只是在帮我，巴勃罗，他说道，帮助我就是你该做的全部。你有幸能帮助我，并且以这样的方式成为历史进程的一部分。在我的电影里没有人为我做任何事情。是我完成了一切。我甚至亲自上阵为电影表演、照明、发行、作曲、设计服装和音效。其他人都只是在帮我。他们都是我的助手而已。因为完全靠一个人是拍不出电影的，更别说是要拍一部会改写世界电影史的影片了。

我对他说那为什么他不去写下一场戏。

你要花多长时间都随你，我说，你去写出下一场戏，然后拿下来咱们一起看。

他盯着我的样子就像是打心眼儿里希望我变成一具死尸，并且被肢解成七零八落的一堆。

我什么都不会去写，他说，你在这里就是派这个用场的。我来给你设定场景，你来把它们都写出来。那些场景是我的想法，书写的工作归你。书写，书写的行为，才是你拥有的一切。场景是我的，故事是我的，人物也都是我的。

我只不过是在请求你去解决我老妈的晚年生活问题，我对他说，这请求并不算过分，十万美元，你在拍戏期间给拍摄技术团队买来充当点心的去边儿三明治都得花这么多钱了。只有十万美元啊，圣地亚哥。以我老妈秉持的生活节奏，这笔钱够她花上二十年的。如果你不愿意以你的名义给她开支票，那就让你的会计师从你的账户里取出这么多现金，再让诺尔玛去送给我老妈。

那你老妈会怎么想？她会从一个陌生女人手里接受十万美元的馈赠吗?

咱们可以编造一个借口。

什么？什么借口，巴勃罗?

我也不知道，你让我想一想。我会想出来的。

不，我不希望你花时间为你老妈接受一笔不属于她的钱财去想借口。我希望你赶快去把我们需要的那些剧本都写出来。我们刚刚进入到第二幕的下半场。还差着很多呐，而我们的时间可没多少了。你快去写，巴勃罗。快去写我的那些剧本。别再用那么一副愚蠢的表情看着我，赶紧去写吧。

圣地亚哥摔门的举动一次比一次夸张，剧本写作越接近尾声，他摔门的动作就越发夸张起来。

此时我正坐在地上写着这些文字，后背靠在门上，仍然能感觉到门板的震动。

* * *

我也不知道为什么自己以前没有想到让圣地亚哥去关照我老妈，让他去为我老妈那并不长久的余生作出安排。

为什么我以前没有请求圣地亚哥去关照我老妈的需要，这样的扪心自问让我苦恼，让我失落。

我自己那么轻易就接受了被关在地下室的生活，接受自己成为地下室囚徒作家的现实，这也让我苦恼和失落。

为什么我从来就没想到过要让圣地亚哥付给我钱?

是因为我是被绑架的，而没人会向一个被绑架者付钱吗?

可是被绑架者通常也不用为绑架者干活啊。

还是被绑架者们也要干活?

而且我从来没有挣过钱。

也许正是出于这个原因我根本没想到人家得为我写出剧本而付给我钱。

我都快四十六岁了，却从来没有挣过一份薪水。

我从来没缴过税。

一直没当过个体纳税人。

也从来没拥有过信用卡。

我生命中有二十四年靠我的双亲过活，有十二年靠我老妈，有五年靠圣地亚哥。

在布宜诺斯艾利斯，倒是有人买过我一个剧本，却连一块钱都没付给我。

导演和制片人们告诉我他们谁都没要工资，连演员都没要片酬，因为他们根本没多少资金来拍这部电影，但是等到电影上映，所有人都会分到收益的一部分。

他们把一份合同放到我面前，上面说我的报酬将为零，但是影片未来的收益会按合同分成一百份，他们会给我其中的三份，在他们看来这种安排对我来说是再合算不过了。

我当时怎么那么傻，居然相信那部影片会挣到钱，会有一笔收益?

也许当时我并没有傻到要去相信那部影片会挣钱，我只是不在乎罢了。

我一向都不怎么看重钱。

我写作时从来不会考虑到钱。

我从来都没想到我写的那些东西里有什么是可以用来赚钱的。

写作的收益就是写作行为本身。

所以我会在凌晨的这个时间，当那块长方形天窗还一片漆黑时就坐在这儿，在这个加密文档里写东西。

“写”是写作中唯一重要的东西，而且确该如此。

也许我不在乎钱是因为我从来都不需要钱，我们家所拥有的东西一直都足以满足我基本的生活所需，我一直都能依靠我的父母，就像现在我能依靠圣地亚哥一样。

可地下室确实解决了我的生活问题吗?

绑架解决了我的生活问题吗?

很明显，我是一个不思进取的人。

我老爸也是一个不思进取的人；他活在自己的生活常规所营造的舒适中，仇恨一切迫使他打破这种舒适的东西。

他讨厌去度假。

当我老妈说服他让我们一家人一起去皮纳马尔或马德普拉塔待几天，我老爸就会陷入一种持续好几个星期的由恶劣心情造成的紧张状态当中。

通常情况下，直到我们在皮纳马尔或马德普拉塔的住处安顿下来，他把自己的东西都归置好，并且能预见到整个假期里他的生活常规了，才能从那种恶劣心情造成的紧张状态中摆脱出来。

在去度假之前，他要花上一整天的时间来埋怨淋浴间的隔门在人进出推拉时会发出噪声。

冰箱门没关好能让他气得一拳捶在墙上，然后再抱怨手好疼。

只有出于工作原因的出差旅行能让他心平气和地接受，因为那样的出行也是他生活常规的一部分，从到家里来接他的车到在目的地等着送他去酒店的车，加上优先值机、公务舱候机室、优先登机、公务舱座位、可以避免一切出入境问题的证件，这一切都是完全被安排好了的。

我老爸出差时，只消去那些免税店，在他那奶油色封面的小本子上记录店面空间或员工方面的细节，别的什么都不用做。

他根本就不去城市里游览，只待在机场附近的酒店里，靠在房间里看电视新闻频道的节目来打发闲暇时光。

那些新闻频道是我老爸的最爱。

有一次我问他为什么那么爱看新闻频道，他对我说他喜欢看到世界其他地方正在发生的事儿。

他说，我希望能知道世界就在那里实实在在地存在着，那么宽广无垠，在很多时候又是那么令人惊惧。新闻频道让我用不着参与其中就能看到世界上发生的事情。

我对他说，在我看来，新闻频道不过是一扇扭曲变形的窗户。

他将他那点儿经过精准计量倒出的黑方琼尼沃克威士忌啜了一小口（那点儿酒可以在他喝了一个小时后仍一点儿都不见少），然后跟我说其实我们所有人都是一扇扭曲变形的窗户。

所有人，巴勃罗，这世界上没有谁不是一扇扭曲变形的窗户。

我老爸有着巨大的潜能，要是他愿意他早就可以在很多学科领域来改变世界了，但他选择了去压抑那种巨大的潜能，以换取一种简单而舒适的生活。

我老爸本来也可以成为圣地亚哥·萨尔瓦铁拉那样的人，也许比圣地亚哥·萨尔瓦铁拉还要了不起，可是他选择去受雇于拥有世界四分之一免税店的百万富翁，并以此谋生。

圣地亚哥从未受雇于任何人，就连那些出钱给他拍电影的投资人，或者签约让他拍商业广告的品牌商或广告公司也从未成为他的雇主。

他从来不拍任何无法保证他最终决定权的东西。

我为此非常敬佩他。

他不接受好莱坞电影公司为他提供的任何拍摄计划。

在最近这些年，圣地亚哥本可以执导一部《印第安纳·琼斯》、新版《星球大战》，或那些打破了票房纪录的超级英雄影片中的任何一部，但他没有，他只拍他想拍的片子，拍那些属于他的故事。

他跟他影片的投资人和执行制片人一起开会，听取他们的意见，尽量表现得开放、恭敬，但最后他总是我行我素。

所以他的影片预算通常都会失去控制。

所以与他共过事的那些演员到最后跟他连面都不愿意见，因为有时为了得到他预期的效果，他不得不去折腾他们。

那可是长达好几个月的折腾啊。

那些人生中百分之九十五的时间里都可以为所欲为并且能够心想事成的演员在好几个月的时间里都得备受折磨。

所以里卡尔多·达林[1]在他和圣地亚哥合作的唯一一部影片首映后的聚会上差点把圣地亚哥暴揍一顿。

所以安东尼奥·班德拉斯[2]在演完了最后一场戏，并等着整个摄影团队为杀青而鼓掌一分钟后，便当着所有人的面脱掉了角色的服装扔到地上，然后钻进自己的“保姆车”再也不出来了。

圣地亚哥自己也知道有很多人连看都不愿意看他一眼，可他根本无所谓。

我也因此而对他倍加尊敬。

---

1 里卡多·达林（Ricardo Darín, 1957– ），阿根廷著名演员、导演。曾在《他眼睛的秘密》（*El secreto de sus ojos*）、《阿韦亚内达之月》（*Luna de Avellaneda*）、《一丝偶然》（*Un cuento chino*）、《荒蛮故事》（*Relatos salvajes*）中出演主要角色。

2 安东尼奥·班德拉斯（Antonio Banderas, 1960– ），西班牙著名男演员、导演、编剧及制片人。

电影比那些构成它的人要重要，巴勃罗，有一次他对我说，实际上要重要得多。电影才是唯一有价值的东西。电影会比我们更长久地生存下去。当我们都不在了的时候，电影就成了“我们”。它们会成为“我”，一个由最完美形象构成的“我”。

我把剧本的整个第一幕和第二幕已经完成的部分又读了一遍。

留给我完成剧本的日子还没到来就已经让人心急火燎了。

最好还是别去想它吧。

不做计划和安排。

不规定每天写多少页，也不规定每周要写几场戏。

最好还是写，继续写下去，听凭上帝的安排吧。

* * *

在圣地亚哥带着他的椅子、咖啡、小盘儿水果和打印出来并由他批注过的剧本下来之前，我擦了黑板，我在一些纸巾上吐了点儿唾沫，把第二幕的逻辑关系图、每一个人物的重要叙事点，以及列举的情节发展主题都擦掉了。

圣地亚哥并不喜欢黑板上空空如也。

而我的唾沫闻起来也好像腐烂的臭鱼。

他盯着空黑板看了好一阵子，然后转过身来，把装水果的小盘子递给我，跟我说我昨天写的那几场戏是很久以来我们写过的最精彩的部分。

我几乎都没做批注，他说，你瞧，只标了几处略显枯燥的地方。如果我们保持这个水准，就能把剧本按时写完。昨天我和梅丽尔·斯特里普[1]谈了谈，她会参加拍摄。虽然她特别想看看剧本，但给她的角色是那么吸引她，让她连剧本都没看就跟我说她要参演。史上最优秀的女演员要看咱们的剧本啊，巴勃罗。她还要把剧本都背下来，将剧本全都嚼烂吃透，直到变成她的，成为她的一部分。咱们写的话就要成为梅丽尔·斯特里普的话了。

我的压力更大了。

现在当角色开口讲话时，当我写着从角色口中说出的话语时，我就会想到那是梅丽尔·斯特里普之口。

这是圣地亚哥第一次跟我提到了选角方面的信息。

他从来没有邀请我参与其他领域的工作。

他不给我看外景地的照片，也不给我看选角的视频。

他只让我推荐音乐，推荐一些有助于将来电影音效设计的专辑，可我推荐的专辑他通常都不喜欢。

圣地亚哥总是想方设法拒绝别人（朋友、拍摄团队、制片人、演员）给他的建议。

他所做的（至少是他对我所做的）就是拒绝我的建议，对这些建议研究一番然后拒绝（他对我让他从网上下载的和从 iTunes 上购买的每个专辑都说了“不”），但是后来，几个星期以后，他就将我的建议变成了他的想法，将其据为己有，就好像我愚笨不堪，对此一无所觉，完全不提那张专辑明明是我推荐给他的。

他的厚颜无耻让他在走出地下室时能确信我对此毫无知觉，

---

1 梅丽尔·斯特里普（Meryl Streep, 1949–　），美国著名女演员。曾多次获奥斯卡金像奖最佳女主角提名，并两次获奖，被誉为美国电影历史上的传奇人物。

确信没有什么机会能让我想起来是我向他推荐了那张专辑。

我实际上并不知道圣地亚哥是不是也会这样对待他的朋友、拍摄团队的成员、他的制片人或演员们，如果他对他们做出同样的事情，把别人的建议变成了他自己的，那我一点儿都不会觉得吃惊。

我对圣地亚哥的厚颜无耻真是心生妒意。

要是我能拥有他那份厚颜无耻，哪怕只有一点点，那我的生活本会轻松得多啊。

如果我天生就能具备一点儿圣地亚哥式的厚颜无耻，那我现在又会是什么处境呢？

成婚了？

已经生儿育女了？

住在拉卢西拉[1]的一所房子里，有我可以待在里面写作的宽敞书房和放满了书的大书架？

我还会将自己在冲动之下写出的那些短篇小说都挪进电脑的“垃圾箱”然后再把它清空吗？

或者我会把那些短篇都保存下来，将它们细细打磨，稍事修改，然后就寄给出版社？

会不会早有一家出版社接受我的短篇小说了？

它会不会也接受我那篇很失败的侦探小说呢？

《绝对安静》，超过一百万册的销量，被翻译成三十种语言，

1 拉卢西拉（La Lucila），阿根廷首都布宜诺斯艾利斯市区以北 12 千米处的一个地区，隶属于维森特·洛佩斯党领地。

版权出售给了好莱坞。

圣地亚哥也没法绑架我了，因为所有人都会问那位成功的阿根廷小说家到哪儿去了。

圣地亚哥没法绑架我还因为我的妻子和老妈会兴师动众、上天入地地来找我。

如果这第三部剧本能让圣地亚哥拍出他做梦都想拍的会改写世界电影史的影片，那他以后也许会放我走。

这听起来倒也不是那么不理智。

等一切都到手后就没什么事情好做了。

我相信，放我走并不会给他造成多少损失，我也不会让他处于危险之中。

谁会去听一个年近五旬、留着大胡子的疯子的话，相信世界上最伟大的导演会把他关在地下室里，强迫他给自己写剧本？

圣地亚哥什么都不会失去。

我今天一整天都在想着这件事。

此时此刻，坐在床垫上，大腿上放着笔记本电脑，我倒没有那么笃定了。

不管是在生活上还是在艺术上，圣地亚哥才不会留下什么把柄让人抓呢。

他是费里尼和希区柯克的完美结合：一半是不世出的诗人，一半是偏执的工作狂。

万一这第三部剧本让圣地亚哥拍成了他做梦都想拍的电影，我不知道他会把我怎么样。

我倒是知道万一这部电影没有改写世界电影史他会做什么：

他会要求我跟他一起再写个剧本。

他会一连好几个小时跟我谈艺术的重要性，说艺术如何能在“我们”已不再是“我们”的时候成为真正的“我们”。

他会向我保证这一次他已经有了明确的故事，是用来拍摄前所未有的最佳影片的最出色的故事，而我则会向他说“好吧”。

然后我会听他讲述那个故事，会跟他一起工作，对故事进行建构和逻辑化处理，之后我就会把它写出来。

所以我得保证这第三部剧本成为那个能改写世界电影史的作品。

这第三部剧本得让圣地亚哥拍出他做梦都想拍的电影，得把他变成世界上最伟大的导演，而且无论如何得让他获得奥斯卡最佳影片奖。

这还不够，它还得是金棕榈和奥斯卡的双料最佳影片，史无前例地同年囊括双奖。

我睡不着觉了。

已经有两个或两个半小时了。

我觉得今天晚上我不会再想努力睡着了。

如果我的大脑不想入睡，那我就会让它干活。

活该它倒霉。

两天前的晚上我把《博尔赫斯全集》从鞋盒子里拿出来，读了几个短篇，指望着能借此带来困意。

可是根本不管用。

我又试着读了几篇散文，不过博尔赫斯的散文通常都比短篇小说写得好，于是我就被吸引着读下去了，直到第二段里的一个句子“作为象征的瓦莱里”将我推向电脑，推向这个加密文档。

圣地亚哥到洛杉矶去了，一个星期以后才回来。

他要求我务必写完第二幕起码四分之三的内容。

有时那些导演在说起剧本时就好像它们是 Excel 表格。

那些不会写东西的人永远都不会明白什么是写作。

有好几次我都试图给我老妈和利桑德罗解释什么是写作，虽然他们频频点头，说他们懂了，但我还是发现其实他们什么也没明白。

我并不想显得自己是在卖弄学问，但这就是事实：不写东西的人对于写作是怎么回事永远都不会有半点儿概念。

我才不在乎自己是不是显得在卖弄学问呢。

那些写东西是因为相信写作能对他们有用的人，那些在文学工作坊使劲记笔记的人，那些读了一本喜欢的书就觉得自己也能写出类似文字的人，那些研究文学的人，那些学编剧专业的人，那些每个月写出一页东西的人，那些到哪儿都带着小本子的人，那些在书上划满道道、在空白处写满蠢话的人，其实对于什么是写作同样没有哪怕一丁点儿想法。

圣地亚哥会作为电影史上最成功的编剧死去，但到死都对写作这回事一无所知。

在输入这些文字的时候，我的双手都在颤抖。

应该是因为缺乏睡眠。

也可能是因为我确信自己应该去写剧本而不是在这里写这些废话。

可如果我失败了呢？

如果我写出来的剧本糟糕透顶，根本不能让圣地亚哥拍出他梦寐以求的、会改写世界电影史的影片呢？

我要不要现在就开始脑子里冒出什么就写什么？

有些作家认为最先出现在脑海中的才是好东西，他们对于写作同样一窍不通。

出色的写作（也就是说，认真严肃的写作）是一种不断挖掘的工作，是一个人对自我进行的考古发掘，将覆盖在自我之上的平庸的表层一层层去除，直至找到最有价值的东西。

那些自诩为莫扎特式天才的作家，除非他们真的是莫扎特，否则永远也写不出什么有价值的东西。

要是我亲手去揭开最上面那层将我完全包裹起来的平庸表层呢？

也许圣地亚哥会对我彻底失望，然后放我离开。

不，最有可能发生的事情是他一枪打飞我的脑袋。

就因为我平庸无能。

他这么做当然是为了避免将来的问题，但主要还是因为我平庸无能，他这样做就可以将我的平庸从这世界上彻底清除了。

但他也有可能会发觉我这么做是故意的。

他极有可能发觉我这么做是故意的。

当然也不排除我试图写个烂剧本结果却写出了自己从未写出过的最成功的剧本。

质量最差却最成功的剧本。

平庸会让人们感同身受、彼此认同。

但圣地亚哥大概不会同意去执导那个剧本。

也许他会同意去负责执行制片的工作，他以前就给一大堆电影做过执行制片，其中最好的情况下拍出的片子也只能算是凑合，他似乎只允许自己去帮衬那些他明知不如他，甚至跟他差着十万八千里的导演，而提供自己的名号便是他帮衬他们的方式。

* * *

但凡在圣地亚哥出差期间，诺尔玛下楼来时都会在围裙口袋里揣一把左轮手枪。

但只有一次，她用那枪指着我，瞄准了我的脸。

那是圣地亚哥在拍摄（或者是推广宣传）我们第二部电影的那几个月期间，有一天晚上，我拒绝吃掉她面无表情端给我的那顿晚饭。

我跟她说我不想吃脑子。

我讨厌吃脑子，我说，诺尔玛，我可不是僵尸，我不吃脑子，不管那是牛脑子还是内乌肯的风味羊脑。

她看着我。

我以为她要说点什么，可是并没有，她从围裙口袋里掏出枪，瞄准了我的脸。

然后她用脚把摆着脑花和南瓜泥的托盘往我这个方向踢过来。

我对她说，我要是不想吃，圣地亚哥是不会强迫我吃的。

我讨厌吃脑子，诺尔玛，我再一次对她说，就算只看一眼我都想吐。

她用一只手端起了托盘，仍然用手枪指着我，从地下室走了出去。

那天晚上她没有来给我充氧换气。

第二天早上，她没有按以往的时间给我送早饭。

有好几天的时间她都随意更改我的作息，把我的生活常规搞得乱七八糟。

她打扫地下室时马马虎虎，忘记给我换毛巾或补充卫生纸。

有时她下来时会带着一台她用来听墨西哥兰切拉调的便携式收音机。

如果我正在听披头士的曲子，她就停下来盯着我看，直到我关掉音乐，她才打开收音机。

圣地亚哥外出去制作、拍摄或宣传影片度过的那几个月，我在地下室里就像是过了好几年的时间。

通常情况下，那几个月我什么也干不了。

我就吃吃东西，睡睡觉，读读诺尔玛从楼上圣地亚哥书房里拿来跟饭菜一起送下来的书籍，听听披头士的音乐，要不就自慰。现在也差不多，等圣地亚哥去为这第三部影片做前期准备、拍摄和宣传时，要是桑陶拉利亚没有要求圣地亚哥把尤克里里还给他，那我倒是可以用尤克里里弹奏些歌曲，诺尔玛下来打扫卫生时就给她弹兰切拉调。

我已经不会再遭受绝望或幽闭恐惧症的打击了。

在圣地亚哥离开去为我们的第一部电影进行前期准备、拍摄和宣传时，我在最初那无所事事的几个月里确实遭受了绝望和幽闭恐惧症的打击。

我没法不去想我老妈。

她孤零零一个人，为我的失踪痛苦万分。

在我的想象中她总是一个样儿：坐在厨房的桌子旁，品着她的马黛茶，欣赏着黎明时分的风景。

但因为我的错，因为圣地亚哥的错，如今的黎明已不再是那时的黎明了。

如今只剩下了被摧毁的黎明。

有时我会在长方形的玻璃砖上看到黎明光线的映照，尽管我很清楚那并不是真正的黎明。

那是由正午的阳光营造的黎明。

在我独自一人待在地下室里无所事事的最初几个月时间里，我都会对那黎明避之唯恐不及。

我开始读一些传记文学。

我也不知道是出于什么原因。

我让诺尔玛把圣地亚哥书房里所有的传记作品统统给我拿下来。

我读了叔本华、陀思妥耶夫斯基、埃尔顿·塞纳[1]、契诃夫、迈尔斯·戴维斯[2]、马可·波罗、泰迪·罗斯福[3]、马尔科姆·劳瑞[4]的传记。

---

1 埃尔顿·塞纳（Ayrton Senna da Silva, 1960–1994），巴西著名赛车手，多次赢得F1世界冠军，被誉为F1赛车历史上最伟大的车手之一。

2 迈尔斯·戴维斯（Miles Davis, 1926–1991），美国爵士乐演奏家、小号手、作曲家、指挥家，20世纪最有影响力的音乐人之一。

3 泰迪·罗斯福（Teddy Roosevelt），即西奥多·罗斯福（Theodore Roosevelt, 1858–1919），第26任美国总统。

4 马尔科姆·劳瑞（Malcolm Lowry, 1909–1957），英国诗人和小说家，最著名的代表作是《在火山下》（*Under the Volcano*）。

我反复地看马尔科姆·劳瑞的传记。

他的传记我看了足足有三遍。

以他青少年时期的经历为基础，我写了一篇东西，一个比较长的短篇，或比较短的长篇。我那时写出了一些东西，但在创作这些东西时我根本就不知道自己在写些什么，事先未经构思，只是一个句子接着一个句子，一个单词接着一个单词，一个字母接着一个字母地写出来，关于马尔科姆的这篇小说正是那些篇章之一。

难道写作还能有其他的方式吗?

用别的方式来写会管用吗?

我将这个长短篇或短长篇题名为《朱庇特不存在》，将它藏在“应用程序”路径下的“应用”文件夹里。

我花了一个月的时间来写那个长短篇或短长篇。

在那一个月时间里，我每天都要跟绝望和幽闭恐惧症的袭击作斗争。

那个月里的每一天，通常是在晚上的时候，我都差点儿忍不住要叫喊着让诺尔玛送我去医院。

那时写那个长短篇或短长篇成了唯一能让我不至于心动过速的事情（当时我确信自己随时都要犯心脏病）。

《朱庇特不存在》治愈了我。

马尔科姆·劳瑞治愈了我。

一股劲儿地往下写，根本不知道故事的结局，这法子比去找心理学家都要有效。

但是写剧本就不能一味地写下去而不去考虑故事的结局。

不考虑故事结局，就那么一直写，这样可写不出剧本的终稿。

可这样倒是能写出剧本初稿，但很有可能到最后这初稿的内容也留不下多少，或者干脆一点儿也不剩。

如果有人准备好来对那个奇葩故事做一番冷静评判，哪怕有些场景的戏本身还算不错，也还是要把剧本重写一遍，把该去掉的东西都去掉，那么即使根本不知道故事的结局，剧本初稿也能写得出来。

如果有人一直到稿子的结尾处都觉得写起来轻而易举，觉得写剧本没有什么大不了的秘密，那这稿子也必然是一无是处的。

写剧本就是务必要受罪。

务必要用脑袋去撞墙。

务必要感觉一切都没有意义。

务必要对镜自顾，发现我们皆有着呆滞的表情，更糟的是连双眼都透着蠢笨，面目也因此而愚钝不堪。

务必要每个星期都至少痛快地狂笑一回。

务必要哭泣。

务必要读完自己写下的东西后痛哭流涕，并非因为那些戏悲苦难耐而是因为它们令人慨叹唏嘘。

务必要整日去想象其他可能的职业生活。

务必要花上大把时间去为失败想出说得过去的托词，哪怕都是些虚假的理由。

务必要考虑自杀。

务必要正儿八经地去考虑自杀的事情。

务必要为我们这些关于自杀的想法而放声大笑。

务必要在我们根本不想写东西的时候，强迫自己在键盘上敲击输入。

务必要把我们写的东西读上一千遍、两千遍，在感觉所读内容还不错的时候赶紧用锤子敲敲手指头清醒一下。

务必要承认我们一旦去写凭空想象的、比我们自身要美好得多的事物时就会变成糟糕透顶的作家。

务必要明白我们的人生中有百分之九十九点九的内容都毫无价值。

务必要去寻找我们生活中的那百分之零点一的内容。

是的，所有这些我刚刚列举出来的东西（尽管我并没有照着“子丑寅卯”的顺序列出来），我们就算在家穿着睡衣都随时可以做得到。

写作是一项很艰难但也非常舒适的工作。

那些宣称写作的大部分时间是一种折磨的作家都是在说谎，他们这么说只是为了把其他那些徘徊犹豫着要不要投身于写作的凡夫俗子们都赶跑，省得让竞争进一步加剧。

写作其实是件很舒服的工作。

它比任何一种办公室工作都要舒服得多。

也比街头乡间那些贩夫走卒们从事的营生要轻松得多。

要成为一名好作家，首先就要成为一名出色的懒人。

当然是身体上的“懒”，而非思想上的“懒”。

务必要选择平静度日。

务必要愿意平静度日。

正因如此，大多数导演都无法写作，因为要成为导演，那在身体和思想上就都不能成为“懒人”。

作家就是得成为身体上的“懒人”，而绝不能成为思想上的“懒人”。

导演就是得成为在身体和思想上都不能偷懒的人。

他活着就要不停地行动，他们需要在行动中生活，因而根本无法写作。

一个不能坐在椅子上、躺在床垫上或瘫在沙发上，一待就是好几个小时的人是无法进行写作的。

我当个编剧还说得过去，这倒并非因为我是个大作家，而是因为我能忍受在这间地下室里生活。

在地下室里度过的所有这些时光将我变成了一个好作家。

而在酒吧里或家里厨房的电脑前度过的所有那些时光则让我变成了一个规规矩矩的作家。

当圣地亚哥读着我那部写小伙儿把家人都扔到井里的剧本时，他看到的不是一个伟大的编剧，而是那些在家里厨房的电脑前累积起来的时光。

圣地亚哥绑架了那些在电脑前累积起来的时光，而随着时间的推移，他又将我变成了在地下室里累积起来的时光。

在这间地下室里，我作为作家确实精进了不少。

是圣地亚哥让我变得更为出色。

圣地亚哥自己对写作一无所知，但他确实知道如何把我改造得更优秀。

如果这第三部剧本最终可以让他拍出那部可以改写世界电影

史的影片，那么在很大程度上都要归功于这间地下室，归功于那些在地下室里累积起来的时光（如今仍在不断地累积），归功于圣地亚哥。

* * *

早上三点钟的时候，诺尔玛给我拿下来一部无绳电话，里面传来圣地亚哥的声音：

巴勃罗，我有一些好消息。非常好的消息。杰克·尼科尔森[1]也要参演。梅丽尔·斯特里普和杰克·尼科尔森。两人都没读过剧本就同意参演了。我的经纪人告诉我，这可是他第一次听说有这种事情。他说也许不久以后我们就不再需要编剧了，哈哈。我答应杰克和梅丽尔了，一个月后就把头两幕的完整剧本交给他们。就一个月了，一个月，巴勃罗。机不可失，时不再来啊。你这些年学到的所有本事，你作为艺术家的全部，都是为了这个时刻啊。机不可失，时不再来啊。我五天后就回去，热切期待着读到你写出来的东西。我会带给你个惊喜。什么？没错，我这就来啦。机不可失，时不再来啊。机不可失……

诺尔玛把电话从我耳朵边夺走，离开了。

我再也睡不着了。

我花了两个小时的时间，把圣地亚哥走后我写的剧本看了一

---

1 杰克·尼科尔森（Jack Nicholson, 1937– ），著名美国演员、导演、制片人和编剧，被普遍认为是电影史上最优秀的男演员之一。曾因《飞越疯人院》（*One Flew Over the Cuckoo's Nest*）和《尽善尽美》（*As Good as It Gets*）两次获得奥斯卡最佳男主角奖。

遍又一遍。

我惊恐地发现，杰克·尼科尔森那个角色（在我脑海中这角色一点儿也不像杰克·尼科尔森，倒更像发福以后的詹姆斯·凯恩[1]）几乎没有人物发展线索。

他的行为是影片的关键，但几乎没有说过话。

不过杰克倒有可能喜欢这样。

杰克?

我算老几，居然管杰克·尼科尔森叫“杰克”？

当我和我老妈躺在床上一起看《闪灵》[2]时，从来没有想过有一天我能为杰克·尼科尔森写剧本，我在键盘上敲出来的话以后会被杰克·尼科尔森在大银幕上说出来。

尽管我在键盘上敲出来的那些话确切地说也并不是杰克·尼科尔森在大银幕上说出来的内容。

杰克·尼科尔森在银幕上要说的话是我写出来的那些话的英文译文。

我只有不到一个月的时间来完成第二幕，因为译者还需要几天的时间来翻译。

我不知道要翻译一部八十页的剧本要花多长时间。

我倒是很想认识一下那位译者，就是那个翻译波拉尼奥作品的女士。

---

1 詹姆斯·凯恩（James Caan，1940–　），美国演员，曾在《教父》（*The Godfather*）中饰演桑尼·柯里昂。

2 《闪灵》（*The Shining*），根据斯蒂芬·金的同名小说改编、发行于1980年的影片。杰克·尼科尔森在影片中饰演杰克·托伦斯（Jack Torrence）一角。

不过那又有什么特别的吗?

波拉尼奥又不是阿尔诺·施密特[1]。

任何一个还过得去的译者都能把波拉尼奥的作品翻译得不错。

任何一个还过得去的译者也能把我们的剧本翻译得不错。

是“我”的剧本。

但愿我能坐下来跟那位女译者讨论如何把我的剧本翻译得更好，可是我不会说英语，只能讲一点点，只够去点个餐或者和空姐交流沟通。

我刚才一边想着那位女译者一边自慰了一回，一流的专业女译者同时也会是一个性感尤物。

剧本的最终定稿将属于我、圣地亚哥和那位女译者。

不，它将只属于圣地亚哥一个人，就像所有一切到最后都得归他所有。

整个世界到最后也都是圣地亚哥·萨尔瓦铁拉的。

半个小时以前我放了个屁，直到现在我还闻得到味儿。

我自己的屁味儿让我直反胃。

以往我自己的屁味儿从来没让我的胃不舒服过，但今天，此时此刻，却让我的胃翻江倒海起来；我现在写下这些东西只是为了分散一下注意力，免得胃里的翻腾变成痉挛。

我写啊写啊写啊。

1 阿尔诺·施密特的作品被公认为最难翻译成其他语言的作品，也正因为这一点，他在德语区以外的地方几乎不为人所知。

我在写着“我写下‘我写’这个词”的时候写下“我写”这个词。

我刚刚真是在自讨苦吃。

胃里的翻腾还是变成了胃痉挛，我不得不跑到卫生间去跪在马桶前，把今天早上吃的水果吐出来，之后，我也不知道是因为什么，我打开鞋盒子，抓住《博尔赫斯全集》的第三卷，从卫生间出去，试图打破那个长方形的天窗。

我用那本《博尔赫斯全集》的第三卷敲了几下那些玻璃砖，我这样敲是为了让它也能享受《沙之书》[1]，享受《莎士比亚的记忆》[2]，可我没法打破那些玻璃砖，只弄破了《博尔赫斯全集》的第三卷，把它搞成了稀巴烂。

已经没办法再把它修复了。

诺尔玛下来时会发现它，并且把它拿给圣地亚哥看，等圣地亚哥问我为什么要把《博尔赫斯全集》第三卷弄得稀巴烂的时候，我可真他妈不知道该跟他说些什么了。

《请取悦我》[3]这张专辑，特别是其中的同名歌曲，总能让我倍感愉悦。

我把《请取悦我》这首歌听了好几遍。

列侬的声音让我充满了活下去的欲望。

麦卡特尼的声音就没有这样的效果。

---

1 《沙之书》(*El libro de arena*)，博尔赫斯于1975年创作的短篇小说。

2 《莎士比亚的记忆》(*La memoria de Shakespeare*)，博尔赫斯于1983年创作的短篇小说，通过主人公的经历揭示了精神世界的辩证法。

3 《请取悦我》(*Please Please Me*)，披头士乐队的第一张专辑，于1963年发行，曾占据当年英国大碟排行榜冠军位置长达三十周时间。

* * *

我被羁绊住了，根本无法把剧本写下去。

当我坐在床垫上写剧本时，我满脑子都在想着梅丽尔·斯特里普、杰克·尼科尔森，还有那个将把我写出的任何东西、用来构建场景的任何词语都彻底改变的女译者。

因此我就又来到这里，来到这个加密文档里写东西，因为没有人会来翻译这个东西，没有人会来改变它。

我害怕。

这种害怕是我以前从来没有感受过的。

这种害怕也是我无法理解的。

不可能是在害怕失败，因为我作为作家被囚禁在地下室的事实消除了失败的可能，消除了“我”失败的可能。

不对。

我确实无法在众目睽睽之下失败，但可以在圣地亚哥眼中失败。

我一想到万一自己失败了圣地亚哥能做出什么……能对我做出什么就心惊胆战。

也不对。

其实是我不能忍受自己可能在自己眼中失败，那可是彻头彻尾的失败啊。

我现在有一个机会，这机会没几个编剧能得到，阿根廷的编剧就更是无从染指，而我希望能利用它。

问题是那种想利用机会的热望却束缚了我的手脚。

按照圣地亚哥的说法，眼下这部剧本能让他拍出会改写世界电影史的影片，而在写这部剧本之前，我写出的其他所有剧本（包括我给他写的两部，由他分别拍摄于阿根廷和西班牙，都是西班牙语的）在创作时都没有考虑会有什么结果，完全出自立足于当下并毫无杂念的运气，唯一想得到的“未来”只有一个“第二天”，而在那个“第二天”圣地亚哥要看我在“前一天”写出来的东西。

我怀念那种毫无杂念的纯粹。

我宁愿付出圣地亚哥还从未付给我的所有钱财，只为重归那种纯粹的境界。

我不知道为什么这回圣地亚哥会破天荒头一次向我透露了未来安排的蛛丝马迹。

是因为他第一次感到没有把握了吗?

是怀疑在导致他犯错误吗?

或者是因为焦虑?

还是这本来就是个计策?

也可能这是种新方法，好从我这里获取前两次我没能给他的某种东西。

我不清楚是不是这样，但显然这方法不管用。

知道了那些演员——那些好莱坞明星——将成为圣地亚哥用我写的剧本拍摄的影片的一部分，这夺去了我的冷静，让我彻底失去了我曾拥有的本来就不太强烈的无所谓的态度。

现在我写下的所有东西似乎都得经过精心算计，每一个段落的每句话里的每个词中的每个字母都具备了特有的分量。

我每敲出一个字母，都感到自己正在把一个单词的空格处填写出来，而这个单词不过是一个没完没了的纵横字谜中的一部分。

我讨厌那些纵横字谜。

利桑德罗喜欢（还是曾经喜欢？）纵横字谜，而我讨厌它们。

利桑德罗可以拿着他的那些《吉诃德》杂志，坐在酒吧的桌旁，一连几个小时地填写纵横字谜（他只填纵横字谜，从来不做“字母汤”游戏），而与此同时我在那里反复阅读博尔赫斯的短篇小说和散文。

每当他完成了一个纵横字谜，他都会微笑着看看我，对我说“我又干掉了一个”，然后就又开始去填另一个。

我还远远没有完成眼下这个纵横字谜。

今天我读了读昨天写的那两场戏，读完了以后我就把它们给删掉了；我勾选了那两场戏的内容，一秒钟都没犹豫，按下了“删除”键。

然后我就打算把那两场戏再重写一遍。

我试着忘掉我假定自己必须要写的内容，忘掉我们在批注中说明该写的东西，可我却怎么也忘不掉。

能不能写出一场好戏可不取决于是否能忘记那些批注。

以前我也忘不掉那些批注，但我只是把它们存放在我大脑中的某个地方，在需要的时候才去考虑它们，但同时又可以在必要的时候忽略它们。知道它们就在那里，可以漫不经心地偶尔顾念，但写作时又可以将它们完全忽略不计。

而现在那些批注就在我大脑的中心，我的眼睛透视进去，首先看到的就是那些批注，它们一条接着一条，清晰可见，更糟糕的是，它们全部都是圣地亚哥的字迹。

这部剧本无法与《莫扎特传》媲美，在戏剧结构设计和场景转换安排的品质上跟《莫扎特传》差得不是一点儿半点儿。

但现如今要想改写世界电影史也根本用不着写出《莫扎特传》那么好的东西了。

在今天，靠着粗俗的东西就可以改写世界电影史了，这一点只要看看近年来获得奥斯卡最佳影片奖的作品名单就能一目了然了。

如今改写世界电影史的都是些失败的影片，大多数言之无物、情节简单，复杂程度十分低下。

也许与那些奥斯卡最佳影片相比，那些获得戛纳电影节金棕榈奖或评委会大奖的影片要更好……要好得多，但是戛纳的获奖影片已经不再能改写世界电影史了。

现在已经很少有人会在意戛纳电影节的事情了，也就还有那么一小撮拉丁美洲、欧洲和亚洲的导演、演员和作家会像朴门[1]农场里各种各样的植物那样对戛纳有所反馈（我也不知道“反馈”这个词用得是否恰当），而对由这一小撮拉美、欧洲和亚洲的导演、演员和作家所构成的社交网络已经没有人，或几乎没有人再关注了。

我的情况就更糟糕了，因为我刚写出来的东西实在是过于

1 朴门（Permaculture），又称永续生活设计或永恒农业，是把原生态、园艺和农业及许多不同领域知识相结合，通过结合各种元素设计而成的准自然系统。

浮夸。

或者也没那么糟糕。

我不知道。

管它呢。

我现在能坐在床垫上用键盘敲出这些内容，不用管它是否浮夸，不会因为现在根本写不出构成第三部剧本的标题、场景调度和对话的任何句子、词语乃至字母就放弃每天都在电脑上写上几个小时的习惯，这才是唯一重要的事情。

* * *

圣地亚哥回来时带着非同凡响的活力，脸上的笑意溢满了整个地下室。

他给我带来的礼物是一张有保罗·麦卡特尼亲笔签名的《乐团上路》[1]的黑胶唱片。

他告诉我他前一天晚上乘机抵达了洛杉矶，跟麦卡特尼和他夫人在马尔蒙庄园酒店吃了晚饭。

他跟我说保罗是个大好人。

第二天一早，这位前披头士成员的助理就出现在他的酒店（圣地亚哥的酒店）里，带着两张签过名的唱片（《艾比路》[2]和《乐团上路》）和一瓶加利福尼亚产的葡萄酒，照圣地亚哥的说法，那

1 《乐团上路》（*Band on the Run*），英国流行摇滚乐团 Wings 发行的第三张专辑。

2 《艾比路》（*Abbey Road*），披头士乐队的第十一张专辑，于 1969 年 9 月发行，是乐队成员全体参与录制的最后一张专辑。

可是瓶天价葡萄酒。

在圣地亚哥跟我讲述他的洛杉矶之行的重要消息时，我在试图搞明白他为什么决定要送给我《乐团上路》而不是《艾比路》，因为他知道我只听披头士乐队的歌，从来不听列侬、麦卡特尼或哈里森的个人专辑（我不止一次地跟他说过我只听披头士），那他为什么没有送给我在我看来是流行音乐史上第二出色的专辑，而只给了我一张我根本就不会听的唱片。

不管怎样，既然他知道对我来说《艾比路》要比《乐团上路》重要得多，那他为什么非得告诉我除了他想送给我的《乐团上路》之外，人家还送了他一张《艾比路》？

他本可以什么都不说，留下《艾比路》自行欣赏就行了，让我以为由保罗·麦卡特尼亲笔签名的、唯一可能存在于这所位于圣马丁德洛斯安第斯的房子里的唱片只有《乐团上路》，毫无疑问，那也是一张非常棒的专辑，还是一件非常棒的礼物。

他让我把新写好的剧本给他看看，带着充满热切希望的神情，他让我把"终稿"的文件夹给他打开，再把笔记本电脑递给他。

他读着剧本，严肃的表情让我双手冒汗，只能不停地在我的运动短裤上擦着手。

五年以来，我都只穿圆领衫、运动短裤和纯棉袜子。

诺尔玛每个星期天早上会把装脏衣服的袋子拿走，星期一的下午再把装着干净衣服的袋子拿下来。

这是什么？圣地亚哥问我。

他看着我，脸上带着真切的迷惑，在他的双眼中我似乎看到了忧惧。

这就是我写好的全部了，我说。

你是在逗我玩儿吗?

不是。

只写了三场戏。十天的时间，我在洛杉矶尽力摆平一切，做好一切准备，好让这部影片跻身于有史以来最佳影片的行列，你却只写出了三场戏。

我写的不止三场戏。

那其他的都在哪儿呢?

我把它们都给删了。

什么?

我把它们给删了，没保留下来。那些戏写得都不太好。

你跟我开玩笑?

没有。

你是谁啊，可以来判断那些剧本是好是坏?

我是写了剧本的那个人啊。

他看着我，一如平时我用挖苦的语气回答他时他看着我的样子，他合上笔记本电脑，把它扔到了床垫上。

我们第二幕还差多少？他问我。

我拿起电脑打开，给他看写有剧本逻辑关系图的那个 Word 文档，我已经把我们进度所达的那个叙事点用红色标示出来了。

我能感觉到圣地亚哥的血液怎样一下子加快了流速：我能看到圣地亚哥的血液在他身体里翻腾奔突，恰如在自恋狂躁的热带雨林中奔腾的湍流。

对不起，我对他说。

我不知道自己为什么要对他说“对不起”。

他要求我再也不许删剧本，就算我觉得那是电影史上最糟糕的剧本也不许删。

他告诉我他才是判断我们剧本好坏的“法官”，从今往后，只有他才能决定哪场戏有用，哪场戏没用。

他滔滔不绝地说了足有半个小时，向我解释为什么一个作家不应该成为评判自己作品的“法官”。

他说，作家只用写，不用评判。艺术家才是可以做出评判的人。

他告诉我他是艺术家，而我只是作家。

米开朗基罗就是艺术家，其他那些雕刻家和画家都只能是他的助手。

他说咱们可不能失信于我的那些演员们，如果他们想在不到一个月的时间里看到头两幕的剧本，那就必须在不到一个月的时间里把头两幕的剧本交给他们，如果这事儿都得让他们失望的话，那咱们可就真是开局不利了，好莱坞的那些演员，好莱坞的那些明星，总会在后面的某个时刻让咱们为此付出代价；他们总是先忍着，过了一天又一天、一个星期又一个星期、一个月又一个月，什么也不说，等着到了最意想不到的时候，他们才会跟咱们算账。

当圣地亚哥想要说服我、鼓励我，或要求我抓紧时间去干什么事儿的时候，他总要说“咱们”怎么怎么样，尽管以前他从来没有要求我抓紧时间干什么。

我问他为什么要把那些演员的事儿告诉我。

你以前从来没跟我提过演员的事儿，我说道，甚至在万事俱备、你还有几天就会离开去拍片子之前，你都不会跟我说演员的事儿。为什么现在说了呢？为什么你要告诉我梅丽尔·斯特里普和杰克·尼科尔森的事儿呢？

还有西恩·潘[1]，他说道。

什么？

西恩·潘也会参演。

我真恨不得一拳打烂他的嘴巴。

我仿佛真看到自己一拳打烂了他的嘴，尽管打一开始我就知道我动都不会动，无从出拳也根本打不破他的嘴巴。

我发现他脑袋上除了眉毛之外的毛发都被剃了个精光，这让我十分不爽。

我又一次问他为什么。

因为我信任你，巴勃罗，他说道，因为我知道如果你考虑了那些演员，那些世界上最棒的演员，那么你就有能力写出一个出色的剧本，最棒的剧本。你现在已经准备好了。以前你是准备不足，不过现在你已准备充分了。我看到了这一点。我解读出这一点。这确实很难，我明白，但是结果也会变得更加重要。我是在给你一些新的佐料。现在你就可以去烹制出世界上最美味的“炖菜”了。那会是一道改写世界电影史的洛克罗炖菜[2]。

我最终没有说出我想跟他说的话。

---

1 西恩·潘（Sean Penn, 1960– ），美国演员、导演和政治活动家。他凭借2003年电影《神秘之河》（*Mystic River*）和2008年传记电影《米尔克》（*Milk*）中的演出两次赢得奥斯卡最佳男主角奖。

2 洛克罗（Locro），一种用肉、土豆、嫩玉米或南瓜加辣椒烹制的菜。

我从来都没法把我想说的话对他讲出来。

圣地亚哥离开了，而我却把那些话咽了下去。

我必须得学会打断他的话头。

我必须得学会不计后果地把我的所思所想都对他讲出来。

他又能把我怎么样呢？

我会有什么损失吗？

我再次独自一人了，待在床垫上，并没有去写剧本，而是在键盘上敲着这些文字，带着比以前更为精确的表述，用着比以前更少的时间，穿着被汗水浸透的 T 恤。

两天过去了，而我什么也没写出来，连坐到床垫上在这个加密文档里写些废话都做不到了。

前天晚上我开始感到腹部右侧隐隐作痛。

有点儿不舒服。

这是我第一次感觉到这种不舒服。

但应该是我的脑袋不舒服才对啊。

我说“我的脑袋”实际上是指“我的大脑”。

因为我写不出东西，所以就臆想出各种疼痛。

我什么也没告诉圣地亚哥，也没跟诺尔玛说。

当我醒来时（我只睡了不到三个小时），那疼痛却消失了。

但是昨天晚上，在吃完晚饭后，我却又疼了起来。

* * *

圣地亚哥发现了那本《博尔赫斯全集》第三卷。

他问我那本第三卷怎么了，我对它到底做了什么，它怎么就几乎散了架了。

你怎么找到它的？我问他。

我怎么找到它的并不重要，重要的是我找到它了。

圣地亚哥曾在两次相似的情景下说了一模一样的话，尽管这两次之间相隔了好几年。

他的表现活像一个被冒犯的母亲，一个世界上最糟糕的但对此毫不自知的母亲，摆出一副恼怒嫌恶的面孔，就像有人做了什么她不认同的事情，而这事情大部分的起因又全在她的过错。

我还是对他撒谎了——我跟他说我已经试着读了读《博尔赫斯全集》的第三卷，可读着读着我突然感到一阵可怕的愤怒，一股无法控制的怒气，那都怪博尔赫斯，因为我突然发现我在写剧本时有一个问题，自打你跟我讲了那个翻译过波拉尼奥作品的女译者的事情，我用西班牙语写东西时就总会想着英语，一切在我听来都像是假的，虽然我的英语水平很有限，但这不是重点，我用西语写作，但想着写的东西都是英语的译文，每一个词都是虚假的，连博尔赫斯的作品中也有许多词是虚假的，直到最后在一阵冲动中，我把那册书往墙上摔，一下又一下地往墙上摔……

往哪面墙上摔的？

那面墙，我对他说道，一边指了指长方形天窗对面那堵墙。

圣地亚哥看着我，一如他不完全相信我时的样子：

你可别骗我，巴勃罗。

我没骗你。

他朝房门看过去；一动不动地把它仔细打量了一番。

然后他又看向房门对面的那堵墙，一动不动地仔细打量着。

然后他又看向那扇长方形的天窗，一动不动地仔细打量着。

然后他又定定地看着我的眼睛，一动不动地仔细打量我的眼睛，盯了好大一会儿。

然后他又看向他手里那本快散架了的《博尔赫斯全集》第三卷，一动不动地仔细检视。

然后他走到门旁，打开门，转过身。

我会让北方书店再给你寄一本第三卷来，说完，他就走了出去。

* * *

根本就不可能把剧本写出来。

我都不知道自己过去是怎么写出剧本的。

我不知道其他编剧是怎么创作剧本，好让剧本写完后被拍出来，变成大家去影院观看的电影。

我还不如把这第三部剧本已写出的部分统统删掉，让它完全消失，我也就能从中解脱了。

其实可以重新开始，重写一个故事，去塑造另一些角色，不考虑要饰演这些角色的演员，也不去想要拍成电影的日期。

我得回归到自己那种心无杂念的境界中。

我需要这种纯粹。

可我得怎么做才能重建这种纯粹呢?

哪怕那会是一种刻意的、人为的纯粹。

我老妈在明白了写小说对我而言异常重要时曾对我说的那些话，我也想听圣地亚哥照样对我说出来。我想让他明天带着咖啡和小果盘下来，告诉我可以安安静静地写剧本，爱用多长时间就用多长时间，忘了杰克·尼科尔森、梅丽尔·斯特里普和西恩·潘，忘了好莱坞，让我在写作时相信，不管作为具体的地方还是作为电影工业的代称，好莱坞都不存在，甚至根本就没存在过。我想让他对我说，我要花多长时间都随我高兴，他不会来打扰我，只要写完了通知他就行了。

我在读自己在这个加密文档中写的东西。

我写道，我在读自己在这个加密文档中写的东西。

* * *

圣地亚哥早上七点五分进的门，我已经醒了，刚洗完澡，正在重读剧本的第一幕和第二幕已经写好的部分，这让他倍感意外。

我让他出去。

他没明白我的话。

我对他说，如果他想让我按时完成第二幕，那我就需要他让我一个人待着，不要来打扰我，直到我把第二幕写完。

我那么说让他很不高兴。

他试图说服我最好还是继续像以前那样，恢复以往的惯例。

我说以前的惯例已经不作数了，都怪他改了规则，拜他所赐，那惯例已经完蛋了。

我那么说让他很不高兴。

他又试图说服我，让我相信规则还是原来那些，他只不过是多给我提供了些信息，让我了解了一些我以前不了解的细节，因为以前我还没有做好准备，但现在已经准备充分了（他又一次说了同样的话：你以前没做好准备，现在已经准备充分了），他这是刻意让我更多地参与到事务进程中了。

我跟他说我不想参与写作之外的任何事务的进程，什么选角啦、取景啦、预算啦、技术团队啦我统统不感兴趣，前期准备和拍摄的日期我就更没兴趣了。

我对圣地亚哥说，要完成剧本，唯一的办法就是忽略所有那些细节，而他的出现和以往的惯例都只能让我想起那些细节，一次又一次引起我的不快。

咱们这么办吧，圣地亚哥说，咱们还是一如既往，但是只谈论……

不行。

我不再告诉你任何细节，什么都不说了。我还是每天早上下来，然后我们就只谈剧本，谈……

不行。

他看着我，一如他觉得我表现得就像个狂妄之徒时的样子：

巴勃罗，你不能要求我去……

如果你不照着我要求你的去做，那这剧本就完成不了。我写不完它。你要是愿意，可以来完成它，可在你彻底让我一个人独处之前我是不会再写一个字了。你就待在楼上听你的那张签名版的《艾比路》吧。否则的话，在这地下室里就不会再有人写东西了。

巴勃罗，请听我说，咱们还是像……

够了，圣地亚哥，我是不会改主意的。要么你去楼上待着，要么这剧本永远也完成不了。

圣地亚哥用拇指按了按眼睛，然后双眼一眨不眨地盯着我。

我以为他会从裤袋里掏出那把左轮手枪来，我已经看到了露出来的枪把儿。

我把一只手放在胸膛上，手掌贴着胸口；在他眼中满是几乎无法压抑的愤怒。

他一言不发，拿起自己的椅子，朝门口走去。

你等一下，我对他说。

他转过身，在他的眼中，一道希望的光似乎在那愤怒中开辟出道路。

你把博尔赫斯的书都拿走吧，我说。

圣地亚哥把椅子搁在地上，掏出了手枪拿在手里，但并没有指向我。

他打开手枪转轮，检视有多少颗子弹。

我双手的汗水涔涔流出，我的运动短裤的棉质衬里和化纤面料都湿透了。

两个星期，他说道，我给你两个星期的时间。诺尔玛把食物给你送下来后就离开。她打开门，把食物给你放在地上就关上门。两个星期，这样那个译者还有七天的时间来翻译。

我同意了。

完成整个剧本，他说。

不行，我说，只完成头两幕。你跟我说过那些演员正等着……

完成整个剧本，就两个星期。现在我会离开，然后直到……（他在手机上查了下日历）……到二十号星期一我再来。我希望能在剧本的最后一页上看到“Fin”（剧终）这个词。要是愿意你也可以写“The End”，这样的话译者还能少干点儿活儿。

他走进卫生间，抓起博尔赫斯的书，把它们放在椅子上，抓住靠背把椅子拎起来，离开了。

* * *

两个星期。

十四天之内要完成第二幕的三分之一和整个第三幕。

这根本不可能。

最近三个星期我写了四场戏，都不长，其中一场只是展示了角色之一（西恩·潘扮演的那个）坐在一辆最新款的敞篷车里从一边开到另一边。

只有三行字的一场戏。

三个星期里我只写了四场戏，其中一场只有三行字。

那现在呢?

那现在呢?

那现在呢?

那现在呢?

那现在呢?

那现在呢?

我要坐在这床垫上度过两个星期的时间，把“那现在呢？”敲进这份加密文档里。

在变得疯癫之前，我到底能敲出多少个“那现在呢？”

我给所有东西都换了位置：我把床垫摆到长方形天窗下方，鞋盒子靠在门对面的那堵墙边，把冰箱的插头插到原来床头灯的插座上，再把床头灯的插头插到冰箱的插座上，那摞干净衣服堆到卫生间门边上，装脏衣服的口袋则放到地下室的门旁。

我坐到床垫上，打开了笔记本电脑。

长方形天窗投进的光线没有从对面照过来，这真有点奇怪，它就在我头顶上方照耀着，这同样让人觉得怪怪的。

我又考虑要把所有东西都放回原来的位置去了。

有好长一段时间，我都坐在床垫上，把笔记本摆在腿上，想着再把所有东西都放回原处。

我写着这份加密文档，完全不知道接下来要写什么词儿，只是事不关己地在键盘上敲出一个又一个词儿，丝毫不考虑行文、语气、主题、文本好坏，但愿我能以这样的方式写出整个剧本……

就像弗兰纳里·奥康纳曾说过的那样：“只有在读到自己写出的东西时，我才知道自己在想什么。”

我不禁想让诺尔玛把奥康纳的《短篇小说全集》给我拿下来了。

可是如果我让诺尔玛给我拿下来一本奥康纳的《短篇小说全集》，那我就很可能会花上好几个钟头来读那些故事，并坚信自己阅读的行为也是为了剧本创作。等到夜幕降临，我才发现自己根本没写出任何东西，标着“终稿”的文件里啥也没有，而从奥康纳的故事里我能得到的也只是毫无恶意的嫉妒以及阅读的快感了。

奥康纳式的粗砺但又令人着迷的故事所映射的，是藏在角色后面却又大于角色本身的“言外之物”，具体到奥康纳，这点“言外之物”就是天主教的天主了。

我明白，我一直以来所喜欢的短篇故事、长篇小说、戏剧作品和电影通常都会包含藏在角色后面而又大于角色的那点儿“言外之物”。

《莫扎特传》就包括了那种“言外之物”，恰如奥康纳作品中天主教天主的存在。

但是那种藏在角色身后却又大于角色的“言外之物”倒不一定非得是上帝、安拉，或是湿婆神[1]；它可以是命运、诅咒，甚或是电磁能量的中心。

而在我的第三个剧本——这部能改写世界电影史的作品里，那个藏在角色身后却又大于角色的“言外之物”，就是一部电影。

我正在写（或正在尝试写）的电影里会再包括一部电影，从本质上说，我写的（或尝试写的）就是那个电影中的电影，它会每年一次在由梅丽尔·斯特里普扮演的角色家的地下室放映，会将那些观众推向他们无法逃避的命运。

这部在地下室放映的电影为观众们标记出的命运要远远超越普通的命运，它不是“天意”，而是“必然”。

我意图创作一部能够决定那些在地下室观影的人物命运的

1 湿婆神（Shiva），印度教三大主神之一，毁灭之神。

电影，可我刚刚发现，这完全是一种纯属卖弄的、过时的、狗屁“元文学”的想法。

元文学的？

狗屁“后现代”？

后现代？

这想法可够不上去改写世界电影史。

这是圣地亚哥带来的想法，其实早在一开始就应该被拒绝，或者，至少应该被严重质疑；从一个被严重质疑的平庸想法里倒是有可能冒出什么精彩的“言外之物”。

我在这篇加密文档里到底写了多少次“言外之物”了？

当一个“非天才型”（“非莫扎特型”）的作家坐在电脑或笔记本前，写出他头脑中最先冒出来的东西时，那些单词和语言构造常常会不停地重复，简直令人发狂。

我们这些“非天才型”作家其实就是那些单词和语言构造的“囚徒”。

我都不知道“语言构造”是不是一种正确的表达。

我们的头脑就处于这样一座由少量单词和数量有限的语言构造组成的监牢之中。

我想把第一幕的稿子，还有第二幕已经写好的部分都挪进垃圾箱，并且将其清空，整整五个小时了，我都在跟这个无法压抑的念头进行着斗争。

假如我现在就中断这篇加密文档的写作，那除了把第一幕的稿子和第二幕已经写好的部分挪进垃圾箱再把它清空之外，可就真的没什么好干的了。

我还想删掉那个文件夹，那里面存着剧本的逻辑关系图和人物背景故事，还想删掉那个名为“文本编辑”的文件，里面记录着圣地亚哥在地下室这空气败坏的环境里释放出的成千上万条批注，就算圣地亚哥到我这儿来，转动左轮手枪的转轮，用枪瞄准我，再开上五十枪，我们也不会使用那些批注的，我更是连使用它们的念头都不会动一下。

我为圣地亚哥·萨尔瓦铁拉创作的第三部剧本将改写世界电影史，可每当我想着要把与其相关的所有资料都删掉，一股幸福的战栗便会布满我的全身。

* * *

诺尔玛给我端下来一份洛克罗炖菜、两片奶味白面包、一杯水，还有三罐红牛饮料。

她准备打开氧气罐，可我跟她说没必要。

我对她说，我早就跟圣地亚哥要求过，让你把食物放到门边就关门走人。那才是我想让你干的事儿。你尽量不要进入地下室。谁也别进来。

她用一种我觉得像是在微笑的表情看着我。

这是我头一次在诺尔玛的脸上看到微笑，尽管我还不完全肯定那就是微笑。

她带着氧气罐走出去，关上了门。

那份洛克罗炖菜辣得要命，难吃得简直像狗屎。

我四肢着地爬到床头桌前，确认了一下我还有足够的痔消灵药片。

我勉强吃下了整份洛克罗炖菜和面包，喝下了所有的水，外加一罐红牛。

我坐在床垫上，笔记本电脑放在腿上。

我还是写不出来。

好几个小时了，我一直在地下室里打转。放在床垫上的电脑里，剧本的文件开着，光标像个混蛋一样闪动着。

真没什么可写的。

我看了看那些逻辑关系图。

我读了读那些人物背景故事。

凌晨两点的时候，我读到了记录着圣地亚哥批注的名为“文本编辑”的文件。

洛克罗炖菜在我的胃里直翻腾。

我又喝了一罐红牛。

什么也写不出来，我对自己说。

我用尤克里里弹奏了我最近几个星期学会的十二首披头士的歌曲。

我不得不用听奏纠音的方式把这些曲子弹出来，因为圣地亚哥一直也没给我拿来曲谱，也从没给过我学习弹奏尤克里里的练习曲谱。

弹奏尤克里里并不难，我没费多少工夫就弄明白了那些最重要的和弦，然后就即兴演奏其他的和弦。

《她正离家而去》是麦卡特尼的杰作。

可惜我不会唱。

我在尤克里里上弹着和弦，一边用口哨吹着旋律。

圣地亚哥曾跟我说，尤克里里实际上应该叫“尤库里里”，这是桑陶拉利亚告诉他的，说“尤库里里”在夏威夷语里是“蹦蹦跳跳的跳蚤”的意思。

从那时起，我就开始管这乐器叫“尤库里里”，甚至每次说这个词时还把“库”字的发音拖得长一些。

但是我还是说不出“尤库里里”。

而且这个词我也写不出来。

很奇怪，Word 软件会默认“尤克里里”是正确的写法，而“尤库里里”则不是。

看起来，跟那些文本处理器相比，桑陶拉利亚在与乐器相关的知识方面要更为博学多知。

晚饭过后半个小时，我的腹部右侧就开始疼起来，疼痛一直持续到早上。

一定是因为有气儿，是该死的屁阻塞着放不出来了。

我通常都会在早上七点钟圣地亚哥下来之前去上“大号”。

每天如此，从无例外。

直到圣地亚哥不再到地下室来。

从三天前到现在，我都没有上厕所。

也就是说，我一直没有大便。

为什么“上厕所”的意思就是“大便”，而不是“小便”“冲个澡”或是“刷牙”？

人们其实有各种各样的理由去上厕所。

有些伟大的歌曲是在厕所里创作的。

还有些伟大的小说也是在厕所里写成的。

我也不知道，在厕所里到底是能写出一整部小说呢，还是只能写出一些章节或段落。

我曾关上厕所门，坐在马桶上修改我的剧本，一边听着厨房里老妈在电脑上写邮件所发出的声音。

她用两根手指打字。

有时候，当她用一只手端着马黛茶时，就只用一根手指打字。

除了写那个我不得不写的剧本之外，我在这地下室里能做的事情多得令人难以置信。

* * *

自打我让圣地亚哥离开房间并且再也别进来，已经过去三天时间了。

我还有十一天时间。

十一天里起码要写出那部要改写世界电影史的剧本的三分之一。

在最近这两天时间里，我逐渐相信，我之前写过的东西里有不少内容我都得重新写。

我之前曾设想让一群人聚在地下室看电影，他们的命运就取决于他们所观看的那部影片，可现在我已经确信，这个想法不得不被舍弃了。

可这个想法是我们正在讲述的故事的基本思路，是生发其他情节的母题，如果我放弃它，就得用另外一个同样可以作为母题和基本思路的更好的想法来取代。

可我根本想不出另一个母题来取代这个“电影决定地下室观影人物命运”的想法。

即使我想得出一个母题，并且把它写进剧本，那么最有可能发生的事情就是，圣地亚哥在读剧本时一枪打飞我的脑袋，因为我让他浪费了时间，因为我放弃了他的天才想法，因为我用一个无法触及本质的愚蠢想法取代了他的奇思妙想。

那如果我撂挑子不干了呢?

撂挑子是不是意味着我得一命呜呼?

我倒是也可以一边自慰一边度过这两个星期（其实是剩下的十一天时间），然后告诉圣地亚哥剧本我没写完。

我会告诉他，艺术——至少是优秀的艺术——可没法在催促之中、在设定期限的情况下创造出来。

我会告诉他，陀思妥耶夫斯基之所以在短短几个月内就完成了他的几部小说，是因为他急需稿费去还赌债，而这并不意味着所有的小说都可以在短短几个月时间里写出来。

艺术是没有时间限定的。

作品永远都是被写了再写，因为它们都是不完美的，不完美的事情也就是“未尽之事”。

圣地亚哥一直都在滥用“完美”这个词。

他自认为是个“完美主义者”。

他一直都因自己对完美的不懈追求而沾沾自喜，尽管这一点会让他的作品成本成倍地超出预算，还让他的合作者——尤其是演员们——打心眼儿里讨厌他。

完美是根本不存在的。

乔伊斯的《尤利西斯》是迄今为止被创作出的最优秀的小说，但同时，又是无数不完美的体现。

我也许能让诺尔玛把《尤利西斯》给我拿下来，圣地亚哥应该会有一本。

他极有可能根本没读过《尤利西斯》，或他曾试图读过，却没能读完。

也许他刚开始读《尤利西斯》时，也像大多数读者那样自信满满（乔伊斯非常聪明地以一个容易理解的章节作为开篇），但接下来，随着文本越来越复杂，他就渐渐地没有劲头看下去了。

今天，我花了上午的一部分时间来回忆阿尼塔，就是在我被囚禁的第二年时圣地亚哥带到地下室来的那个姑娘。

一只蜘蛛在长方形的天窗边框处结网，而我不敢把它杀死，因为它让我想起阿尼塔。

我仍清晰地记得她的脸庞、她的身体和她的话语。

那是一张比乔伊斯的《尤利西斯》还要完美得多的脸庞。

当圣地亚哥跟我说阿尼塔不愿意再回到这儿来，告诉我她不喜欢我的时候，会不会是在骗我？

不如就假设他是在骗我吧。

我这是在干什么呀？

此时我明明必须得完成一部改写世界电影史的剧本，却在这加密文档里写着阿尼塔的事儿，我这又是何必呢？

也许我应该将这个加密文档删除，将它移进垃圾箱，然后再将其清空。

再见。

不可恢复了。

这样就只剩下剧本了，那个标题为“终稿”的文件里存着第一幕和第二幕的一部分。

我也许应该以写这份加密文档时的那种自由心态去把剧本写出来。

试一下的话我也不会损失什么。

可我确实会浪费时间，而时间于我来说已所剩无几了。

好吧，其实我在键盘上敲出这篇加密文档也是在浪费时间。

* * *

我刚刚意识到，并不是我让圣地亚哥去要求诺尔玛把食物放在门边并关上门的，那明明是圣地亚哥的主意。

我曾跟诺尔玛说，我要求圣地亚哥告诉她把食物留在门边并关上门，但现在我想起来那其实是圣地亚哥的主意：我只是要求诺尔玛让我一个人安静地待在地下室里。

圣地亚哥才是那个让诺尔玛来打开门，给我留下食物再关上门的人。

是我剽窃了圣地亚哥的主意，我轻而易举就把这主意据为己有了。

我需要听到雨声。

要完全靠着老天爷才能活下去，这才是最糟糕的事儿呢。

没人需要老天爷降下甘霖。

除了那些农夫。

还是有成千上万的人是需要下雨的。

还是有成千上万的人是得靠老天爷吃饭的。

但老天爷可不知如何写出一部能改写世界电影史的剧本。

雨水可写不出一部能改写世界电影史的剧本。

雨水甚至连《漂亮女人》[1]都写不出来。

圣地亚哥写不出《漂亮女人》。

我也写不出《漂亮女人》。

彼得·谢弗曾有能力写出《漂亮女人》吗?

写《漂亮女人》可比写一部改写世界电影史的剧本要难得多。

写《漂亮女人》也比写《甜蜜的生活》要难得多。

倒是可以把皮埃尔·梅纳尔[2]连同《甜蜜的生活》一道送到我这儿来。

阿尼塔身上有些埃斯特拉·坎托[3]的气质，我在那些无聊透顶的博尔赫斯传记里找到一张照片，从那照片上我看出了这一点。

传记都是无聊透顶的吗?

我算老几啊? 要在这儿说博尔赫斯的生活是无聊的生活?

不是博尔赫斯自己说过，他的生活极其无聊，而且知识分子的生活就应该是极其无聊的吗?

1 《漂亮女人》(*Pretty Woman*)，滚石公司1989年出品的爱情喜剧片，由盖瑞·马歇尔执导，J·F·劳顿编剧，理查·基尔和朱丽娅·罗伯茨主演。

2 皮埃尔·梅纳尔(Pierre Menard)，阿根廷著名作家豪尔赫·路易斯·博尔赫斯的作品《虚构集》(*Ficciones*)中的短篇小说《〈吉诃德〉的作者皮埃尔·梅纳尔》里的人物。

3 埃斯特拉·坎托(Estela Canto, 1915–1994)，阿根廷作家、记者、翻译家，因与著名作家豪尔赫·路易斯·博尔赫斯的亲密关系而为人所熟知。

难道博尔赫斯没嘲笑过海明威？没嘲笑过他那充斥着斗牛、女人和战争的生活吗？

博尔赫斯的生活至少还没有像我的生活这么无聊吧。

在一个早已不为人关注的村镇上，一间废弃的破败别墅里有一个光线昏暗的房间，而我的人生只不过是那房间里的一声叹息。

手里端着一杯奶香咖啡，注视着那些和我的生活一样无聊的人生从窗前掠过，就是这些平静无波的时刻，构成了我的人生。

那些跟我老妈共处的时刻，两人默不作声地吃着早饭、午饭或晚饭，一起躺在床上看一部电影，谁也不说话。

如果那是一本上千页的传记，就比艾尔曼[1]写的詹姆斯·乔伊斯的传记还要长。

如果是七千页的传记，则要比约瑟夫·弗兰克[2]写的陀思妥耶夫斯基的传记还要长。

我的人生充满了要么毫无意义、要么意味着全部的时刻。

那就是一本《尤利西斯》，只讲述一个人物经历的几千个无所事事的日子。

成百上千次地到卫生间，坐在马桶上，手里拿着一篇故事，一篇我从来都没用来擦屁股的故事。

成百上千个场景里充斥着下面这一类的对话：

请把盐递给我。

---

1 艾尔曼，此处指理查德·艾尔曼（Richard Ellman, 1918–1987），美国文学批评家，爱尔兰作家詹姆斯·乔伊斯、奥斯卡·王尔德和威廉·巴特勒·叶芝的传记作者。

2 约瑟夫·弗兰克（Joseph Frank, 1918–2013），美国著名学者，陀思妥耶夫斯基研究者，举世闻名的陀思妥耶夫斯基五卷本传记的作者。

给你。

谢谢。

那是一种近乎变态的自然主义。

一部长达七百个小时的利桑德罗·阿隆索[1]的电影。

在我动身来到圣马丁德洛斯安第斯，进到这个见鬼的地下室之前，我的生活都不过是一部毫无价值的人生记录。

圣地亚哥赠给我一个打破自然主义的结局。

结局吗?

我的生活曾经是一种病态的自然主义的记录。

病态的吗?

对于观众是病态的，但对我来说却不是。

我的这部利桑德罗·阿隆索式的影片可没有观众。

我的这部没有照片的七卷本传记也没有读者。

而这个我也许应该丢进垃圾箱再清空的加密文档也没有读者。

或许还是有读者的?

圣地亚哥是不是这个加密文档的读者呢?

圣地亚哥能不能以无线连接的方式进入到这部……他的这部MacBook Pro电脑中，读到我所写下的内容呢?

尽管我对此持怀疑态度（我最好还是别这么想），但如果这是真的，那么，圣地亚哥·萨尔瓦铁拉，我就送你几行字:

你不会写作。

---

1 利桑德罗·阿隆索（Lisandro Alonso, 1975–　），阿根廷著名导演、编剧。主要作品有《自由无上限》（*La libertad*）、《逝者》（*Los muertos*）、《利物浦》（*Liverpool*）和《安乐乡》（*Jauja*）。

你不会写作。

你不会写作。

你不会写作。

你不会写作。

你不会写作。

你不会写作。

你不会写作。

你不会写作。

* * *

现在诺尔玛在开门前都会先敲一敲；她会等我在我这边也敲一敲才会把门打开，放下食物和水，然后再把门关上。

圣地亚哥还真把我的提议很当回事儿，他会让我一个人待着，孤独自处，指望着我能把他的剧本一下子彻底完成。

当然说的是剧本的初稿。

然后他会跟我讨论他做的批注，让我一天之内就完成修改。

我将没有时间来对他的批注提出反对意见，没有时间来考虑怎么能在他毫不觉察的情况下不采纳那些批注意见：在写第二部剧本的过程中，我就显示了这种高超的技巧。

导演们都不喜欢别人对他们说“不”。

除圣地亚哥之外，我只认识一位导演，但我还是可以确信无疑地说，不管是世界上哪个地方的导演，都不喜欢别人对他们说“不”。

当你拒绝采纳他们的某个想法或批注意见时，他们极有可能会执拗地坚持这个想法或批注意见，哪怕他们自己也曾对那想法或批注意见心生疑虑。

他们也有可能在接受了几个反对意见之后，就开始强迫自己拒绝我们所有的想法和意见。

有好几次，我都从圣地亚哥的眼睛中看出，他喜欢我的想法，甚至我让他感到了惊喜，但几秒钟之后，他仍忍不住对我说：

不行，巴勃罗，这太疯狂了。在现实生活中没人会这么做的。

但是电影不是现实生活啊。

正因如此，大多数基于现实生活的影片都不好看。

电影就是电影，不管构思是否独特，也不管它们是否基于现实生活。

当某人坐下来看一部电影，他就是在“看电影”，他只在乎是否享受了这部电影，而不会去管电影的构思是否独特，电影是不是基于现实生活。

所以传记片一般都不好看。

但《莫扎特传》除外，因为它根本就不是一部传记片。

彼得·谢弗利用历史上真实存在的人物只是为了来讲述艺术家与他那无可救药的平庸之间的斗争。

观看《莫扎特传》时，任何人都不会认为影片的故事真的发生过，不会相信那些事情都是真实的。

观众不应该去关注电影从何而来，而只应去关注影片本身。

有多少回了？当我们看到一部不好看的电影时，总会有人为了给它辩护而对我们说，“可这是真实的历史啊”，或“这事儿真的发生过啊”。

有许多来自现实生活的想法在电影中是不起作用的。

我们这些编剧必须要忘掉“很多构思均来自现实生活”这档子事儿，不能因为“它们都真的发生过”就要原样照搬。

在写剧本的时候对任何事情都不能原样照搬。

电影存在于它自己的现实中，而电影的现实才是我们唯一应该关注的现实。

电影的现实由现实因素构建而成，但同时我们也对它进行虚构。

我们其实是在彻头彻尾地编造现实。

诺尔玛构成了由圣地亚哥编造的现实的一部分。

也许我也构成了圣地亚哥编造的现实的一部分。

也许整个世界……不，整个宇宙都构成了圣地亚哥编造的现实的一部分。

两天以来，整个地下室都弥漫着洛克罗炖菜的味道。

今天我喝了四罐红牛饮料。

我花了一个小时的时间来做俯卧撑，明天我的双臂肯定会疼得要命。

我腹部右侧的疼痛时有时无。

疼起来的时候，痛感会持续两三个小时。

通常我会感觉到疼痛开始了，一点点疼起来，我会试着当它不存在，直到疼得再也无法忽略它了，那我就随它疼去，觉得那疼痛永远都不会完结了，但两三个小时后它就不疼了。

从古到今被写出的剧本成千上万，它们用各种语言写成，有的被拍成电影，有的没被拍出来，还有的根本无人问津，跟这些剧本相比，《渐入佳境》[1] 所表现的情节线确实更胜一筹。

我在长方形的天窗下待了一个小时，让阳光照在我的脸上。

我也不知道是不是有一个小时。

午餐时，我在天窗下吃了一个加火鸡肉、奶酪、番茄和一点儿蛋黄酱的三明治。

我跟诺尔玛说了好几次我喜欢在三明治里多加点儿蛋黄酱，可她根本不听我的，也可能是她不屑于理会我，要么就是她觉得那个量的蛋黄酱已经是很多了。

在布宜诺斯艾利斯人家是不是已经宣布我死亡了？

失踪的人是不是都要被宣布死亡？

一个人得失踪多长时间才会被宣布死亡呢？

他们找没找过我呢？

布宜诺斯艾利斯的警察有没有来过圣马丁德洛斯安第斯呢？

他们跟圣地亚哥交谈过吗？

有没有目击者看到圣地亚哥到查佩尔科机场去接我呢？

一个跟自己的妈妈住在贝尔格拉诺区的公寓里，既没工作也没银行账户，既没信用卡也不缴税的四十多岁的家伙能引起警方的重视吗？

我老妈来过圣马丁德洛斯安第斯吗？

她是不是曾走遍各处的大街小巷，盼着能找到我？

---

1 《渐入佳境》(*Getting Better*)，披头士乐队成员列侬和麦卡特尼创作的歌曲，于 1967 年被收录于乐队的第八张录音室专辑《佩珀中士的寂寞之心俱乐部乐队》。

她会不会曾和圣地亚哥的四驱越野车交错而过？

她是独自前来还是和利桑德罗一起来的呢？

利桑德罗一直都是听平克·弗洛伊德[1]的歌的。

我听披头士，他听平克·弗洛伊德。

为这事儿我们俩争论了足有好几百个小时。

我对利桑德罗说，平克·弗洛伊德的最大问题就是他们太把自己当回事儿，而利桑德罗则跟我说，披头士最大的问题是他们太热衷于反叛，但这种热衷没能让他们摆脱“小孩子”的身份，我告诉他那正是披头士的一个优点，不仅仅是音乐家，很多艺术家的最大问题恰恰是他们已不再做“小孩子”了。

披头士就好比乔伊斯，而平克·弗洛伊德则恰似萨瓦托[2]。

但是披头士明白旋律要比体验重要，而这种理解艺术的方式也应该被移植到剧本创作中：具备了情节、冲突、反转和结局的故事应该一直比视觉或叙事体验更重要。

圣地亚哥就是平克·弗洛伊德，尽管他一直都觉得自己是披头士。

圣地亚哥看起来不太为自己的形象操心，他的头被剃得精光，总是穿着一身绿：绿色T恤、绿色裤子和绿色袜子，没有牌子，没有商标；有时他穿牛仔裤，有时又穿着柔软哑光面料的运动裤。

一天早上，圣地亚哥走进地下室，穿着一条绿色西裤、一件绿色的短袖T恤，我问他为什么穿得那么“绿”。

---

1 平克·弗洛伊德（Pink Floyd），英国摇滚乐队，于1965年组建。

2 萨瓦托，指埃内斯托·萨瓦托（Ernesto Sabato, 1911–2011），阿根廷作家、画家。代表作有《隧道》（*El túnel*）、《英雄与坟墓》（*Sobre héroes y tumbas*）等。

他告诉我绿色是唯一让他觉得不那么无聊的颜色。

绿色有时会变得不再是单纯的颜色，他说，我在电影的色彩设计中总是避免使用绿色。我一直避免去拍树木。在村镇或城市中拍摄时，一定要注意别拍到树木。至少在春天和夏天不要拍。树木赋予拍摄地一种浪漫的热情，而这种热情往往与我们生活的世界所显示的情感状态背道而驰。但绿色同时也是我喜欢在身边的生活里能看到的颜色。

在他的电影里（指我现在要在七天内写完的、会改写世界电影史的这一部电影之前所拍的片子），圣地亚哥惯于讲述一些被社会推到边缘的人物的故事。

圣地亚哥讲述的是那些最贫困者的生活。

他居住在阔宅大院，栖身于豪华酒店，在这由大房子和总统套房构成的宫殿里（这宫殿遍布于世界的大部分地区），他讲述着最贫困的那些人的生活。

圣地亚哥坚信他的艺术让这个世界变得更美好，他热衷于去煽动情绪，想象着自己的电影就是寓言。

* * *

我越来越强烈地感觉到（每时每刻我都越来越相信），要完成这第三部剧本，唯一的办法就是从零开始。

随着我越来越相信完成这第三部剧本的唯一办法就是从零开始，我腹部右侧的疼痛也越来越强烈。

在一个星期之内写出一部将改写世界电影史的影片的完整剧

本是根本不可能的，然而，这却是写完它的唯一方式。

要是发现自己的剧本彻底变了样，圣地亚哥肯定受不了。

除非那新剧本能优秀到令人眼前一亮。

可在七天时间里写出一部优秀到令人眼前一亮的剧本是根本不可能的。

在披头士组建的最初几年，列侬和麦卡特尼每天都要创作一首歌；哈里森和林戈直到进录音室都还对那些歌曲一无所知，他们得在录制那些歌曲时即兴编曲，举重若轻、满心愉悦地完成录制。

要是我能像哈里森在 1964 年时那样举重若轻、满心愉悦，也许倒还有可能在七天时间里写完这部剧本。

不，问题并不是做不到举重若轻，或做不到举重若轻、满心愉悦，问题在于根本就没有天赋之才。

只有天才才能在一周之内做出《一夜狂欢》[1] 那种水平的专辑。

也只有天才才能在一周之内写出一部能改写世界电影史的剧本。

我不是天才，这一点是再清楚不过的了。

我有那么一点儿才华，也有长时间工作的能力，能在漫长的工作时间里完成框架构建、故事戏剧化这些写作中最让人头疼的部分。

我只是在用长时间的工作来掩盖自己的局限性。

1 《一夜狂欢》(*A Hard Day's Night*)，摄于 1964 年的同名音乐喜剧电影的原声带专辑。该部电影在“披头士狂热”高峰期由理查德·莱斯特执导拍摄，披头士乐队主演。影片描写了乐队生活中的几天，被认为是史上最好、最有影响力的音乐电影之一。

正如我以前说过的那样，在写作这方面，圣地亚哥也不是个天才。

他连一点儿才华都没有。

他也做不到夜以继日地写剧本，因为他太容易被分散注意力，他的身体要求他动起来，身体和大脑都要求他走出地下室，去从事导演的指挥工作。

圣地亚哥在作家这个行当里就像一个脑子有一点点（或者不止“一点点”）迟钝的孩子。

不对，他连这也算不上，因为一个脑子有一点点（或者不止“一点点”）迟钝的孩子至少是天真无邪的，而天真无邪在写作时可以成为一个巨大的优势。

圣地亚哥是一个自诩为大作家的脑子有一点点（或者不止“一点点”）迟钝的孩子。

他就是一个脑子有一点点（或者不止“一点点”）迟钝的孩子，像亨利·詹姆斯[1]一样走到哪里都自命不凡。

* * *

“我就是他，他就是你，你就是我，我们结合为一体。快看他们怎样从枪口下笨拙不堪地逃离。快看他们怎样地飞逃。我哭了。坐在玉米片上等着货车到来。身着团体的T恤，愚蠢的血腥的星

1 亨利·詹姆斯（Henry James, 1834–1916），美国著名作家，出身于纽约上层知识分子家庭，长期旅居欧洲，对19世纪末美国和欧洲上层社会生活有细致入微的观察。代表作有《仕女图》（*The Portrait of a Lady*）、《华盛顿广场》（*Washington Square*）等。

期二，你已成为堕落的小子，让自己的脸拉得老长。我是一个蛋形人，他们都是蛋形人，我就是海象，咕咕渚布。”

梅丽尔·斯特里普在一个绿色房间里，披着一件绿色教士服，注视着摄像机，在九十分钟的时间里一遍又一遍地朗诵着《我是海象》[1]的歌词。

安迪·沃霍尔[2]倒是有可能拍出那样的影片，要是这样的话，人们早就把他称作天才了。

在今天的好莱坞，如果还有人想拍这样的影片，或者建议拍这样的影片，让梅丽尔·斯特里普在一个绿色房间里，披着一件绿色教士服，注视着摄像机，在九十分钟的时间里一遍又一遍地朗诵《我是海象》的歌词，那么他极有可能会被人家请出去，顺带着把门关上。

支配好莱坞运作的体系与电影中的艺术其实是相悖的。

“艺术”成了“费解”的代名词，而“费解”就意味着“失败”，意味着“票房惨淡”。

我在接下来的七天时间里要完成，或者要完全重写的这部剧本，必须要成为好莱坞能张开双臂接受的作品。

它必须是一个矛盾体：一件能被好莱坞张开双臂接受的艺术作品。

我并不觉得圣地亚哥会知道“矛盾体”到底是什么。

---

1 《我是海象》（*I Am the Walrus*），披头士乐队的歌曲，被收录于专辑《奇幻之旅》（*Magical Mystery Tour*），于 1967 年发布。

2 安迪·沃霍尔（Andy Warhol, 1928–1987），美国艺术家、电影摄影师，视觉艺术运动“波普艺术”的开创者之一。

* * *

还有五天时间。

不，还有四天外加二十二个小时。

我也不知道那是多少分钟。

还有多少分钟已经不重要了。

写作时是不以分钟来计算时间的。

写作只以多少天多少小时来计时。

诺尔玛给我拿来一份煎肉排配土豆泥，上面浇了一层墨西哥绿色酱汁。

我本想跟她说说我腹部右侧疼痛的事情。

不对，其实那疼痛并不存在。

那时有时无的疼痛并不存在。

真正的痛感从来都不会消失。

可那是一种有东西正在我身体里腐烂的感觉。

肯定是那个剧本。

是那个剧本正在我的身体里腐烂。

那个我本该写着的剧本，那个我本该按场次写好并规整到“终稿”文件夹里的剧本。

一个剧本就像一个罹患自我堕落病症的孩子，而且出于某种原因还被停止用药治疗。

一个被抛向歧途的病孩子。

有人会因为腐烂的剧本而死去吗?

真可惜，剧本就在他身体里腐烂下去。没法让它按时完成了……

* * *

我刚刚发了一回疯。

可我已经清醒过来，并且一心想写东西。

有好几个月了，我都没有过这样的感觉。

我喝着咖啡，把将会改写世界电影史的第三个剧本的第一幕以及第二幕我们已写好的部分都看了一遍。

我又灌下去一罐儿红牛。

再吃下去三小块苹果。

然后我把第一幕以及第二幕我们已经写好的部分重又读了一遍。

我把剧本的文件关上了。

我闭上双眼。

我睁开双眼。

我又把眼睛闭上了。

我又把眼睛睁开了。

我吃了两小块甜瓜。

我把剧本文件拖进了垃圾箱。

我闭上双眼。

我又把眼睛睁开。

我又一口气灌下去一罐红牛。

我的心脏在极速跳动。

我一生中很少会感到这么亢奋。

腹部右侧的疼痛一直在时有时无；疼个几秒钟，不疼了，又疼个几秒钟，又不疼了……

清空垃圾箱。

这些字充斥了整个地下室。

不，充斥了整个圣马丁德洛斯安第斯。

这些字充斥了整个内乌肯省。

我闭上了双眼。

我睁开了双眼。

再吃一小块菠萝。

我闭上眼睛。

我睁开眼睛。

我清空了垃圾箱。

我曾用了好一会儿工夫来研究那些被扔进垃圾箱又被清空的文件是否还有可能被恢复。

没有可能。

至少我没有找到恢复的办法，没有互联网，我也没法用谷歌引擎来搜索一下。

我倒是可以让诺尔玛去请求圣地亚哥来谷歌搜索一下。

我不愿意去想圣地亚哥，我刚刚背叛了他，我刚刚把几个月的工作成果删了个干净，我刚刚把有可能已经改写了世界电影史的剧本的四分之三都删除了。

正如圣地亚哥所说：我算老几啊？竟可以去判断到底什么能够或什么不能够去改写世界电影史？

他才是那个获奖的人。

他才是那个知道如何将自己变成拉丁美洲电影有史以来最伟大导演的人。

我算老几啊，要去做这种决定?

可我就是做了决定，而且已经尘埃落定。

剧本没有了。

也就是说，有一部分剧本还存在于移动硬盘中，存在于那些被打印出来还没被圣地亚哥撕成碎片的剧本稿件里。打印版剧本空白处手写的那些批注都被录入到“终稿”文件中后，圣地亚哥通常会把那些稿件都撕掉。

知道剧本旧稿还在移动硬盘里，这让我不太开心，圣地亚哥肯定也把那稿子下载到他的电脑里了，旧稿子还在移动硬盘和圣地亚哥的电脑里，或者只在圣地亚哥的电脑里，因为他很可能已经用移动硬盘去保存别的我不知道也不在乎的东西了，我只在乎一件事，那就是我知道那个旧稿子的内容不足剧本的一半，是五十多页我必须忘掉的内容。

我要把那部分内容全都忘掉。

所有与这第三部剧本相关的一切统统都要忘记。

那好几幕剧本的内容、那些场景、那些人物及其背景故事，还有那些逻辑关系图，都要忘掉。

我必须要忘掉一切，摧毁一切。

还要将那遗忘也摧毁。

要以最恐怖的方式来经历失败。

失败并且接受失败，害怕到浑身发抖，直到最终发现并非出路已绝，因为尚有一线可能让我能重新开始。

让圣地亚哥星期一就来吧，随便他来看失败的结局，然后在我两眼之间给上一枪结果我的性命吧。

我将就此告别恐惧。

就此告别腹部右侧的疼痛。

恐惧和疼痛就都将归他人所有啦。

它们将属于一个已经什么都不在乎的“我”。

那个已经失踪、死亡、完结的“我”；也就是说，我的那个真实的自己。

那也是我本该成为的自己。

好吧。

哪怕我不愿意去意识到这一点，我也已经开始要成为五年前的“我”了。

* * *

那是一个错误。

把第一幕以及第二幕我们已经写好的部分都删掉，这根本就没用。

还剩三天，可我连一个标题都还没写出来呢。

场面标头

内景　地下室 — 白天

我甚至无法鼓起勇气来打开一个新文档。

我就那么仰面朝天地躺在床垫上，用笔记本电脑上的时钟来计量阳光在长方形天窗上停留的时间。

浪费时间是多么容易啊。

要是人们会因为一个人什么都不干而付钱给他，那该有多好……

人们付给电影演员大笔的钱财，多半都是因为他们什么也没干。

工作时间的百分之九十他们都并没有在表演。

他们很早就要起床，这倒是真的。

会有一辆车到酒店或出租公寓去接他们，如果他们运气好，能在所居住的城市里拍片子，车子就会直接去家里接他们，把他们带到摄影棚或外景地；然后花上一个、两个或三个小时的时间化妆；当技术团队给拍摄场地布光时，他们就在那儿喝咖啡；他们住在拖车里，摆弄着别人送给他们的那些高科技的玩意儿来打发时间（电影演员们通常都能挣到极高的劳务费，而且什么钱都不用花，所有的一切都是别人买单），他们顶多就是把当天要演的那场戏里对话的几行台词背一背，通常都不会超过三页。

要是有人会为无所事事支付报酬，那我和我老妈早就已经成为百万富翁了。

* * *

内景　地下室 — 夜晚

黎明时分。

我老妈此时一定在安稳地打着呼噜。

她会吃安眠药吗?

我失踪以后她已经恢复平静了吗?

我失踪后她是否曾惊慌失措呢?

我老妈是以一种不那么烦人的方式打呼噜的；她的鼾声甚至还能帮我入眠，让我放松，让我的思维迟缓下来。

一个充斥着各种想法的大脑是不可能入睡的。

她“现在还打呼噜”还是“过去曾打呼噜”?

如果我老妈已经死了，那么射在我两眼间的那一枪倒是可以把我送到她那儿去了。

送到哪儿去呢?

死后就万事皆无了。

要是死后还有点儿什么那才叫荒唐呢。

这就是眼前的一切：地下室，还有没写出来的剧本。

等圣地亚哥发现我把剧本扔进了垃圾箱并且清空了，他肯定会犯脑溢血的。

也许他知道怎样对扔进垃圾箱并被清空的文件进行恢复。

不，最好还是不要把那文件恢复，最好还是从零开始吧。

三天的时间。

每天写一幕。

要像凯鲁亚克[1]写《在路上》那样写出一部剧本来：没有句号

---

1 凯鲁亚克，指杰克·凯鲁亚克（Jack Kerouac, 1922–1969），美国小说家、作家、艺术家与诗人，也是“垮掉的一代”中最有名的作家之一，其最知名的作品是《在路上》（*On the Road*）。

和分段的一大堆文字。

让那位翻译波拉尼奥作品的女译者去操心整理文本吧。

标题、行动、人物、括号、对话、过渡、标题、行动、人物、括号……

《在路上》是一部被过高评价的小说。

尽管我还没看过这部无聊作品的原文版本。

没准儿是出版商们把它给毁了。

在美国，作家们是要和出版商们合作的，而且合作关系要比在其他国家紧密得多。

我也不知道我在说什么。

我没有说“我在写作”。

我也不知道我在写些什么。

谁也不知道我在写些什么。

这个加密文档的内容永远也不会被一个文学出版商出版的。

句号，另起一段。

我觉得加句号和分段都是必要的，因为这可以让眼睛和大脑不会一直运转个不停。

大脑用久了是会疲倦的。

我本该写剧本的时候却在这个加密文档里写废话，这让我的大脑很疲倦。

当大脑清楚它应该做的是另一件事儿，眼下所干的并不是必须要做的，它就会愈发地疲惫不堪。

打开一个“终稿”的新文档，然后写下：

外景　华盛顿广场 — 白 — 天

还是写成 Day 吧。

又可以少翻译一个词了。

在这么个词儿上还要标出重读音节来显得有点儿荒唐，很不自然。

要念成“白天”。

不对，应该念成：“白天——”

我要让诺尔玛去跟圣地亚哥说，请他给我买唐·德里罗的书。

唐·德里罗写出了世界文学中最棒的句子。

唐·德里罗跟我一样，开始写作时年纪已经不小了；他开始写作时甚至岁数比我还要更大些，已经接近三十岁了；他曾说过，当把第一部小说写到一半的时候，他才发现自己是能够写作的（发现写作是个他可以投身去干的行当）。

我刚拿自己跟唐·德里罗相提并论了吗？

圣地亚哥是对的：我本就不该开始写作。

这都要怪我老妈。

她干吗要买台电脑呢？

她本可以到网吧去设计她的网页、查收她的邮件。

当时家里根本就没有放电脑的地方。

如果不是我执着于每天都写个短篇小说，那台电脑大多数时间都会处于休眠状态，无所事事，在那个被桌子、料理台、灶台和冰箱挤得让人转不开身儿的厨房里白白占块地方。

在我向我老妈提议买台电脑的时候，她就凭直觉预感到我最终会用这台电脑做些比音乐更有用的东西吗?

任何能取代音乐的东西都行。

于是不再有对音乐的迷恋了，取而代之的，是我们在厨房里根本无法自如活动了。

* * *

我刚刚又学会了一种向《快乐是一支温暖的枪》[1]致敬的方式。

那就是“幸福是一支热乎乎的枪”。

幸福就是圣地亚哥的左轮手枪，用一颗子弹就可以让我永远离开这间地下室。

不对，那颗子弹可以让我摆脱责任，不再去写那部将改写世界电影史的该死的剧本。

谁会在乎世界电影的历史呢?

世界上每年会有多少傻瓜来研究电影史呢?

对于整个世界来说，改写世界电影史并没有任何意义。

艺术曾经可以改变世界，就像乔伊斯凭借《尤利西斯》、贝克特凭借他那并非“三部曲”的三部作品就能影响世界，但如今的艺术已不复过往。

在有关电影史的书籍中，最近二十年的世界电影史只是一段简短的后记。

最近二十年的内容不超过五页，没有照片，也没有脚注。

1 《快乐是一支温暖的枪》(*Happiness Is a Warm Gun*)，披头士乐队的歌曲，由约翰·列侬创作，发行于 1968 年。

* * *

又是洛克罗炖菜。

圣地亚哥一定是觉得我满肚子都是胀气的时候能写得更好，认为我可以脖子上挂着笔记本电脑，在地下室里飘来飘去。

但实际上只有我放的屁在空中飘浮着，试图逃逸出去，它们也知道即将到来的是什么……

在两天多一点的时间里写出一个剧本是根本不可能的。

最好还是不要去碰那洛克罗炖菜吧。

我必须得去证明自己腹部右侧的疼痛不是由胀气造成的。

你还是禁食吧。

直到星期一圣地亚哥带着他的椅子和小果盘下来之前，我都不会再吃任何东西了。

我把洛克罗炖菜倒进马桶，拽了下冲水的链子。

我把红牛也都倒进马桶，又拽了下冲水的链子。

星期一之前我都只喝矿泉水。

今天是星期五，马上就到星期六了。

* * *

内景　卫生间 — 地下室 — 夜晚

我坐在马桶上冲了一个澡。

要是手边有《博尔赫斯全集》，我早就用它们来擦干身体了。

圣地亚哥也许已经向北方书店订了第三卷?

他很有可能在星期一下来的时候会带着《博尔赫斯全集》的四册书、他的椅子、小果盘、咖啡和上满六颗子弹的左轮手枪。

或者他再也不下来了。

也许圣地亚哥已经要轰我走了，但因为不愿意经历轰我走时那不愉快的时刻，所以他仍会将我关着，同时会找另一位编剧一起合作。

诺尔玛在洛克罗炖菜和红牛饮料里投了毒。

那可能是一种在我不知不觉中能慢慢杀死我的毒药。

闹不好我腹部右侧的疼痛就是因为……

可这疼痛是在我要求圣地亚哥让我独处之前就开始了啊。

我也不太确定是不是在那之前就开始了的。

没错，就是在那之前就开始了。

圣地亚哥还没有时间去让另一位编剧接手写那个剧本，更别说那还是个已经写了五十多页的剧本了。

我无法确定圣地亚哥那里有没有更新一版的剧本。

也有可能他通过无线连接已经从这台电脑里拿走了剧本更新的版本。

圣地亚哥也有可能通过无线连接钻进我的脑袋里。

不是我的脑袋，而是我的大脑。

也许在我不知不觉的时候他就已经将我大脑中还没写出来的那些内容都给取走了。

所以我才会找不到那些内容了。

就好像是柯南伯格[1]的《扫描者大决斗》。

圣地亚哥受不了柯南伯格，当他得知柯南伯格凭借《欲望号快车》获得了戛纳电影节评委会特别大奖的时候差点死过去。

但他们心有灵犀。

他们都具有颠覆性思维。

在西班牙语国家，电影的英文标题都会被颠覆。

如果我没记错，《欲望号快车》在墨西哥被称为《奇异快感》。《双生兄弟》[2]则被译作《爱情合约》《不可分离》《致命相似》《死亡双生子》等名字。

我也不知道为什么会记得这些毫无意义的事情。

圣地亚哥总是给自己的影片冠上一个根本就不需要翻译的片名。

他会用一个全世界通用的单词。

* * *

只有两天了。

只有不到两天了。

可我连个舞台调度大纲都还没写出来呢。

---

1 柯南伯格，指大卫·柯南伯格（David Cronenberg, 1943–　），加拿大著名导演、演员。生物性恐怖类型电影的代表导演，被一些影评家认为是“英语世界中最大胆、最具有挑战力的导演”。代表作品有《毛骨悚然》（*Shivers*）、《扫描者大决斗》（*Scanners*）、《录像带谋杀案》（*Videodrome*）、《苍蝇》（*The Fly*）、《欲望号快车》（*Crash*）、《星图》（*The Map of Stars*）等。

2 《双生兄弟》（*Dead Ringers*），大卫·柯南伯格执导的影片，摄于 1988 年。

我的腹部右侧昨天凌晨又开始疼起来，痛感一直持续到现在。

我刚刚去解了个大号。

诺尔玛敲了门，等到我从里边也敲了敲门，她才打开门，端着盛早餐的托盘走进来，她弯腰把托盘放到地上，我请她把托盘放得离床垫近一点儿，告诉她我很累，写了一整夜，根本就动弹不了了，她一脸不高兴地做出了反应。

她端着托盘直走到床垫旁：早餐是炒鸡蛋和一根上面浇满了绿色墨西哥酱汁的腊肠、一瓶矿泉水、一杯咖啡、一小盘水果和两罐红牛饮料。

她弯腰把托盘放到枕头旁边，我异常迅速地抓住了她的一个乳房。

我握紧了一些，但并没有很用力。

诺尔玛过了一会儿才有了反应。

她拿起左轮手枪，但并没有对着我。

那乳房感觉起来并不像乳房。

反而像一只装满水、多年来一直在漏气的气球。

还像一个里面没有睾丸的阴囊，里面装满了水和沙子……不，是装满了奶和沙子……奶还是全脂奶。

在她的眼中满是惊讶。

那惊讶持续了五秒钟都不到，就被一种假装出来的、充满仇恨的平静所取代，仇恨的海啸引起的波浪荡漾开去，让平静的海水汹涌激荡。

她想让我的手放开她的乳房。

可她没办到。

我问她愿不愿意跟我一起睡觉。

就一会儿，我跟她说。

她后退了一步，我的手指仍然抓着她的乳房。

她用枪把儿敲了一下我的手腕儿。

我一点儿也不疼。

我腹部右侧的疼痛已经让任何其他的疼痛都感觉不到了。

我发现我的下面硬了。

硬极了。

我想把运动短裤褪下去让她看看。

她用枪对准了我的脸。

我还是没松开她。

长方形天窗比往常都要黑，黑窗户，黑窗框，窗玻璃也被人涂成了黑色。

诺尔玛又往后退了一步，我松开了她。

我待在床垫上没动，求她原谅我。

可她不原谅我。

仍然用枪指着我。

我对她说我不想吃早饭也不想喝红牛，让她把东西都端走，只留下矿泉水。

她把手枪收回围裙口袋里，拿起矿泉水瓶子，向门口走去。

不对，我说，水别拿走。把水给我留下，把早饭和红牛都拿走。

她拧开矿泉水瓶的盖子，喝了好大一口。

然后她打开门走出去，把瓶子里剩下的那最后几十毫升的矿泉水也拿走了。

我仔细看了看托盘里的早餐。

那杯咖啡吸引了我：在死前倒还能喝杯不错的咖啡。

我把罐子里的红牛饮料都倒进马桶，拽了下水箱链子，然后在饮料罐里装满了自来水。

我不喜欢喝自来水。

* * *

假如一位喝多了又闲得无聊的精灵从一盏几百年来都无人摩擦的神灯里逃出来，出现在我面前，并许诺满足我变成任何音乐家的愿望，那我会选择变成“王子”[1]。

也就是说，给自己镶上“那个曾叫‘王子’的艺人”[2]的标签。

“王子”在排泄和发汗时都在创造音乐，甚至用牙刷刷牙都能充满了节奏和旋律。

他也许是有史以来最棒的摇滚、流行、放克和灵魂乐这些类型音乐的吉他手，他可以用吉他来模仿他心仪歌手的声音。

我就从来都没法用我的文字去模仿彼得·谢弗。

---

1 “王子”（Prince），此处指普林斯·罗杰斯·尼尔森（Prince Rogers Nelson, 1958–2016），美国著名歌手、作曲家、音乐制作人、演员，艺名“王子”，是20世纪80年代美国流行乐代表人物之一。

2 普林斯·罗杰斯·尼尔森在其演艺生涯中曾用过数个艺名，其中1993年到2000年期间，他将名字改为一个不发音的符号，通常写作“爱的符号”，这个时期他被称作“那个曾叫‘王子’的艺人”。

我曾经做过尝试。

我尝试过好多次。

但幸运的是我并没有浪费很多时间就意识到彼得·谢弗从事的是另一种运动项目，或者他虽然也在从事同一项目但早已身在另一个级别，所以我最好还是想成为我自己这个级别的顶尖“十佳”选手：在我刚开始写作时，我的级别分组是“不到三十岁的平庸之辈”；在我写那个讲小伙儿把家人都扔到井里的剧本和圣地亚哥的头两个剧本时，级别分组是“不到四十岁的还算说得过去的一群”；而此时此刻，当我无聊地在一个加密文档里输入这些文字时，我的级别分组是“未满五十岁的虽然出色但身处瓶颈桎梏不前的家伙”。

还剩多长时间呢?

我真希望现在就是星期一。

其实已经到星期一了。

就让圣地亚哥带着手枪下来吧。

“王子”，或“那个曾叫‘王子’的艺人”，创作了差不多四十张专辑。

实际上他创作的作品要远远多于四十张专辑（其实他的歌足够制作一千五百张专辑的），但他只发行了四十张专辑，就算是四十张专辑也已算是令人咋舌的数字了。

在布宜诺斯艾利斯音乐学校时，我曾有一位吉他老师对“王子”或“那个曾叫‘王子’的艺人”仰慕有加，对“王子”的喜爱甚至超过对他自己五岁儿子的感情；他整天都在谈论“王子”或“那个曾叫‘王子’的艺人”，说话时刻都不离这个话题，一切都拿来与其对照比较，当然一切都比不上“王子”或“那个曾叫‘王子’的艺人”。

他从九岁起就想把吉他弹得像“王子”或“那个曾叫‘王子’的艺人”那么好，但到了二十五岁那年，他终于明白，就算他每天练琴八小时（他真是这样做的，从星期一到星期五每天都练八小时），也不可能像“王子”或“那个曾叫‘王子’的艺人”那样弹吉他，于是也就接受了他只能当布宜诺斯艾利斯音乐学校老师的现实。

我都不记得他的名字了。

我在记名字这方面实在是很差劲。

我总是记不住名字。

以前当人家给我介绍某人时，我就跟他或她打招呼，说上几句话，可名字已经从我脑子里被抹去了；之后我就得想些巧妙的法子让他或她把自己的名字再说一遍。

不过我倒是不会忘记面孔，就连那些我想忘记的面孔我也忘不掉。

所有那些曾跟我交往外出，但之后又以各种理由决定跟我分手的女人的面庞我都记得清清楚楚，所有那些曾跟我交往外出，但我以各种理由决定与其分手的女人的面庞我也记得分毫不差。

连我在小学、中学和布宜诺斯艾利斯音乐学校时所有同学的面庞我也都完全记得。

我也记得那些老师的脸，老师里有喜欢我的，也有不喜欢我的，尽管喜欢我的老师占大多数，这倒不是因为我是个好学生

（虽然我这个学生确实也还不错），而是因为我通常都不会惹是生非招人烦。

* * *

我做俯卧撑做到累得精疲力竭。

肱三头肌的疼痛成了不能写东西的借口。

但我也没法自慰了。

我连举起红牛饮料罐来喝口水都快办不到了。

现在胳膊的疼痛稍稍减轻了一点儿，可我没去写那部将改写世界电影史的剧本，而是在加密文档里写着这些东西，心里清楚还有一天半的时间这糟心的一切就结束了。

这个文档作为最后遗嘱的重要性忽然就凸显出来了。

这是我最后的话语了。

我真不应该做俯卧撑做到精疲力竭，现在在键盘上敲字真成了一种酷刑。

我有点言过其实了。

让人用钳子把你的手指甲都拔掉那才算是酷刑呢。

在键盘上敲字确实不舒服，每次我敲一个键时，都能感到前臂和肱三头肌有轻微的刺痛。

如果我早些开始投入精力锻炼的话，在地下室的五年里，就算没有哑铃，只靠我自身的重量，我全身的每一块肌肉也早都练得很发达了。

我也许早该让圣地亚哥把一些锻炼和拉伸不同肌肉的练习视

频存在移动硬盘里给我拿下来，因为我要是不做肌肉拉伸锻炼的话，早就像个得了多发性硬化症的老头儿一样全身僵硬了。

手臂过度疲劳就弹不了尤克里里了。

倒也不是没法弹，但肯定会很费劲儿。

我刚才还打算用“库乐队”软件来录制将这个加密文档内容演唱出来的版本。

我会趁着圣地亚哥还没给我两眼之间来上一枪，让他先坐在自己的椅子上，把尤克里里伴奏人声演唱版的加密文档整个都听完。

不，我还是什么都别录了吧。

那会是个狗屁不如的东西，我到头来也要把它删掉，就像我也应该删掉这个加密文档。

把文档拖到垃圾箱里，然后清空。

再打开一个新的不加密的 Word 文档，给我老妈写封信，然后让圣地亚哥把信打印出来，寄给我老妈。

我老妈可能不会希望神灯精灵把我变成“王子”，她会更希望我变成斯皮内塔[1]。

她要是有路易斯·阿尔韦托·斯皮内塔这样的儿子该会很幸福。

照她的说法，斯皮内塔是唯一值得称道的阿根廷人，也是历史上唯一值得被克隆的阿根廷人。

---

1 斯皮内塔，此处指路易斯·阿尔韦托·斯皮内塔（Luis Alberto Spinetta, 1950–2012），阿根廷著名歌手、吉他手、作曲家和诗人，对阿根廷摇滚音乐最具影响力的人物之一。

那就会有一个全体居民都是“瘦猴”斯皮内塔的乌托邦理想国。

而另一个反乌托邦国家的全体居民则都是圣地亚哥·萨尔瓦铁拉。

萨尔瓦铁拉们会向斯皮内塔们宣战。

在与萨尔瓦铁拉们进行的这场势均力敌的战斗中，斯皮内塔们不会有任何获胜的机会。

于是就会出现两个全体居民都是圣地亚哥·萨尔瓦铁拉的国家，那将标志着世界末日的开始。

整个世界刚刚被陨石撞成了两半，这一回每一半都跟地球一样大。

在一个星期一的早晨，两个地球撞在一处，俱成齑粉，既没有了斯皮内塔的音乐，也没有了萨尔瓦铁拉的影像。

但愿那颗曾让恐龙消失的陨石能让那些深信这世上的一切都是为他们而造的圣地亚哥·萨尔瓦铁拉们也都消失无踪。

有些人终其一生都觉得整个世界是只为他们才创造出来的，这些人总是让我心生妒意。

我嫉妒他们，也讨厌他们。

我讨厌自己会去嫉妒他们。

我也因为嫉妒他们而讨厌自己。

那些我们自己没有能力去完全包容的东西，我们也不可能拥有。

在斯皮内塔的歌词里隐藏着永恒生命的秘密。

但愿我两眼之间要挨的那一枪能把我变成斯皮内塔的歌词。

* * *

在写这个加密文档的过程中，我学会了眼睛盯着屏幕来打字；我不看键盘也几乎不会打错。

我也许可以去当一个在法庭庭审时坐在法官旁边，把庭上所有发言都记录下来的打字员。

那些打字员都叫什么名字来着?

在阿根廷会用得上那些打字员吗?

我也不知道自己都写了些什么。

我从来都不善于去刨根问底。

我也懒得去刨根问底。

我可以几小时几小时地写作或设计剧情，但要去做点儿调查研究的工作，我没过几分钟就会觉得无聊了。

我当年在家里厨房的电脑上写的那些剧本里，每当需要对一场戏行动的某个方面或某个人物的职业进行深入研究时，我通常都会采用普遍通行的概念，借助多年来从看电影、电视剧和读书的经历中得来的知识，把最先出现在我脑海里的东西写下来。

后来，互联网逐渐发展起来，我就用谷歌搜索那些专业信息并把它原样照抄下来。

我剽窃维基百科上的东西，就像福斯特·华莱士[1]剽窃德里罗

1 此处指大卫·福斯特·华莱士（David Foster Wallace, 1962–2008），美国著名作家，擅长写小说、短篇故事。

的东西。

自打我来到这地下室并且与圣地亚哥合作以来，我们（圣地亚哥）就有一群我也不知道身在何处的调查员负责给我们做调查研究的工作。

他们会给我们发来英语和西班牙语的文件，文件里的专项信息清晰有序、解说明了，还配着标有详细说明的照片。

圣地亚哥把那群我也不知身在何处的调查员称作“团队”。

“我现在让‘团队’去确认一下。”

调查研究是剧本写作过程中最让人头疼的部分。

不管写什么，调查研究都是写作中最让人头疼的部分。

在我的腹部右侧，疼痛开始变得像刀割一样了。

就像是有一把圆头餐刀正被人用来在我的盲肠或胆囊上涂来抹去。

那种疼痛让人忍不住想去按住痛处。

我花了一个小时翻阅杂志：杂志上的那些女人里没有一个长得像诺尔玛。

我要把地下室里所有的窟窿都堵上，然后就让淋浴喷头开着。

我要告诉圣地亚哥发大水了，肯定是下水管爆了，而我在睡觉，没有发觉，于是笔记本电脑就给毁了。

我们失去了一切，圣地亚哥，一切。

不过圣地亚哥也可能认识什么人能来修好电脑，恢复内置硬盘里被认为丢失了的文件。

那他就会发现我的加密文档，并且把它解密。

我得自己把那文档解密，把它从“应用”路径下的“应用程序”文件夹里挪出来，放到“桌面”的正中间。

这个加密文档可是我的遗嘱啊。

就让圣地亚哥在杀死我之后再看到它并且决定怎么处置它吧。

但愿他能把这文档打印出来，并把它寄给我老妈。

但愿他能读到这最后几行文字，然后把它打印出来寄给我老妈。

未加密的 Word 文档

是胆结石。

就是些小石头啊。

要是玩儿“帕亚那”或“迪内蒂”[1]倒是再理想不过了。这游戏原来被称为“卡皮楚阿”，是托瓦族和维奇斯族[2]的小孩们用果核或种子玩儿的游戏，这游戏可以让孩子们加强双手的灵活性并且学会数数儿。

我也不知道是从哪儿得到了这个信息。

长途汽车的扬声器里正播放着“王子”或“那个曾叫‘王子’的艺人”的歌曲《海星与咖啡》[3]。

我用一台十五英寸 MacBook Pro 笔记本电脑，在一个非加密 Word 文档里写下这些内容。

这台电脑是我从圣地亚哥家二楼他那间可以看到树木和天空的书房里偷来的。

---

1 “帕亚那”（Payana）或“迪内蒂”（Tinenti），一种儿童游戏，用五个石头子儿或类似物品撒在地面，再进行抓取、抛接，以不落下、接在手中的石子儿数量多少来定胜负。

2 托瓦族和维奇斯族，生活在南美大查科平原地区的印第安部落。

3 《海星与咖啡》（*Starfish and Coffee*），普林斯·罗杰斯·尼尔森于 1987 年创作的一首单曲。

我还偷出了那个笔记本，我的笔记本，圣地亚哥把它放在他的书架上，就在《博尔赫斯全集》的第一卷和第二卷中间。

我有个靠背可以半躺倒的座位，剩下的旅程还得走大约二十个小时。

我注意到笔记本上的涂抹痕迹并不像我原先想的那样涂得那么严谨，如果有足够的耐心，还可以看到涂抹痕迹掩盖下我原先写的东西。

在证实了涂痕下我写的东西能被看到后，我感到一阵害怕。

这会儿在长途汽车上我没法读东西，因为我会晕车。

我可以写，但读不了我写的东西。

我一直都不知道到底是什么原因让我在普通汽车和长途车上没法读东西。

是视力的问题？

是大脑的问题？

还是胃的问题？

读上一页就足以让我到长途车上的小卫生间里去呕吐了。

托盘里是两个三明治、一块被压瘪的布朗尼蛋糕、一块高脂奶酪、甘薯蜜饯，还有赛比达牌的橙汁和一瓶“南方小镇”牌的矿泉水。

长途汽车上的座位都坐满了。

坐在我前面的那个人把座椅靠背放到最低，让我都差点儿打不开笔记本电脑了。

当我把头向左边转过去时，窗外的风景似乎是要让我相信我们大家都正身处瑞士的阿尔卑斯山地区。

我知道，随着我们越来越靠近布宜诺斯艾利斯，那风景也会一点一点地塌落，也就是说，会随着地势趋向平坦而逐渐变得令人厌倦、消沉，直到最后让人觉得最好连瞟都不去瞟一眼。

* * *

我跪在圣地亚哥身旁，在他的颈部和手腕处寻找着脉搏，尽量不去看他那被爆开的脑袋。

可我还是忍不住去看：头上那个黏糊糊的窟窿，还有溅到磨光水泥地上和墙壁上的脑浆污渍。

他死了。

没有脉搏了。

他的形象也不存在了。

不带汽儿的矿泉水温吞吞的，差不多成了热水，肯定是在搬上长途汽车前被人无意中放到太阳底下晒来着。

三明治倒还能咽得下去：里面有熟火腿、奶酪和黄油，可黄油少得可怜。

起码这些不像诺尔玛的洛克罗炖菜那么辣。

诺尔玛做的所有菜肴都是那么辣。

里面都放了普埃布拉辣椒和香菜。

如果还能给我留条命的话，那我在余生里永远都不会再去吃墨西哥菜了。

我用圣地亚哥的吉列剃须刀刮了脸：我先用一把剪刀剪掉了长胡子，然后再刮了脸。

诺尔玛一声都没吭。

我用圣地亚哥·萨尔瓦铁拉的名字买了车票，我有他的身份证和一张信用卡。

我担心要是说出我的名字警报声就会响起来。

能有什么警报响起来啊?

我的名字应该早已经被从记录中抹去了。

我的名字只有我老妈记得，当然得是她还活着的情况下。

如果利桑德罗还活着，他也会记得我。

如果阿尼塔也还活着，她也许也还记得我。

虽然诺尔玛还活着，但我不认为她能记得我。我把她留在了圣地亚哥家，就在厨房里，坐在圣地亚哥经常拿到地下室去的那把椅子上，在那儿揉搓着自己的大腿，一副好像很冷的样子。

我问她她要怎么办。

她没回答我。

我曾想因自己最近几个月来对她不够尊重而请求她原谅我，在那几个月里，圣地亚哥去为我们那部将改写世界电影史的第三部电影做前期准备，然后就是拍摄，做后期制作，进行宣传推广。

* * *

圣地亚哥就像事先答应的那样，在星期一的早晨下楼来，带着他的椅子、咖啡和小果盘。

他把椅子靠着墙放在长方形的天窗下，然后将地下室仔细审视了一番。

接着他朝我待的地方走过来。我正坐在床垫上，大腿上放着笔记本电脑，戴着“博士”耳机（音量被调到最大，正随机听着披头士的唱片全集）。他把咖啡和小果盘放到地上，说了些我没听明白的话。

坐在后面座位上的一个姑娘在用一个手指的指甲敲着她旁边车窗的玻璃。

我也不知道长途汽车的车窗是不是玻璃的。

是塑化玻璃。

或是玻化塑料。

我觉得我还是关上电脑，在那个笔记本上继续写东西吧。

本子的四分之一都还空着，每一页都印着整齐的横线，等着人往上写东西。

圣地亚哥看没看过这个本子呢?

我没有圆珠笔。

我得去借一支。

等到了布宜诺斯艾利斯我该怎么办呢?

我会去按门铃，我老妈会为我打开临街的大门，给我一个长长的拥抱，然后我们乘电梯上到四楼，穿过走廊一直走到B公寓，打开房门走进去，坐到厨房的桌子旁，默默地分享一份马黛茶，时不时地，我会亲吻一下她的前额，而她就再给我倒上一杯马黛茶，然后我们就去躺到床上，一起看上一部用我从雷蒂罗区买来的盗版光碟播放的、会改写世界电影史的影片。

我想转过身去看看那个姑娘。

她是在我之后上的车，我当时正一门心思地想说服自己相信被涂痕盖住的文字不可能被看出来，所以没能看见她。

我最终也没能说服我自己。

我想，在地下室昏暗的光线下，那些涂痕看起来倒显得更密实。

“F·默里·亚伯拉罕是个无足轻重的人。”

我要起身去卫生间，这样就可以神不知鬼不觉地看一眼那个姑娘。

尽管飞机上的卫生间让我老爸撞断了脖子送了命，但我对它们的厌恶却比不上讨厌长途汽车上的卫生间。

我坐在那儿，在笔记本电脑上敲着字。

这是个非加密文档，我把它命名为“旅程”，被保存在“桌面”上。

那个加密文档还在老地方，在“应用”路径下的“应用程序”文件夹里。

我不知道圣地亚哥是不是已经看过它了。

我没发现文本里有任何改动。

最后那句话（“但愿他能读到这最后几行文字，然后把它打印出来寄给我老妈”）仍然还在末尾处：那是我在那场疯狂爆发之前写下的最后的文字。

光看着屏幕打字还是让我觉得有些费劲儿。

长途汽车颠簸得简直不像话。

我盯着键盘打字，然后瞄一眼我输入的内容，再迅速地改正。

如果停下来仔细读自己写下的东西，我就会晕车的。

如果我头晕恶心的话，就没法继续写下去了。

可要是我不写点儿东西，就真没什么可干的了。

要不就听披头士的歌，再听一次披头士，也不戴耳机，逼着其他乘客跟我一起听。

也许我应该把桑陶拉利亚的尤克里里也带来。

该是尤库里里啊。

其实，在圣地亚哥死后那几分钟时间里，我的头脑都不是很清楚。

* * *

我现在一边听着那姑娘的指甲敲着她身旁车窗的塑化玻璃或玻化塑料，一边在心中暗问，诺尔玛到底有没有家人呢?

一个人为什么会同意离开自己的国家，到那么遥远的地方去，在一个自恋狂的家里当佣人?

诺尔玛把圣地亚哥付给她的工钱都寄给她在墨西哥的家人吗?

为什么诺尔玛会放我走?

要生活在离自己最爱的人那么远的地方，挣钱寄给他们，为他们牵肠挂肚却又不能在他们身边，连见都见不到，这让人怎么做得到呢?

但愿圣地亚哥在遗嘱里说明把他（曾经）拥有的一切都留给诺尔玛。不是给他那个愚蠢的儿子伊拉里奥，而是留给这个做出了自我牺牲的墨西哥女佣，就是她让痔疮在我屁股上生根发芽，并用她那些魔鬼药水日复一日地浇灌滋养。

* * *

我们刚刚停在了一家有着小超市的壳牌石油加油站。

我用圣地亚哥的信用卡买了一包乐事薯片、三块罗德西亚饼干、一包巧克力脆皮夹心饼、一瓶 1.5 升装的雪碧和两根“甜甜嘴儿”牌的棒棒糖，外加一件超大码的河床队套头衫，好让我在车上空调启动后不至于冻得直打哆嗦。

我真该在地下室里放一把火，把所有证据，连同还在里面的圣地亚哥，都消除得干干净净。

这样我就能摇身变为圣地亚哥了。

不过我还得把整个脑袋都剃光。

不行，我得让头发、胡子都长起来，直到把我的脸都遮起来。

得戴上墨镜。

还得学英语，到洛杉矶后就说我做了植发，说最近这部影片拍完后我觉得自己有必要做些改变。

可我成不了圣地亚哥。

我会怀念他那些心事重重的夜晚吗?

我会怀念那间地下室吗?

我会怀念那间地下室甚于怀念我的老爸吗?

我到底在说些什么啊?

“一边说着‘不’，一边写着。”

我会怀念自己在地下室的生活，因为那也许就是我唯一经历的生活了……

我真该就留在那儿，在圣地亚哥的尸体旁活活饿死。

那凝结的血迹。

还有加了普埃布拉辣椒和香菜的圣地亚哥血肠。

* * *

在地下室里度过的没有电脑的第一个星期显得格外漫长。

我弹奏着尤克里里来打发时间：弹了披头士的二十五首歌的曲子，外加《为熟睡孩子的祈祷》[1]。

我敞开喉咙大声地唱。

也就是说，我在那儿大喊大叫。

我带着愤怒扫着琴弦。

第四根弦断了。

是高音“索”。

于是我学会了用三根弦来弹奏。

尤克里里是一种很难让人不爱上的乐器。

每次诺尔玛端着食物进来时，我都担心她把我的琴拿走，怕她递给我电话，里面传出圣地亚哥的声音，说道：

桑陶拉利亚需要他的尤克里里。

但诺尔玛从来没有给我递过什么电话。

在圣地亚哥忙于为那部会改写世界电影史的影片做前期准备、拍摄、后期制作和宣传推广的差不多两年时间里，尤克里里是我

1 《为熟睡孩子的祈祷》(*Plegaria para un niño dormido*)，阿根廷著名歌手路易斯·阿尔韦托·斯皮内塔于 1969 年发行的歌曲。

唯一的陪伴。

应该说“尤克里里和杂志是我的陪伴”。

还有放在橱柜台面下的冰箱，里面放着我那些瓶装矿泉水和早餐没吃掉的水果。

还有床垫。

我几乎都没想到床垫：可怜的被压坍的床垫，一如我的难兄难弟。

当床垫被压坍后我才开始睡得更好一些，几乎就像在公寓里睡得一样好了。

在经过打磨的水泥地上睡了三个晚上后，终于可以跟背部的疼痛说再见了。

在圣地亚哥的书房里我没能找到“博士”耳机。

我在壳牌加油站的小超市里买了一副便宜的耳机，卡利丰牌的，是他们那儿唯一的一种。

音效糟糕透顶，不过还能有响声。

比“糟糕透顶”还好那么一点点。

列侬在唱着《一起来吧》[1]。

乔治·马丁要是戴上卡利丰耳机，估计他得去跳伦敦塔。

我也许可以去一趟英格兰，去了解下利物浦，看看洞穴俱乐部[2]，再到伦敦，看看艾比路的录音室，漫步在艾比路的街道上，

---

1 《一起来吧》(*Come Together*)，披头士乐队成员约翰·列侬创作的歌曲，收录于1969年发行的专辑《艾比路》。

2 洞穴俱乐部（The Cavern Club），位于英国利物浦马修街的一家夜店，于1957年开业。20世纪60年代，该俱乐部成为利物浦的摇滚乐中心，披头士乐队在其出道初期曾在那里表演。

用我的卡利丰耳机听着披头士的歌，只听他们的歌，一直听他们的歌。

长途汽车上的空调非得让我得上感冒不可。

我真应该买上两件河床队的套头衫，好拿其中的一件来充当围巾。

地下室里是没有空调的。

到了夏天，那个充满污浊空气的长方体空间就变成了一间桑拿房。

除了圣地亚哥带着他的椅子、咖啡、小果盘和打印并写好批注的剧本下来的那些时候，我整天都光着身子。

一开始，诺尔玛送食物下来或进来打扫卫生的时候，我也会穿上衣服，但后来就不穿了，我光着身子，通常只穿着内裤，看着诺尔玛怎样把装干净衣服的口袋放到卫生间门边，再把装脏衣服的口袋拿走。

夏天里，有时在那些热得让人实在受不了的日子，除了他的椅子、咖啡、小果盘和打印并写好批注的剧本之外，圣地亚哥也会拿下来一台大通牌的便携式空调机。

有一天早上我问他能不能把空调机借给我用几天，他跟我说不行。

太费电了，他说道，这些设备耗电量高得吓死人。而在圣马丁这儿，电力设施简直就是灾难，所以一定要注意，不能过度消耗。我在楼上也热得要命，但就算这样也比断电摸黑强吧。

足足有三个月的时间，我就连睾丸都一直是汗淋淋的，这日子可真是不好过。

我常常会触碰它们，但都不是故意的，然后当我无意间将手举到脸旁时，那气味简直要熏爆我的鼻子。

* * *

“戴斯蒙德在市场里有个摊儿，茉莉在乐队里把歌唱。戴斯蒙德对茉莉说：姑娘，我喜欢你面庞。茉莉执手对他言：奥布拉迪，奥布拉达，生活还是要继续。啦啦啦生活还是要继续。”[1]

幸亏披头士没有诞生在西班牙或者拉丁美洲。

要让西班牙语的歌词能顺利地被唱出来，那就得像斯皮内塔的歌词那样搞得人半懂不懂才行。

“不管你是否生活在那里，那里都已另有其人，那不是我，我只从这里跟你讲话。而他是你未曾创作的音乐。”[2]

我真希望在电脑中能有斯皮内塔的专辑。

我要转过身去问那个姑娘，或者随便哪个乘客。

总有人应该会有斯皮内塔的专辑，至少会有一首歌曲吧。

我还需要一个U盘。

当我把电脑递给圣地亚哥，他看到“终稿”文件结尾处写的“剧终”二字时，脸上堆满了微笑。

他根本都还不知道前面到底写了些什么。

---

1 披头士成员保罗·麦卡特尼创作的单曲《奥布拉迪，奥布拉达》(*Ob-La-Di, Ob-La-Da*)的歌词。

2 阿根廷著名摇滚歌手路易斯·阿尔韦托·斯皮内塔于1973年发行的歌曲《真实的渴望》(*La sed verdadera*)的歌词。

连我都不知道前面到底写了些什么。

尽管我曾预感到，那是我写过的最棒的东西。

我曾在电脑里寻找那部会改写世界电影史的影片的剧本文件，但没有找到。

圣地亚哥把它删掉了。

除了那个加密文档和披头士的专辑，圣地亚哥把一切都删掉了。

我忘记拿麦卡特尼签名的《乐团上路》的唱片了。

我本可以从二楼的书房把《艾比路》的唱片偷出来。

我看到那唱片了吗?

并没看到啊。

如今的保罗·麦卡特尼已经不同以往了。

如今的保罗·麦卡特尼是什么样儿?

约翰·列侬一死，保罗·麦卡特尼就不存在了。

圣地亚哥·萨尔瓦铁拉死去的时候，巴勃罗·贝坦塞斯也就不存在了。

我曾和老妈一起去河床队体育场看麦卡特尼的演唱会（多久以前来着?），我们俩都觉得无聊极了。组成乐队的几个老家伙都是身家千万，但他们跟我们这些草原牧场上的穷光蛋一样，离着艾比路都是那么的遥远。

我老爸是“赛德隆四重奏”[1]的粉丝，是不是狂热我不知道，但他总在那儿听“赛德隆四重奏”的歌，特别是以劳尔·冈萨雷

---

1 赛德隆四重奏（Cuarteto Cedrón），20世纪60年代活跃于布宜诺斯艾利斯的乐队组合，乐队的核心人物是胡安·卡洛斯·赛德隆（Juan Carlos Cedrón, 1939–　），著名的探戈音乐作曲家、歌手、导演和吉他演奏家。

斯·图尼翁[1]的诗作谱曲制作的那张专辑。

我真想念我老爸啊。

我已经记不清他的脸了，但我还是想念他。

我记得斯皮内塔的脸，却想不起我老爸长什么样儿了。

“斯皮内塔与荒原合伙人”[2]。

我老爸长着斯皮内塔的脸。

可他从来都不戴墨镜。

我要是戴着墨镜倒应该挺不错：前面座位的人敞着车窗窗帘，阳光正好照在我的脸上。

我转过身，向坐在后面的那个女孩借她的墨镜。

我也不知道她有没有墨镜。

我连她有没有眼睛都还不知道呢。

坐在厨房里圣地亚哥那把椅子上的诺尔玛倒真是有眼睛。

那是一双苍老的眼睛。

我跟她说话，告诉她情况，可她不回答我。

我问她是不是有地方去。

她没有回答我。

她已经自己把围裙脱下来了。

我是这么觉得的。

不，我确定她就是已经自己把围裙脱下来了。

---

1 劳尔·冈萨雷斯·图尼翁（Raúl González Tuñón, 1905–1974），阿根廷著名诗人、记者。

2 “斯皮内塔与荒原合伙人”（Spinetta y los Socios del Desierto），1994 年至 1999 年期间活跃于阿根廷摇滚乐坛的三人组合，由路易斯·阿尔韦托·斯皮内塔担任吉他手和主唱，马塞洛·托雷斯担任低音贝斯手，达涅尔·维尔兹任鼓手。

她穿着一件花连衣裙。

一件用廉价的窗帘布做成的连衣裙。

我把在楼梯下柜子里找到的一双圣地亚哥的耐克运动鞋穿上了。

那鞋我穿着有点小。

我最终也没弄明白为什么要把这个写下来。

在地下室里我很清楚写东西的需要（我觉得我清楚），但现在在长途汽车上、已是自由之身时，我搞不明白了。

我自由了吗?

我身体里的某个部分认为这些都是可以出版的吗?

这就是我正在选择的重返生活的方式吗? 让我自己变成一个笔记本，像一个加密文档一样存在于不远的未来，因所记录的生活故事而被某家出版社出版?

我真的希望让自己变成一本正式出版的书吗?

并没有啊。

我写东西是因为那是我唯一会干的事情。

那是当一个人生命已逝却仍能存在下去的唯一方式。

当我停止在电脑键盘上打字的时候，我就什么都不是了。

我要同时在电脑和本子上写东西。

先在本子上写，然后再誊到电脑上，在誊写的时候我还要进行修改。

不对，把本子上的内容誊写到电脑上的时候，我必须得读啊，可现在我根本没法读。

最好就这么继续写下去吧，就像一只出于某种原因被人教会打字的百无聊赖（不是百无聊赖，而是绝望）的黑猩猩一样。

* * *

我犯了一个错误。

一个不可原谅的错误。

我真不应该偷了圣地亚哥的信用卡。

警察们在调查他的死因时，会发现在长途汽车公司和小超市发生的消费。

可是，他们怎么会知道是我消费的呢?

等我重返正常生活的时候，到底该说些什么呢?

实话实说吗?

没人会相信我的。

最后写成的那部剧本文稿倒多少能证明一下那是我写的，可眼下我电脑里就连这个文稿都没有了。

连痕迹都变成数字化的了。

警察会发现我在地下室里待过的证据，我的头发、胡须、腿毛、阴毛，在圣地亚哥的尸体周围会有这些毛发。

我希望警察能发现那些证据并且来找我，那样我就可以把一切都讲出来了。

在了解了那具体的暴行之后，谁也不会怀疑那些剧本是我写的了。

甚至那些曾提出质疑的人也会说他们现在对我说的话确信无疑了。

电影界都将谈论这起暴行。

全世界的电影圈都将关注此事。

我将变成一个象征。

一个被压迫的艺术家。

不对，应该是“被剥削”的艺术家。

籍籍无名的作家现在终于在全世界人们的眼前一举成名了。

巴勃罗·贝坦塞斯，阿根廷人，编剧，一起暴行的受害者。

每个作家的行业公会都要集会来向我表达敬意。

我会走遍全球，去赴一个又一个向我致敬的盛会。

美国编剧工会将颁予我名誉会员的称号。

我和我老妈都会得到免费的医保。

我的女人也会有。

我要回到圣马丁德洛斯安第斯去寻找阿尼塔，我要把她带到洛杉矶、纽约、伦敦和圣塞巴斯蒂安。

福克斯探照灯影业公司会把那个讲小伙儿把家人扔到井里的剧本拍出来。

然后是好评如潮。

在了解了那起暴行后，没有一个评论家会对我的电影作出负面评价。

世界上最优秀的演员都会拜伏在我脚下。

《好莱坞报道》上也将谈论被绑架的作家的事情。

我会被授予哈佛和耶鲁的名誉博士头衔。

还有“普安”[1]的荣誉学位。

1 布宜诺斯艾利斯大学文哲系位于布市的普安大街（Puán），在很多情况下，人们用这一地点来指代这个机构。

还不如说是“熔狱”学位来得更恰当。

一千、两千、三千美元的礼服会让我老妈和阿尼塔在戛纳、威尼斯、柏林、金球奖和奥斯卡的红毯上光彩照人。

老妈在右，阿尼塔在左，置身于柯达大剧院的第二排座位，前面坐着梅丽尔和杰克，后面坐着西恩、汤姆、莱奥和安吉丽娜。

他们会将圣地亚哥的最佳剧本奖全部褫夺，并在令人激动的仪式上将它们都颁发给我，我老妈流淌着幸福的泪水，而阿尼塔则拥着她……

不，诺尔玛会对我进行指控，她会将发生的事实进行歪曲。

我会变成多年来对圣地亚哥纠缠不休的狂热粉丝，是圣地亚哥·萨尔瓦铁拉的“马克·查普曼”[1]。

我真应该留在那所房子里，跟诺尔玛谈一谈，让她相信圣地亚哥对我们俩都犯下了罪行，圣地亚哥让她变成对我犯下的罪行的一部分，也让我成为对她犯下的罪行的一部分，我们都实施了暴行，但我们俩又同是被监禁的狱友。

我向你起誓，诺尔玛，我什么都不会跟人家说的。我向你保证，谁都不会知道的。

* * *

我刚刚要求司机把空调关小一点儿。

---

1 马克·大卫·查普曼（Mark David Chapman, 1955－ ），美国人，披头士乐队歌迷，于1980年12月8日枪杀乐队成员约翰·列侬。

他没有转身看我，只用右手做了一个我没看懂的手势。

乘务员正在第一排座位上的一个小隔间里睡觉，我看到他刚钻进去不久，还把运动鞋脱了，放在他座位旁的地板上。

也许我可以用我的耐克鞋去把那双鞋换过来，耐克鞋把我的脚弓和脚尖挤得很难受。

我不知道我干吗不把它们脱了。

我合上电脑，把它塞在我的胯部和座位扶手之间，脱下鞋子，把它们放到座位底下，然后再打开电脑，可我感到双脚很冷，于是就又合上电脑，把它塞在我的胯部和扶手之间，从座位底下拿出我的鞋子，把它们穿在脚上，然后再打开电脑。

诺尔玛此时应该正在内乌肯放火。

她也可能蹬上了圣地亚哥的滑雪板，一路上行去了查佩尔科。

我从来都没滑过雪。

利桑德罗曾邀请我跟他们一家到巴里洛切[1]去，可我才懒得参加那样的出游——在那儿待上几天，看着他们顺着卡特德拉尔山滑下来，而我只能在旅馆周围那些坡度不大的短雪道上跟着一个被硬塞给我的教练滑一滑。

如果我把自己旁边的车窗窗帘拉开，阳光会让我暖和一点儿，可那样我就没法看自己写的东西了。

那阳光实在太刺眼了。

不仅如此。

电脑所剩的电量也不多了，而这辆老掉牙的长途汽车里没有

1 阿根廷内格罗河省的一座城市，位于安第斯山地区，是阿根廷著名的滑雪胜地。

电源插座。

只有百分之十九的电量了。

这台老旧的 MacBook Pro 电脑的电池功能也已大不如前了。

我要一直写到电脑关机，然后就拉开窗帘享受阳光，在笔记本上写东西。

长途汽车的扬声器里正播放着“胖婶”塞拉·利玛[1]和潘丘三人组[2]的歌曲。

我本来可以用尤克里里为诺尔玛演奏一些兰切拉调的曲子，用她故乡的音乐来打动她。

可我根本就不了解墨西哥的兰切拉调音乐。

只知道一点点《王者》[3]的调子：

“不管有钱没钱，也要我行我素，咱的句句话语，便是金科玉律”。

在这个非加密文档里，我的话语就是金科玉律。

在地下室度过的那些年间，除了笔记本上还有后来那个加密文档里的话，圣地亚哥的话语就是金科玉律。

我在剧本里写的那些都成了圣地亚哥的话语。

不管是我手写的、用键盘输入的，还是我自己编造的词语，都来自我的大脑、我的心、我的胃，可它们却都归了圣地亚哥。

---

1 玛丽亚·马尔塔·塞拉·利玛（María Martha Serra Lima, 1944–2017），阿根廷著名歌手、演员。

2 潘丘三人组（Los Panchos），由墨西哥和波多黎各音乐家于 20 世纪 40 年代组建的知名音乐组合，以演唱“波莱罗”歌曲闻名。

3 《王者》（*El Rey*），由墨西哥著名兰切拉调词曲作者、歌手何塞·阿尔弗雷多·希门尼斯（José Alfredo Jiménez, 1926–1973）于 1971 年演唱的一首歌曲，被公认为兰切拉调音乐最具代表性的作品之一。

圣地亚哥·萨尔瓦铁拉在地下室里创造出了巴勃罗·贝坦塞斯。

他创造了我在地下室中的全部人设，但不包括那个笔记本，不包括那个加密文档，也不包括我在星期天半夜和星期一凌晨写完的剧本，那么多页的内容我从头到尾一气呵成，在早上六点四十八分终于写到了由“剧”和“终”这两个字构成的那个词，离圣地亚哥带着他的椅子、咖啡和小果盘下来只差十二分钟。

那部剧本的文稿我现在已经没有了。

按剧本拍出来的电影我也还没看过。

说实话，连剧本讲了些什么我几乎都想不起来了。

* * *

司机在用长途车上的扬声器播放音乐，实际上是在将他的音乐强加给我们，我也不知道这样做是否合适。

扬声器里正播着希尔达[1]的《成功之作》。

我戴上卡利丰耳机，打开 iTunes 里的披头士全集歌单，点开《白色专辑》[2]第二面，然后再点击《杂乱无章》[3]，把音量调到最大，但最后我还是不得不把音乐停下来，因为在麦卡特尼的嘶吼声后

1 这里指米丽娅姆·阿历杭德拉·比安齐（Miriam Alejandra Bianchi, 1961–1996），阿根廷著名歌唱家、作曲家，以艺名“希尔达（Gilda)”为人们所熟知。

2 即披头士乐队于 1968 年 11 月在英国发布的第九张录音室专辑《披头士》（*The Beatles*），因其唱片封套除乐队名称压花外均为纯白色，所以通常也被称为《白色专辑》（*White Album*）。

3 《杂乱无章》（*Helter Skelter*），披头士乐队《白色专辑》中的单曲，缘起于麦卡特尼想创造出最嘈杂声音的动机，因其“原型重金属摇滚的嘶吼”而闻名，对早期重金属音乐产生了很大影响。

面总能听到希尔达那充满热带风情的低语。

听着披头士和希尔达混杂在一起比单独听希尔达的歌曲还要糟糕。

其实希尔达的歌曲里也有好作品。

希尔达专辑的制作者看起来起码有一只耳朵是聋的，但那些歌曲我还是喜欢的，希尔达的声音听起来也显得真诚而不卖弄。

我当年真该留在布宜诺斯艾利斯音乐学校完成我的学业。

年龄又有什么关系?

那些演奏时操控乐器就像操控自己身体那么自如的姑娘小伙中，到底有几个能在音乐界成名呢?

我都没给自己机会来了解自己能力上限的“天花板”。

这个“天花板”我想不会很高，可就算是这样，它大概也是只属于我自己的、独一无二的、特别的“天花板”。没准儿其他音乐人倒是愿意用我这块“天花板”来为他们的歌曲、专辑和音乐会作屋顶。

但我确实从来没有觉得自己是个音乐人。

我当时报名上布宜诺斯艾利斯音乐学校是因为音乐是我在这世上的最爱，但我从来也没想过自己要去像音乐人那样生活。

我也曾尝试说服自己去过这种生活，让自己相信音乐人的生活很适合我，但我最终还是没能说服我自己。

一个正儿八经的音乐人是不会跟自己的老妈住在一起的。

一个正儿八经的作家倒是可以跟老妈住在一起（比如博尔赫斯），但音乐人就不行。

是不是就是因为当年那么着魔般地去读《博尔赫斯全集》无

形中让我觉得自己在余生跟老妈住在一起也不是不可能的?

我的余生?

我不记得曾考虑过那些，不记得自己考虑过余生中跟老妈住在一起的可能性。

我这一辈子还从来没有考虑过比一个月以后更长远的生活。

其实连一个月都没有，我顶多也就做做十五天的打算。

甚至在地下室里，当我明白囚禁是唯一可能的生活时，我也只考虑两三天之内的日子会怎么样。

有时候连那几天都不会考虑，而只想着几小时之内的事情。那时的“未来”是以小时来构成的。

我会怀念地下室的那种平静生活吗?

那种我最终习惯的千篇一律、雷打不动的惯例。

不单单是习惯，我对那种惯例是享受的、尊重的、崇敬的。

一种惯例就是一种仪式。

我一辈子都是按照一个接一个的惯例、一个又一个的仪式在生活。

我讨厌那些只活在当下的人，像那些假冒的佛教徒，就算是真的佛教徒也一样。

其实我并不是讨厌他们，而是嫉妒他们。

他们每天都在即兴创造一种新生活。

那些人的存在真是让我很不爽。

我作为音乐人的未来就是一出滑稽戏，那不过是一种明明是虫却自认为龙的幻觉而已。

在听我谈论成为音乐人的梦想时，我老妈明白这不是我该过的生活。她为了让我远离音乐之路采取了一些精明或没那么精明的手段，那同时也是为了拯救我而付出的绝望的努力。

我真应该变成一个僧侣，将随便什么宗教强加给自己，把自己关进一家修道院或庙宇，然后就在一种经过数百年的重复已日臻完善的极度严格的惯例下生活。

其实那间地下室就是我的修道院、我的庙宇。

那是一种为了避免低级写作的必不可少的仪式。

没有哪个真正的作家不曾经历过一个仪式，它要么是自找的，要么是学来的，要么是模仿的，要么是剽窃的。

我有能力去爱上一个仪式，爱上一种惯例，甚至胜过去爱一个人。

也许我会跟一个美丽的“惯例”成婚，组建一个家庭，生三个孩子，我会眼看着那三个小小的“惯例”慢慢成长，耐心地、自豪地教育他们，就在拉卢西拉区的一所不太大却很舒适的漂亮房子里，那里的空间足够让我的四个“惯例”发展出他们的全部潜能。

“惯例”就等于“幸福”。

那幸福波澜不惊、微不足道，却会终达圆满。

那些四处奔波的人们也能找到幸福的时刻，那幸福虽更为强烈却难以久长。

圣地亚哥就是那些无法停止奔波的人们中的一员。

圣地亚哥并不幸福。

我们在地下室一起度过的那些时间里，我从未看到他身上迸发出一丁点儿幸福的光芒，就连他下楼来向我通告我们俩赢得的一切——就是他凭借我们……他的电影赢得的一切时，也丝毫没有幸福的感觉。

跟圣地亚哥生活在一起，诺尔玛是不是幸福呢?

那会是一种可怕的幸福，但毕竟也是终达圆满。

与我在地下室获得的幸福相比，诺尔玛的幸福倒也并没有显得更为可怕。

要是诺尔玛不是那么极端固执，要是她同意对我开口讲话，跟我聊一聊，那该有多好……

只有一次，我听到过她的声音：一天中午，我和圣地亚哥就一场戏结尾处可能出现的反转陷入了争论，圣地亚哥认了输，拿着椅子走出地下室时，迎面碰上了正给我端来午饭的诺尔玛，我听到他们交谈了几句，虽然并没听清楚他们在说些什么，但我听到了诺尔玛羞涩的声音，带着柔和而又有些滑稽的墨西哥口音。

车窗外的地势开始变得平坦起来了。

出现了一边吃草一边用尾巴驱赶苍蝇的母牛。

母牛们吃草、轰苍蝇。

轰苍蝇、吃草。

吃草、轰苍蝇。

我很吃惊地发现（其实是有人发现并告诉了我），母牛们都活在彻头彻尾的幸福中。

诺尔玛就有一双母牛的眼睛。

她就是阿兹特克[1]的赫拉[2]啊。

---

1 美洲古代三大印第安文明之一，主要分布在墨西哥中部和南部。作者在这里用“阿兹特克”指代墨西哥。

2 古希腊神话中的天后、奥林匹斯山众神之中地位和权力最高的女神。

一头能实施最可怕暴行的母牛。

一开始，揣在她围裙口袋里的那支装满子弹的左轮手枪让我忍不住想笑，但后来我才明白，诺尔玛把揣着那支枪当作再自然不过的事情，她可以毫不犹豫地使用那支枪，灵巧熟练地开枪射击。

* * *

内景　长途汽车 — 白天

坐在后面的姑娘和着《玛卡雷纳》[1]的节奏，用指甲敲着她身边的车窗。

我怎么知道那就是位姑娘呢?

我根本没看到人家上车啊。

人家也没说过话。

是通过她行动和呼吸的方式吗?

不是“呼吸”，而是“叹息”。

要听到乘客们各自不同的呼吸声是根本不可能的，希尔达和她乐队的音乐盖过了那些呼吸声，但是乘客们动起来时身体与座椅摩擦的声音、他们的叹息声和咳嗽声却是可以被听到的。

我在键盘上敲出这些内容，每打五个词就瞟一眼电池还有百分之几的电量。

---

1 《玛卡雷纳》(*Macarena*)，西班牙演唱组合“河流二人组”于 1993 年创作发行的一首单曲。

只剩百分之四的电了。

圣地亚哥问我过得怎么样。

我看他面带倦容，还有些许忧伤。

我想问他怎么了，他跟伊拉里奥、跟那些演员还有投资人相处得都还好吧。

可我只跟他说我过得还挺好的。

很好，我对他说。

你写完了吗?

写完了。

怎么样?

我也不知道，你还是自己看看吧。

他在我脸上看出了他不太喜欢的东西。

他让我把电脑递给他。

他坐在他的椅子上，把电脑放在大腿上，看到“剧终”这个词时，他露出了微笑。我猜是那个由两个字组成的词让他笑起来的。

然后他把光标挪到第一页，开始看了起来。

圣地亚哥带着他的椅子、咖啡和小果盘下来的前一天，我什么都没干，只是一个劲儿地想让自己相信我腹部右侧的疼痛只不过是一种臆想，是心理上的痛感，随着疼痛的加剧，要写出改写世界电影史的剧本也越来越不可能了。

我的疑病性神经症[1]的症状从来都不是太明显。

---

1 也叫虑病症，患者通常对自身出现的一些身体状况做出不合实际的解释，担心自己患有严重的疾病。

我不得不认识到有时是大脑在虚构疼痛，那些疼痛是真实存在着的，但就是没有生理上的原因，它们存在于身体内，却不属于身体，而属于大脑。

可那是个错误，因为当我从麻醉中清醒过来时，却被告知我最初“臆想”的疼痛其实并不是被虚构出来的。

我想象着那疼痛是被虚构出来的，而且有相当长的时间我都对此深信不疑。

要取出胆结石需要全身麻醉吗?

还有百分之三的电量。

在星期天下午的六点钟，我的负疚感终于爆发了。

是负疚和羞愧。

是负疚、羞愧和自责。

是负疚、羞愧、自责和想哭的强烈冲动。

那想哭的强烈冲动或许就是负疚、羞愧和自责的结果。

我心生恨意。

我恨那个把自己约束起来的决定。

决定?

可根本没人决定要把自己约束起来啊。

但囚禁生活约束了我。

那是圣地亚哥赠给我的囚禁生活：一个跟内乌肯一般大的礼品盒，上面有他从洛杉矶带来的金色花结。

才不是呢。

在下午六点五分的时候，我已经落入了一个巨大谎言的算计之中。

我真的把自己约束起来了吗?

如果我真的把自己约束起来了，又怎么能在那个加密文档里写东西呢?

当然能，因为不管在哪儿写东西，加密文档也好、草稿本也好、非加密文档也好，还是马上再用本子写也好，统统都不能算是写作。

世界文学中有很多伟大的作品都不是“写作”出来的，它们都不能算是文学。

比如《马龙之死》，那是我读得最多的小说，假如我真是笨到只带着一本书去一座岛上的话，我要带的就是这本小说。

那是一部不能称其为“小说”的小说。

也是不能称其为“文学”的文学。

那本书并不是被“写作”出来的。

通常那些不是被“写作”出来的书才是最棒的书。

可是要想不“写作”就完成一个剧本却是不可能的。

一个人要是不写作，就根本不可能把自己约束起来。

贝克特写《马龙之死》时也许就没能对自己进行约束。

但是写《终局》或《喜剧》，甚或是写他最近的作品《陪伴》和《江河日下》的时候，他倒是可能被束缚了起来，因为那些作品都经过精心构思，场景精确而有节制。

只有百分之三的电量了。

希尔达的专辑播放完了，接下来没再接着播放别的音乐了。

后面那姑娘按照莫扎特《弦乐小夜曲》的节奏，用指甲敲着她身边的车窗。

嗒，嗒嗒，嗒嗒嗒嗒嗒嗒，嗒，嗒嗒，嗒嗒嗒嗒嗒嗒。

我想象着星期一早上迎接圣地亚哥的情景，想象着自己跟他说，我什么都没写，不仅什么都没写，还删掉了我们已经写好的部分，我把那部分扔进了垃圾箱，然后清空了。

我仿佛看到自己把一切都跟他说了，可那些话不是我说的，它们不可能属于我，因为一个平庸的作家，一个干“写作”这一行的人，是没有权利约束自己的，他没有权利把剧本投进垃圾箱再将其清空，他也没有权利说出那样的话。

我他妈算老几啊，要以这样的方式去约束自己？

我感到了想要大便的强烈欲望，便急忙冲向卫生间，冲向马桶，可却没什么可排泄的，所以只放了几个屁了事。

我还以为腹部右侧的疼痛会随着这一大通排气而消失，但并没有，那疼痛变得更剧烈、更明显，于是我对自己说，也许想要消除腹部右侧的疼痛、把它扔进垃圾箱并彻底清空的唯一办法就是去尝试着写作。我得坐在床垫上，把电脑放在大腿上，去试着写出会改写世界电影史的剧本，从最开头、从第一个淡入镜头写起，一直写到“剧终”。

只有百分之二的电量了。

我真应该去个更奢华一些的长途汽车公司，买一张卧铺车票，得是贵宾席，座椅靠背可以放平，有古典音乐、电源插座和热乎乎的食物。

干吗要坐这种只能半躺、一点儿也不舒服的座位呢？

我只是不想引人注意罢了。

不想引起谁的注意呢？

我想,《马龙之死》最吸引我的地方，就是贝克特如何只用最简单的话语就表达出相当深刻的含义。写出来的文本一直都在那里，触手可及，但同时又从我们这里逃脱，我们都能看懂，但还是应反复阅读，来认真严肃地理解。

写剧本时就得一直都用简单的词语。

写剧本其实是在解释说明。

所以剧本就是一种应被迅速理解的文本。

作者和读者（也就是制片人、演员、导演、服装师、技术人员等等）之间的秘密越少，剧本也就越优秀。

那些写电影剧本时就只想着证明自己文笔如何优美的编剧也许都该被扔到井里，或者干脆就让他们不得好死。

我得试着睡一会儿了。

也许我该用一副耳塞来代替卡利丰耳机。

那个用指甲敲击塑化玻璃或玻化塑料的声音简直要让我发疯了。

我得转身跟她说点什么。

算了，可怜的姑娘，她需要用指甲敲击车窗，好能忍过整个旅程。

我们所有人都需要干点什么来挨时间：要么把一些傻话输入这个非加密文档，要么用指甲敲击车窗，要么从鼻腔深处抠出一团鼻屎，然后将它分析一会，再决定要不要把它吃掉。

我的鼻腔里就藏着灭绝恐龙的那块陨石的精确复制品。

实际上，如果我笨到只带着一本书到一座岛上去，那我会带上《尤利西斯》。

一个人可以靠读《尤利西斯》(只读《尤利西斯》) 来过日子，

但我不知道他是不是能靠读《马龙之死》(只读《马龙之死》)来过日子。

《尤利西斯》从来都没有完结，我喜欢读它，就好像它是一片荒无人烟的海滩，在那里，我只要愿意就可以下海戏水，并且很清楚每次浸湿我双脚的都是不一样的水。

嗒，嗒嗒，嗒嗒嗒嗒嗒嗒。

莫扎特是个无愧于“天才”称号的天才。

可如今，我们管随便什么人都可以叫“天才”。

人们时时都要体会那种想要找到天才艺术家却不能如愿的绝望。

问题是如果我们将那些并非天才的艺术家称为“天才”，那么后世的新生代们就会把他们看成天才并且模仿他们，随着时间的推移，那些配得上“天才”称号的天才们就会消失，因为我们已经习惯于把那些并非天才的人称为“天才”。

在莫扎特之后还去作曲是荒唐的。

在《尤利西斯》之后还去写作是荒唐的。

在塔可夫斯基之后还去拍电影也是荒唐的。

只有百分之一的电量了。

我从本子上扯下一页纸，将它撕成两半，然后将一半放在嘴里嚼一嚼吐出来，就这么做成一个堵耳朵的耳塞，接着我用另外半页纸如法炮制又做了一个耳塞。

* * *

长途汽车上唯一的一台电视机（就是那种里面满是电路板、

如今已经没有配件可换的立方盒子）刚刚被打开了。

在几秒钟近乎黑色的灰色画面之后，出现了彩条、环球影业的标志、安培林娱乐[1]的标志，然后打出了《回到未来》的标题。

这部电影创作起来比《甜蜜的生活》要难，跟《陆上行舟》[2]相比就更要难得多了。

那可是娱乐片的经典之作啊。

有多少个下雨的星期六和星期天我是躺在床上看着《回到未来》度过的?

还有多少个不下雨的星期六和星期天我是躺在床上看着《回到未来》度过的?

这次前往布宜诺斯艾利斯的旅程就是我的“回到未来”。

我是要回到过去，回到我以前拥有的一切，回到曾经的样子（尽管我并不知道那个过去是否仍给今天的我留下些什么，也不知道今天的我对于那个过去是否还意味着什么），好在未来继续那样的生活。

那会是极度无聊的“回到未来”。

会跟我那正试图返回去的过往生活一样，根本没有什么娱乐价值。

那会是一部只有导演的朋友和家人才会鼓掌叫好的独立电影。

---

1 安培林娱乐（Amblin Entertainment），一家独立的电影出品公司，成立于1981年，由导演史蒂文·斯皮尔伯格、电影制片人凯瑟琳·肯尼迪，以及弗兰克·马歇尔共同建立。公司的名称来自斯皮尔伯格1968年导演的一部电影短片，公司的标志来自电影《E.T.》中自行车飞过月球的场景。

2 《陆上行舟》（*Fitzcarraldo*），德国新浪潮运动的重要成员、著名导演沃纳·赫尔佐格（Werner Herzog, 1942–　）于1982年拍摄的影片。

当年没有电影公司和制片人愿意为《回到未来》投资，多亏了导演有位身家百万的叔叔投了钱，电影才被拍出来，但实际上，那位叔叔也只不过是在利用侄子的电影为自己洗钱。

我其实就是一个不怎么搞笑的马蒂·麦克弗莱[1]。

一个同意自己被绑架，同意被别人成年累月地利用，而且不做任何努力来获取自由的马蒂·麦克弗莱。

一个乘坐着世界电影史上最让人乏味的时间机器前往未来的马蒂·麦克弗莱。

* * *

地下室里的那个星期天下午，当负疚、羞愧、自责开始让我激动不已时（我的身体同时经历着平静与激动），关于那部会改写世界电影史的剧本的所有想法中的每一个在我看来都糟糕透顶，剧本结构是最差劲的：我倒是有一个大型的逻辑关系图，没准儿能让亚里士多德本人都倍感骄傲，可是它一点儿都不管用……

不，可能它并不会让亚里士多德倍感骄傲，反而会让他大喊着爆粗口，就像我老爸发现免税店的店员心不在焉时会冲他们嚷嚷，说他们像母牛一样没用，甚至比母牛更没用，因为到最后那些店员中谁也不会被架到烤肉架上去。

我坐下来开始写剧本。

我让亚里士多德见鬼去，坐下来写那会改写世界电影史的

1 《回到未来》系列电影中的男主人公。

剧本。

我坐在床垫上，背靠着墙，电脑放在大腿上，就像我第一次写作时剽窃了托马斯·曼的《魔山》，这次我也以剽窃的方式写了起来，但这一次我剽窃的是我自己，我敲出了跟我删掉的草稿第一幕一模一样的标题，然后又写出了剧本的第一段，然后我停下来，将我记下来的那些词句读了一遍又一遍，想象着它们要是用英语写该是什么样，我实在没法不这么干，恰恰在那个时刻，我做出了决定，写作那部会改写世界电影史的剧本并且完成它的唯一方式，就是将它重写但又不照搬原样，忘掉预先设定的结构、逻辑关系、背景故事和那一大堆批注，将我所了解的故事转化成戏剧场景，让故事脱离亚里士多德的框框，也让我自己脱离亚里士多德的框框，屈从于眼前，只考虑当下，而不会让……

未经涂改的笔记本

我睡了差不多三个小时。

我在本子上没有被涂抹过的页面上写下这些，时不时地瞥一眼窗外潘帕斯草原那平坦而乏味的田野。

我其实也不知道我们是不是行驶在潘帕斯草原上。

我才不在乎呢，反正外面到处都是一个样儿。

我要让司机停车，然后我下车一直走到一家农场去，求人家雇我干农活。

关于农活到底都要干些什么我知之甚少，但我可以学习，专注于一项专门的技艺，不停地学习，直到将其掌握。

那才是与受人剥削这件事儿更相配的方式，而且让土地产出食物的目的也更为高尚啊。

那可是一种有用的、必不可少的目的，要比写电影或写任何其他的东西都更有尊严、更有用、更为必要。

疯狂。

我只能用这个词来定义那个星期天半夜外加星期一凌晨在地下室里发生的一切了。

句子都飞速地出现在我的脑海中，就像一杯苏打水里的气泡浮上水面。

我的手指在键盘上慌乱而笨拙地敲击着，但我没有停下来改错，让改错见鬼去吧（我在输入单词和句子的间隙一再对自己说，这是一个剧本，才不是什么文学作品呢），没人会去注意“方式”，所以你还是专注于“事件”吧，重要的只有“事件”，只有“事件事件事件”。

那个“事件”从内到外彻底占据了我，完全控制了我的双手。

在我着魔般地打字时，脸上始终挂着疯子才有的浅笑，要是有人是这么告诉我的，那我肯定相信他的话。

我已经不再去想梅丽尔·斯特里普、杰克·尼科尔森或西恩·潘了。

我也不再去考虑我和圣地亚哥花了那么多时间才确定的叙事节点了。

现在我只想着那些句子，那些出于某种原因而具备了意义的句子，它们一个接着一个，就像一个我已熟悉并牢记于心、同时又具有意义的拼图。

我不认为那些农夫也能去当一回这种疯狂行为的牺牲品。

肯定会有农夫在收获蔬果的时候去想象出完整的电影。

就算是在收获电影吧。

在一平方米的肥沃土壤里播种一个剧本，为它灌溉，用不了几天便能收获一部导表演、灯光、剪辑俱佳的电影。

电影的质量取决于播种剧本时使用了哪种化肥。

好莱坞就像孟山都[1]，在成千上万公顷的土地里播种，然后收获成千上万部“抗农达”[2]式的电影。

我在那个星期天的半夜外加星期一的凌晨写出的是一部“有机”的剧本。

不，比“有机”还要好：这剧本在栽种时未施加任何有机或非有机的化学物质，它的收获完全拜大自然母亲所赐，就是那位曾厚着脸皮……不，曾英明无比地创造了我、孕育了我，并将我带到这世上来的大自然母亲；一个被特意设计出来要生活在地下室里的男性角色，接受这种囚禁生活，以换取最高尚的艺术和生活的改变。

亚里士多德写过多少个剧本？

罗伯特·麦基[3]写过多少个剧本？

悉德·菲尔德[4]又写过多少个剧本？

有时候我会瞥一眼我写好的东西，如果觉得还不错就再继续写，像那些在冷战中翻越柏林墙的绝望艺术家一样，将我脑海中的戏剧场景都挖掘出来。

约束就是一堵墙。

一堵被虚构出来的墙。

---

1 孟山都（Monsanto Company），著名的美国跨国农业生物技术公司。

2 抗农达（Roundup），全球知名的有机磷除草剂品牌，孟山都公司的旗舰产品。

3 罗伯特·麦基（Robert Mckee, 1941– ），美国创意写作指导者，因其在南加州大学发展举办起流行的“故事研讨会”而闻名，是有“编剧圣经”之称的书籍《故事的解剖：跟好莱坞编剧教父学习说故事的技艺，打造独一无二的内容、结构与风格》（*Story: Substance, Structure, Style and the Principles of Screenwriting*）一书的作者。

4 悉德·费尔德（Syd Field, 1935–2013），美国著名编剧、作家，著有多部编剧写作指南书籍。

一堵一直存在，却并非真实的墙。

我在星期一零点时分已经写了四十九页了。

你可别想着停下来去读，我对自己说，根本就没什么星期一。根本就没有过星期天，也没有过星期一。圣地亚哥不会下来打扰你，再也不会了，因为他说的是星期一下来，可星期一还没到呢。

已经到星期一了，我瞥了一眼看到了：零点零七分。

剧本里的一个人物在问几点了，另一个回答：

十二点零七分。

十二点过七分了。

一个人物问另一个人物几点了，没有比这更无关紧要的行为了。

除非这行为是一个重要情节，譬如炸弹就要爆炸了。

而我的炸弹也马上要爆炸了。

嘀嗒，嘀嗒，嘀嗒，嘀嗒，嘀嗒。

那是一颗表面上看已经老旧不堪的炸弹。

我的手指在试图抓住本质，舍弃冗余，就好似考古学家用小刷子刷掉多余的东西。

两只手，十五根手指。

我打字时不用大拇指和小拇指。

只有九根手指。

我也不知道多出来的那三根手指到底属于谁。

在这辆长途汽车上，我用的圆珠笔是从坐在我旁边的女士那儿借来的。

那位女士问我到布宜诺斯艾利斯去干什么。

我告诉她我住在布宜诺斯艾利斯，是来圣马丁德洛斯安第斯度假的，开始只想待两个星期，结果待的时间却长得多。

是呀，她说，圣马丁那地方很漂亮，让人很想留下来，是吧？

那支圆珠笔就是我右手的延展部分，活像一根手指，画出我几乎读不出来的词语，倒不是因为读那些词语会让我头晕（尽管我确实晕车），而是因为我的字写得实在太难看，就像是在用阿拉伯语字母去写西班牙语。

* * *

那个米兰达医生很有可能根本就不存在，他一定是圣地亚哥杜撰出来的，只是为了抚慰我，让我安下心来。

幸好我从来没被牙疼找上过。

要是当初我的哪颗牙疼起来，没准他早就用钳子给我把牙拔掉了，就像圣地亚哥曾考虑到了美国要做的那样，他让人拔牙就是为了让美国编剧工会不得不在他身上花一部分医保的钱。

我不知道是谁给我取出了胆结石。

我不知道是怎么取出来的，也不知道是在何时、何地。

我只知道，在那个星期一的早晨，圣地亚哥读完了我几十分钟前刚刚完成的剧本之后，便带着一种高深莫测的神情看着我（我至今仍不知道那神情意味着什么），并且问我是不是还好。

我以为他又要开始他那没完没了的演讲，对我进行说教，向我解释为什么他刚读完的这个剧本根本不行，可他并没有，他把电脑放到地上，走到床垫旁，就在那时，顺着他盯着我看的视线，我才发现自己的双手正放在右腹部，按着胆囊的位置（其实当时我并不知道那里是胆囊的位置），而且我还发现（我明白）如果我不按住腹部右侧，疼痛就会掌控一切，我预感到，要是我把手离开右腹部，那尖利的剧痛就会把我杀死。

后面发生的事情我已经记不太清了。

只记得圣地亚哥那张离我出奇近的脸孔，还有他摸着我额头的那只手。

诺尔玛拿来了一杯水，或其他什么被我当成了水的东西。

我还记得把那东西喝下去时的感觉：那液体接触我的双唇时是冰凉的，从我的喉咙流下去时却是滚烫的。

我问诺尔玛那是不是矿泉水。

她没有回答我。

他们俩都没有跟我讲话。

他们互相说着话，彼此交谈着。

是不是还有别人？

《马龙之死》要跟我一起去岛上。

《尤利西斯》的写作痕迹过重了。

乔伊斯在写作时非常笃定自己知道犹太人什么样，爱尔兰人什么样，女人什么样。

贝克特在写作时则笃定自己什么都不知道，他写作是要试图去了解些什么，但他又能意识到自己不会将一切都了解清楚。

贝克特是在用唯一适合写作的方式来写东西。

博学被过高评价了，其实什么都不知道的时候写起东西来会更困难。

应该用枪逼着那些从来没读过书的人们去用第一人称写一个一百五十页长的段落，写出好几百万个《马龙之死》，然后再放上一把火，不是烧人，而是去烧那些写出来的篇章，要不干脆把人也烧了吧。

那些自诩为作家的家伙倒并不是写得最糟糕的。

写作并不是一种职业，而是挥霍生命的最佳方式。

成堆的笔记本里装满了被浪费掉的时间。

被浪费掉的时间同样也装满了一盘又一盘的电影胶片。

电影的世界里（并不是整个世界）到处都是自认为对自己在干什么心知肚明的人。

电影从业者，他们都这样称呼自己。

成千上万的作家也都坚信自己知道如何写作。

这些亚里士多德的愚蠢的子孙啊。

圣地亚哥和诺尔玛也在地下室里和亚里士多德交谈，当我还一门心思地想知道圣地亚哥对剧本的看法时，他们倒是已经决定要对我干什么了。

其实我问过圣地亚哥他觉得剧本怎么样，只是那些话没有被我说出口罢了。

* * *

契诃夫的祖父曾经是切尔特科夫家的仆佣，他攒钱为自己、妻子和他们的三个儿子赎了身。切尔特科夫老爷还慷慨地将他女儿（契诃夫祖父的女儿）亚历克桑德拉的自由也赏给了他。

我不知道为什么会想起这件轶事。

难道那个混蛋只为他自己、他妻子和三个儿子赎了身，而没去买下女儿的自由吗？

他就不能再多攒一点儿钱吗？

我们都忘记了以前人们得经历的那种残酷生活。

我并不是说现在的生活中就没有残酷，现在残酷也有的是，到处都有，但以前……

以前，残酷都被合法化了。

现在的人们因为随便什么事儿都会被气得不行。

这里的“人们”是指“公众”。

一边写作一边又要担心得罪人，这真是十分辛苦。

可又要写得好又要谁都不得罪，那是不可能的。

《疤面煞星》[1]要是用了黑人演员，那它就会被当作一部种族主义影片。

你是在说黑人全都是毒贩和杀人犯吗？

试想《出租车司机》[2]要是用了日本演员。

或者《美国精神病人》[3]要是用了拉丁裔的演员。

---

1 《疤面煞星》(*Scarface*)，1983 年上映的美国犯罪片，由布莱恩·德·帕尔玛执导、奥利佛·斯通编剧、阿尔·帕西诺主演。

2 《出租车司机》(*Taxi Driver*)，1976 年上映的美国心理惊悚片，由马丁·斯科塞斯执导、保罗·施拉德编剧、罗伯特·德尼罗和朱迪·福斯特主演。

3 《美国精神病人》(*American Psycho*)，2000 年上映的美国惊悚片，由玛丽·哈伦执导、克里斯蒂安·贝尔主演。

要是拍出一部《拉丁精神病人》。

最好还是什么都别写了吧。

一个人要是什么都不写，就不会得罪任何人了。

贝克特在《马龙之死》里没法得罪别人，那是因为他根本不是在写作。

不管在美国还是在英国、爱尔兰，《尤利西斯》多年来一直都会被审查删减，因为那些负责审查的人注意到它是被写作出来的。

那部会改写电影史的剧本并不是被我“写作”出来的，而是被我“喷射”出来的，我无法得知圣地亚哥到底对我的剧本怎么想，因为疼痛已经阻止我去弄明白他对我说的话了。

我昏过去了。

我不知道我昏过去是因为疼痛，还是因为他们在水里放了什么东西。

我在地下室的床垫上醒过来，就像五年多来的任何一个早晨，没有疼痛，或者只有那么一点点儿疼痛，与之前的那种疼痛完全不同，我从床上起身，发现了包扎在我腹部上的绷带。

我坐起来很费劲。

为什么我从来都没要一把椅子？

五年来一直坐在地面上。

有时候我也坐在冰箱上或装脏衣服的袋子上。

我盼着圣地亚哥下楼来。

他并没下来。

他把笔记本电脑拿走了。

我盼着诺尔玛下楼来。

长方形天窗上的强烈天光告诉我，已经快到中午了。

我的咖啡和小果盘也不见踪影。

我又饿又渴。

我慢慢爬到橱柜下的冰箱那儿，打开冰箱门，里面空空如也。

我想，他们终于要让我死掉了。

我心里想，如果他们要让我死掉的话，为什么又要在我腹部右侧打个小洞取了什么东西出去呢？

我等了好几个小时。

暮色降临了。

我也不知道是不是已经天黑了，但长方形的天窗已暗淡无光。

我本打算用尤克里里弹奏几首披头士的歌曲，但刚一把它拿起来，我就兴味索然了。

笔记本电脑不在身边造成的空落落的感觉每分钟都变得更强烈，就像在一场事故中失去你最好的朋友，就像失去了世界。

我仍在这世界上，在这个构成我世界的地下室里，但同时我又错过了整个世界。

我听到楼梯上传来的脚步声。

我从来没有沿那道楼梯上下过。

我倒是被别人带着上去、下来过（至少下来过一次，就在跟圣地亚哥一起谈天说地的那顿晚餐之后），但自己从来没有踏上过那些台阶。

直到昨天晚上顺着楼梯上楼去，我才知道那些台阶都是水泥的。

虽然我原先也一直想象着它们是水泥的。

要不又能是什么材质的呢？

木头的吗？

一间水泥砌成的地下室会有木头楼梯？

诺尔玛端着晚餐进来了：用“天使头发”[1]煮的汤、水、两片奶味白面包，还有两个药片。

我问她那是什么药。

她没有回答我。

她用一个手势示意我把药吃了。

我对诺尔玛说，圣地亚哥在哪儿？我需要跟他谈谈。

诺尔玛伸出右手，手掌冲下，然后向斜上方一挥，那手势通常表示“飞机起飞”。

不会吧，我说，他去美国了？

她没回答我。

那我的电脑呢？

她没回答我。

他把电脑留在楼上了吗？

她没回答我。

---

1 “天使头发”（Cabellos de ángel），一种通常用葫芦科果蔬的果肉经糖渍后制成的食物，因果肉纤维在糖的作用下可形成金黄色纤细的拉丝而被称为“天使头发”，经常用作甜品的馅料或辅料。

你能去看看他是不是把电脑留在楼上了？

她没回答我。

我需要我的电脑。请你告诉圣地亚哥我需要电脑。

她还是什么都没说。

她打开氧气泵，站了一会儿，静静地看着我，子弹上膛的手枪就揣在她围裙的口袋里。

抱歉，诺尔玛，我对她说，我想请你原谅……那天的事儿。我也不知道被什么迷了心窍。

她站在那儿，看着我，沉默不语。

我真是希望咱们能说说话，我对她说，聊一聊，好让我了解你在墨西哥的家人。

她站在那儿，看着我，沉默不语。

你有多久没见过他们了？

她站在那儿，看着我，沉默不语。

诺尔玛就是“沉默”的同义词。

大多数乘客都像“诺尔玛”似的旅行。

“诺尔玛”是金。

话语是暂时的，而“诺尔玛”才是永恒的。

你是你话语的奴隶和“诺尔玛”的主人。

与其做自己话语的奴隶，还不如去做“诺尔玛”的王者。

当话语不能表情达意时，诺尔玛才会开口。

“诺尔玛”，贝坦塞斯，否则我就要让你去见老板！

她站在那儿，看着我，“诺尔玛”不语。

她关上氧气泵，出去了。

* * *

我刚去了趟卫生间，那儿就像个简易衣柜，里面有个像给幼儿园小孩子用的小马桶和一个破损的盥洗盆。

我小便的时候，将脑袋靠在长途汽车那并不是弧形的壁板上。

我是不是曾宁愿那壁板是弧形的？

还等着有一场气旋……？

我希望我老爸在被撞断脖子死去之前已经藏起他的“命根子”，并拉上了裤子拉链。

后座那个“姑娘”其实不是个姑娘，而是个十八岁左右的小伙子，穿着短裤和“圣洛伦索”[1]的T恤。

莫扎特确实可以到达很高远的境界。

比费里尼高远得多。

比莎士比亚也高远得多。

比乔伊斯就更是高远得多了。

整整一个月，圣地亚哥杳无音信。

诺尔玛还是像往常那样下楼来，仍然沉默不语，也没给我把电脑拿来。

除了弹奏尤克里里、自慰和睡觉，我也没有其他的事情好做。

1 这里指阿根廷足球甲级联赛俱乐部中的圣洛伦索竞技队。

一天早晨，诺尔玛把咖啡和小果盘端下楼来，把它们放在床垫旁边（我那会儿还没有从床单和毯子中间钻出来），用手势要求我把毯子掀开，我掀开毯子，她接着用手势要求我脱下T恤，我脱下了T恤，她又用第三个手势要求我把绷带去掉，我把绷带解下来了，然后我第一次看到了腹部右侧的那道伤疤，长度有五厘米，是被无线缝合的（实际上是黏合的，不是缝合的）。

是谁给我做了这个？我问诺尔玛。

她没有回答我。

是谁给我解决了疼痛问题？

她没有回答我。

我都还不知道引起疼痛的原因呢。

我不知道人家都对我干了些什么，也想象不出来，因为我根本就不知道疼痛的原因。

你能给我拿些书下来吗？我问她。

她没有回答我。

随便一本，我对她说，你在楼上找到的随便什么书都行。我敢肯定圣地亚哥在楼上有书。有很多书。你就选一本你喜欢的。每个星期一本。你觉得怎么样？

她没有回答我。

她拿走了绷带，关上了门。

我甘愿花上一大笔钱（如果我有那么一大笔钱来支付）来搞到我在那个星期天深夜外加星期一凌晨的疯狂行动中写出来的剧本副本。

就算我有了一大笔钱来支付，就算我已经为了那部在星期天深夜外加星期一凌晨的疯狂行动中写出来的剧本花了那么一大笔钱，我开始读它时仍会带着难以承受的恐惧。

我不知道自己都写了些什么。

我不知道自己写的东西到底好不好。

我猜应该还不错吧，因为圣地亚哥什么也没说就把它拿走了。

我又猜也许剧本不怎么样，因为圣地亚哥什么也没说就把它拿走了，他应该是另外又雇了个编剧，任凭我在地下室里就那么死去。

不，我知道得很清楚，圣地亚哥并没有另外再雇一个编剧，也没有任凭我在地下室里就那么死去。

他那是任凭我在地下室里活着，在地下室这座监狱里尽情地活着，然后他就要带着手枪来了。

* * *

长途汽车的扬声器里播放着波萨诺瓦[1]版本的《我想安静下来》[2]。

还有多长时间才到？

还有十一个半小时，坐在我旁边的女士说。

她问我正在写什么。

笔记，我对她说。

---

1 波萨诺瓦（Bossa Nova），一种融合巴西桑巴音乐与美国西海岸酷派爵士的巴西音乐形态。

2 《我想安静下来》（*I Wanna Be Sedated*），美国著名的朋克摇滚乐队雷蒙斯乐队（The Ramons）于1978年发行的单曲。

笔记？哪种笔记啊？

我到布宜诺斯艾利后要写的一本书的笔记。

（其实我到布宜诺斯艾利斯后一本书都不会写。）

一本小说吗？她问。

对。

是关于什么的？

关于一个滑雪教练，他在查佩尔科教滑雪，闲暇时间就破破案。

我不觉得在圣马丁那里有那么多案件要破，她说。

总是有案子要破的啊，我跟她说，随时随地都会有的。

那位女士看着我，那神情跟圣地亚哥认为我说了什么夸张的事情时看我的表情一个样儿。虽然那位女士的眼睛跟圣地亚哥的眼睛一点儿都不像，那目光却是一模一样的。

乘务员正在挨个儿发放霍尔西托牌的脆皮巧克力或焦糖味的饼干（要选择一种，我选了巧克力的）和“南方小镇”牌的柠檬汽水或是掺了柠檬香精的矿泉水。

在地下室里度过的没有电脑、笔记本和书籍的那几个月把我变成了一个相当不错的尤克里里演奏者。

大多数和弦都是我即兴弹奏的，可我最后能演奏的完整歌曲，像《当我的吉他轻轻哭泣》[1]，或者《卢库马[2]果汁》[3]，都是我

1 《当我的吉他轻轻哭泣》（*While My Guitar Gently Weeps*），披头士乐队歌曲，被收录于1968年的专辑《披头士》（*The Beatles*，俗称“白色专辑”）。

2 卢库马（Lúcuma），一种山榄科植物的果实，见于智利、秘鲁、厄瓜多尔等国。

3 《卢库马果汁》（*Jugo de lúcuma*），阿根廷歌手路易斯·阿尔韦托·斯皮内塔演唱的歌曲。

凭着记忆一点点弹出来的。

我真应该把那把尤克里里带来。

那么一件全碳纤维的乐器可值一大笔钱呢。

等我攒够钱也要买一把，当然是那种木头的便宜货。

尽管在弹了好几个月的全碳纤维的尤克里里后再去弹木头的便宜货会让我很难习惯。

我摸了摸腹部右侧，已经什么都感觉不到了。

也许他们把什么都给我切除了，我的整个腹部右侧，所有藏在右边肚子里的东西，都被人家连根拔除了。

其实，这个只能半躺的座位也没那么糟糕。

只要能让我拿着笔记本电脑，有给电脑用的电源插座，有一副质量比“卡利丰”要好的耳机，每隔三四个小时就有乘务员给我拿来脆皮巧克力饼干和矿泉水，而且每隔十个小时至少可以去一次卫生间，休息一会儿，在过道上走一走，那么就算要在这座位上过上好几年我也没问题。

那些试图要掌控世界的人总是让我心生怜悯。

圣地亚哥就曾想掌控世界。

我是不是也试图用自己的剧本来掌控世界呢?

没有，因为我的剧本根本就不属于我。

对这一点好多年前我就接受了，并且继续安心写作。

我可真是个令人钦佩的人呐。

也是个可怜的家伙。

可怜到令人钦佩。

因为我从来都没想过那个讲小伙儿把家人扔到井里的剧本

可以掌控世界。我写出那个剧本并不是因为我想用那个荒诞的故事来让整个世界都拜伏在我面前，而是因为我想写它，是因为我喜欢坐下来写东西，不管写的是什么。

这个世界已经不再拜伏在任何人面前了。

乔伊斯曾试图掌控这个世界，凭借眼中看到的一切，他想方设法让全世界都拜伏于他脚下，他最终做到了，起码在一段时间里做到了。

今天会拜伏在《尤利西斯》脚下的人已经不多了，连纪念碑球场[1]都装不满。

贝克特就不曾试图掌控世界。

在获得诺贝尔文学奖时，他跑到了非洲，躲到一个发了大水的村庄里，然后说因为遭遇了水灾，他没法出席颁奖仪式。

他虚构了一场水灾。

要是换成乔伊斯，他肯定会乘坐着金色的热气球在瑞典着陆，一边到处宣扬：我就是荷马之后最伟大的文学家！

* * *

要是我到了家，而我老妈已经不住在那儿了，那我可怎么办?

我会去问门房。

要是门房不知道呢?

1 纪念碑球场（Estadio Monumental），位于布宜诺斯艾利斯，为河床队的主球场。

那我就去问九层D公寓的邻居西尔维娅，那时候她每个星期都会下楼来一趟，求我老妈让她查查她侄女——她唯一喜欢的家人——是不是给她发了电邮。

可要是西尔维娅也不知道呢？

那我就给我老妈的弟弟、住在坎帕纳的曼努埃尔舅舅打电话。

要是我老妈搬了家，或已经搬不了家了，那曼努埃尔一定会知道。

如果我老妈已经过世了，那我可怎么办啊？

我会去找利桑德罗。

可要是利桑德罗也死了呢？

如果圣地亚哥已经派人把他俩都干掉了，我可是一点儿都不会感到意外。

我还是会震惊的吧，因为圣地亚哥并不是杀人凶手，他是个艺术家。

他是一位绝望的艺术家。

他是那些绝望艺术家中的一员，他们时时都在追求超越自我，时时都在体尝人世烦恼，为了达到最高的艺术水平，他们甚至能够采取最极端的手段。

每当我想到我老妈时，我都会觉得我的脸皱了起来，我会把眼睛和嘴都尽力凑近鼻子；对她的思念持续一会儿之后，我就能感到面孔中间在发热。

读剧本的时候，圣地亚哥笑了两次。

通常情况下，圣地亚哥当着我的面读剧本时，如果我看到他微露笑意、展开笑颜或哈哈大笑时，我都会问他“怎么了？”，而他总是回答我是因为某个对话或行动的发展线索而发笑。

但那个星期一的早上，他读剧本时一直沉默不语。在读剧本（足有一百三十九页）的那一个小时时间里，他笑了两次，而我则因一阵猛烈的咳嗽而不得不去卫生间漱了漱口，除此之外，我们俩谁都没有出声。

在开始读剧本的第一幕之前，圣地亚哥掏出了他的进口巧克力（四大块一板的歌帝梵[1]开心果夹心巧克力），整个儿塞进嘴里，他没有掰成一块一块地吃，而是一下子就吃下一整块儿，然后他就一边嚼着巧克力，一边读起剧本来。

在三个月的时间里，我准备了一组二十五首歌曲，已经可以在尤克里里上很流畅地弹奏出来了。

有一天早上，我给诺尔玛演奏了这些歌曲。

我并没有把整组歌曲都给她演奏，因为当我开始演奏第五首《山上的阿呆》[2]时，已经开始打扫卫生间的诺尔玛把马桶链子拽了好几次冲水，打断了我的灵感。

我到现在都不知道我是怎么将那二十五首歌曲都记起来的。

我能记得披头士所有歌曲中每一首的和弦、编曲和旋律，却记不住那部会改写世界电影史的剧本的一个完整场景。

---

1 歌帝梵巧克力（Godiva），高级巧克力品牌，1926 年创立于比利时首都布鲁塞尔，为比利时皇家认证的供应商。

2 《山上的阿呆》（*The Fool on the Hill*），披头士乐队歌曲，由保罗·麦卡特尼于 1967 年创作、录制。

这部作品亦步亦趋地模仿了已被我删掉的那个未完成的剧本，但同时它又是全新的，就像有人在凭记忆重画一幅画，同时又任由自己被灵感所左右。

我接受所有那些突然闪现的灵感，将它们加入渐次出现的场景之中。

艾伦·索金[1]的作品总是让我忍俊不禁。

可是，艾伦·索金写过什么了不起的剧本吗？

索金的哪部电影会在全世界的电影院校里被研究个好几十年？

我真应该利用在地下室里度过的几千个小时中的一小部分来学学英语。

我应该让诺尔玛去……

我应该等着她下楼来然后央求她去……

如果诺尔玛不是这么不可救药地固执，她也许早就允许我……

诺尔玛并不固执，她过去和现在到底是个怎样的人，我根本就不知道。

我身上有些东西是她所不喜欢的。

那东西是圣地亚哥允许她看到的，或者是她自己从我身上发现并且嫌恶的。

我老爸也在我身上看到了这东西。

---

1 艾伦·索金（Aaron Sorkin, 1961-　），知名美国编剧。代表作品包括《好人寥寥》（*A Few Good Men*）、《美国总统》（*American President*）等。2010 年凭借《社交网络》（*The Social Network*）获奥斯卡最佳改编剧本奖。

关于这事儿他从来没说过什么，但从他看我的样子，或是说他避免看我的样子，我就知道他发现了我身上的那一点。

那就是我精神上的麻木。

那与生俱来的麻木让我的世界暗淡无光。

那是心灵的贫血症、迟暮之年的衰弱，并不会妨碍我正常的行动，有些日子我甚至会带着昂扬向上的能量醒来，充斥着大干一场的欲望，但我想干的那些事情，不管多么有趣、多么重要、多么出乎意料，却都缺乏光彩，就像有人已经将它们打磨了太多次。

我老妈就从来没有注意到我的这个缺陷。

我觉得她没注意到。

我老爸一直都表现出他希望帮助我（尽管在过去和现在我都没觉得自己有被帮助的需要），但始终没有下定决心。

诺尔玛早就觉察到我灵魂的这一点缺陷（也就是说，她觉察到了那个“空缺”），也因此而嫌恶我。

我从来都没想过她会帮助我。

我在写梅丽尔·斯特里普扮演的那个角色时，会忍不住想到诺尔玛。

每当这个人物出现的时候，诺尔玛也会出现在我眼前。

最后我没让那人物落个好下场。

如果我没记错的话——当然也许我的记忆也出了错（毕竟我还没能想象得出我跟老妈躺在床上一起观看由我写出来、由圣地亚哥拍出来，并会改写世界电影史的那部影片时的情景）——我让她从自家楼上的平台上跳了下来，脸朝下摔到了沥青路面上。

* * *

我想我也许应该事先给我老妈打个电话。

为什么我没给她打电话呢?

为什么我没向随便哪位乘客借一下手机，给她打个电话呢?

因为我已经想不起号码了。

可我是记得号码的啊。

不对，其实我从来都不知道我老妈的手机号码，我只是将她的号码存在了我的手机里。

现在已经没有谁能记得住电话号码了。

我还记得一个号码，但不知道是谁的。

也许我可以借个手机拨一下那个号码。

圣地亚哥到底把我的手机怎样处置了呢?

他是不是已经把我的手机关机了?

他是不是曾在他那间可以看到树木、天空的工作室里，坐在舒适的扶手转椅上，等着有人给我打电话?

我老妈曾经给我打过多少回电话呢?

利桑德罗又打了几回呢?

帕特里夏对于所发生的事情到底有多关注呢?

帕特里夏还活着吗?

圣地亚哥在地下室时从来没有提到过她的名字。

在那次我们俩高谈阔论的晚餐期间，我们曾简短地谈论过帕特里夏，但之后就再也没有提到过她了。

圣地亚哥来地下室时从来不带他的手机。

只有偶尔那么几次，诺尔玛曾拿着有线电话下楼来，用一个手势向圣地亚哥示意：你有一通电话。

在我来到地下室第二个月的一天早上，我问圣地亚哥诺尔玛是不是哑巴。

不是，他说，你为什么要这么问？

她都不跟我说话，我对他说。

他看着我的样子就像我强迫他去触及一个他不想触及的话题。

我问她问题，她都不回答我，我接着说，她连一声都不吭，就好像我根本不存在似的。

诺尔玛就是那个样子，巴勃罗。你干吗想跟她说话啊？你就随她去嘛。为了让这里保持干净、适宜居住，诺尔玛可真是没少出力，而且，她做起饭来真是堪比大神啊。

没错，真是堪比地狱的神鬼。

圣地亚哥并没有笑。

我心里暗问圣地亚哥和诺尔玛他们俩是不是……

有时候我会碰巧发现他俩彼此之间眉来眼去的。

有一次，他们觉察到我已经发现了他们俩在眉来眼去。

他们在隐瞒着什么事情。

隐瞒一种超越于房屋主人与家政服务员之外的关系。

我问坐在我旁边的那位女士是否有手机，她回答说有，但是所剩电量已经不多了。

也就这样了吧。

我对我记得的那个电话号码也就能做到这么多了。

在我和圣地亚哥一起写第一部剧本的时候，有一次我求他允许我给我老妈打个电话，好告诉她我一切都好，请她原谅我，对她说我不得不离开，不得不花上一段时间，来决定我这辈子到底要干什么，我要跟她说，妈，我一切都好，你别担心，等我要回去时再给你打电话。

可圣地亚哥拒绝了我。

你这样会让她更担心的，他说，她不会相信你的，你会让她比先前加倍担心。就你，巴勃罗，你会扯谎吗？你会演戏吗？

他逼着我去读了一场戏的剧本，然后把它演出来，等我演完了，他看着我，那样子就像我说了什么可笑的事情，但他不想向我显露出他觉得那事儿可笑，然后他就爆发出一阵大笑，再次跟我说不行，这回他摇着脑袋，跟我一迭声地说不行，不行不行不行不行不行不行，接着就开始聊起别的话题了。

表演是很难的。

演戏于我而言确实是不可能的。

我对那些演员都佩服得五体投地。

我唯一那个被人家买下的剧本在布宜诺斯艾利斯拍摄期间，有天下午，导演助理看到我待在那里无所事事地啜着第四杯咖啡（我早就发现，片场里最棒的地方就是放置自助餐台的帐篷，那里摆着各种各样的冷热饮品、三明治和糖果点心），便告诉我右边的那台摄影机要拍街景，是人们在大街上行走的全景，路人都由群众演员扮演，但他还需要有人从镜头前一米的距离来回走上五六趟，来制造影子，也就是走过来走过去的人影的效果。我对他说我不是演员，不会表演，他告诉我不用担心，没人会看到我的，我只会是一个或几个影子，于是我就同意了，跟他说“没问题”。然后他抓住我的胳膊，把我安置在摄影机一侧，让我在那儿等着，他会通知我该在什么时候从镜头前走过，我跟他说“OK”。但在等待的过程中我越来越紧张，我自己也不明白为什么会那么紧张。有人喊了“开拍”，我立刻浑身僵硬，盯着导演助理，直到他用右手向我打了个手势，我便尽可能自然地从镜头前走了过去，但是根本不可能自然地走过去啊，我的全身成了一长条僵硬的肌肉，没有了四肢，没有了关节，只剩下一块儿肉在慢慢地、极其迟缓地前行，我转过身又从镜头前走过去一回，但身体越来越僵硬，我又走了一趟，直到有人喊了“停”。导演助理带着一丝微笑走近我，问道：“没人教过你怎么走路吗？”然后他就平静地走开了。我待在那里，仍然浑身僵硬，手里端着我那杯差不多已经冷掉的咖啡，心里问着自己，既然根本没人看得到我，既然我只不过是个影子，那我为什么就像瘫痪了一般，为什么会这么紧张，唯一的答案就是我不是演员，我并不是演员，我不会表演，现在我更加明白，表演很难，非常难，对我来说实在是不可能。

根本没人去看那部电影，它只在高蒙影院放映了一个星期，然后就销声匿迹了。

电影品质低下，几乎可以被判定是个烂片了。

它缺乏价值和趣味。

我们这些编剧中的大多数人就像那些树木，人们通常会觉得我们没什么价值，也没什么趣味。

一个待在自己影片的拍摄现场的编剧跟那些无足轻重的树木没什么两样儿。

与那些无足轻重的树木相比，他甚至还要更糟，因为他既不能让小鸟在枝杈上做窝，也不能让蜜蜂搭起蜂房，更不能让孩子用两根麻绳把汽车轮胎拴在他的胳膊上来做个吊床。

* * *

我会想念地下室的那份沉寂吗？

我会想念地下室里那混合着我的体味和屁味的气味吗？

我会想念诺尔玛吗？

清晨在我老妈身旁醒来时，我还会盼着诺尔玛把早餐端来吗？

我会想着要让我老妈每天早上都给我准备一杯咖啡（不是多尔卡奶香咖啡，而是浓浓的蒸馏咖啡，带着一股淡淡的烟草味道），将各种水果切成小块儿，再放进装甜点的盘子里？

把问题都写出来可真是轻而易举的事情。

但此时此刻，出于某种原因，在笔记本那些未经涂改的页面上将这些问题用心写下来可是意义重大。

我还有多少个问题呢？

我真应该在那个小超市里再多买一个笔记本，至少应该买个那种被用来记购物清单的巴掌大的小本子。

敲击车窗玻璃的指甲现在正敲着《挥洒向上》[1]的副歌部分。

嗒嗒，嗒嗒嗒嗒嗒嗒，嗒嗒。

“嗒”并不能准确地重现指甲敲在车窗玻璃上发出的声音。

长途汽车的扬声器里又再次传出希尔达的歌曲。

我拿圆珠笔时握笔太过用力，写字时感觉自己好像被捆住了手脚，于是我停下笔，伸伸手，做了做拉伸，然后又拿起笔，继续写了起来。

我好像不再相信自己的手了，我用它拿起圆珠笔写字，但同时又担心我的手会松开笔，或者把笔插进自己的一只眼睛。

还有五个小时到首都。

这会儿在路上出现了有交通信号灯的街道，有了汽车和等着过马路的人们。

空气中飘来热咖啡的气味。

几分钟以后，人家就给我们端来了盛在一次性塑料杯子里的黑咖啡，一张餐巾纸，里面卷着一小袋糖、一小袋奶粉和一根搅拌用的小塑料棒。

但愿多尔卡的速溶咖啡现在仍存于世。

生命中如此必不可少的东西不能就那么毫无理由地消失了吧。

* * *

一项值得推荐的锻炼项目就是将剧本在电脑里整个再重新

---

1 《挥洒向上》（*Tira para arriba*），阿根廷著名摇滚歌星米格尔·马特奥斯（Miguel Mateos，1953–　）录制于 1984 年的一首歌曲。

输入一遍。

在被菲利普·罗斯称为“呕心之稿”的初稿完成后，应该把它放上几天，然后再对它进行阅读、修改，把不行的地方都标出来（如果知道有谁精于阅读，又诚实直率，不怕得罪人，那就把稿子给他看看），再把批注都集中起来，对它们仔细斟酌，就这样搞定第二稿，把第二稿放上一阵子再读，一边读一边修改，接下来放上几天，然后把剧本整个重新输入电脑，再把它打印出来，放置在笔记本电脑、台式电脑或打字机旁，剧本就是用这些机器一个词一个词地书写并重新录入的，那些不怎么样的句子也就这样被反复书写着。

艾伦·索金，好莱坞最伟大的编剧之一，曾在美国编剧工会的一次晚宴上告诉圣地亚哥，他到最后写完剧本的第三稿或第四稿之后，就已经可以把它默写下来了，他打开一个空白文档，把剧本输入电脑，根本不用看以前的稿子，连瞥一眼都用不着。

生活就像一盒巧克力糖，福瑞斯特·甘普[1]如是说，或者应该说这话是《阿甘正传》的编剧艾瑞克·罗斯所说，他也是好莱坞的大牌编剧，但他忘了补充一句，大多数巧克力糖的夹心里面都只有污浊的空气。

去往洛杉矶的机票多少钱一张？

我买两张头等舱的票。

这机票让美国编剧工会付钱好了。

1 由艾瑞克·罗斯编剧、罗伯特·泽米吉斯执导、汤姆·汉克斯主演的影片《阿甘正传》（*Forrest Gump*）中的主人公。

* * *

我们一直都没有上坡或下坡，倒是时不时地左转或右转。

好几个小时之前，那名乘务员取代了司机的位置，而司机让到一边儿，马上就变成了乘务员。

生活在路上，我觉得这工作着实不错。

这就是一个车轮上的地下室啊。

它不归属于任何地方，它到处都去却不属于任何地方。

尽管我也不太愿意为这么多人担负责任。

这种责任持续的时间实在太长了。

而且我一直都没学会开车。

我老爸曾试图教我开车，可我总是很容易就走神儿，我觉得无聊，而无聊时开车会让人送命。我弄不清楚速度；刹车时要么猛地刹住，要么刹得不及时；总是忘了在拐弯之前要减速；在应该减油门的时候却提速。

我老爸的耐心都足够让他得一枚奖牌的了。

我老妈也不会开车。

我老爸去世的时候，我们卖掉了汽车，用一部分卖车款去买了两辆死贵死贵的意大利产的自行车，我们只在星期天的早晨跨上它们到帕雷尔默区树林里的自行车道去骑行，直到有一天，三个穿着米尔顿·纳西门托[1]T 恤的小子（他们仨穿着同款 T

1 米尔顿·纳西门托（Milton Nascimento，1942– ），巴西著名歌手、词曲作者兼吉他手。

恤）命令我们停下来并且把车交给他们，他们没用任何东西指着我们，但我和老妈还是乖乖地把自行车放到地上，然后就跑开了。

事后我们回到家时，老妈问我午饭想吃什么，我跟她说我不饿，但她还是坚持得吃点儿东西，于是她就开始忙活，炒了几个鸡蛋，在吞咽那些炒鸡蛋时，我的舌头根感到了轻微的金属味儿。

坐在我旁边的那位女士用舌头发出“嘚嘚”的声音已经足足有一个多小时了。

刚才还在当乘务员的那位司机开起车来可比原先那位豪放得多，而另一位司机此时正在第一排的那个空位上休息，享受着他作为乘务员的特权。

道路两旁的路牌上标着我根本就不知道而且过不了多久就会忘记的地名。

我尝试着睡觉。

可是却睡不着。

我闭着双眼，数着旁边“嘚嘚”的声音一直数到了二百二十五。

能够感觉得到，布宜诺斯艾利斯已经不远了。

我说“布宜诺斯艾利斯”的时候是在指“首都”。

所有布宜诺斯艾利斯人在说到“布宜诺斯艾利斯”时都是在指“首都”。

圣地亚哥每天只睡三个小时。

有时在午饭后也会睡三十分钟的午觉。

他喜欢数字“三”。

所有剧本的页数要么是九十三页，要么是一百零三页，要么是一百一十三页，要么是一百二十三页。

他曾告诉我，他没有再要一个孩子是因为他不想打破家里三口人的人数。

我一年前写完的那部会改写世界电影史的剧本有一百三十九页。

有一个“三”。

还有一个由三个“三”构成的“九”。

还有三个小时。

我也不太确定，不过我们就说还有三个小时好了。

我该怎样从雷蒂罗区[1]到贝尔格拉诺区去呢？

坐什么车呢？

我只有一个比索的现金。

圣地亚哥说过在美国是允许用信用卡来支付出租车费用的，在这里也可以用信用卡付出租车费吗？

我还是去逃票坐地铁吧。

如果被抓住，我就跟人家说我可以用信用卡来付罚款，让他们顺便卖给我一张车票。

圣地亚哥过了差不多两年的时间才回来。从我失去意识到他重新出现在地下室，中间隔了差不多两年的时间。

1 雷蒂罗区（Retiro），位于阿根廷布宜诺斯艾利斯市区东北部的街区，为布市长途汽车总站所在地。

我不知道圣地亚哥在那两年里用了多长时间来做前期准备，用了多长时间来拍摄，用了多长时间来完成后期制作，又用了多长时间来做宣传。

在将近两年的时间里，我都是抓着尤克里里过日子，就像在寥无人迹的大海里抓住唯一一段浮木。

我怎么能这么没心没肺，竟然把尤克里里留在了地下室？

将近两年的时间里，除了披头士或斯皮内塔的歌词，我没有说过别的话。

圣地亚哥和我倒是都认为斯皮内塔是成就最高的阿根廷音乐人，他的成就高于皮亚佐拉[1]和希纳斯特拉[2]，比阿塔瓦尔帕·尤潘吉[3]就更要高得多了。

会不会也有一个搞音乐的“圣地亚哥”，把一位不知名的作曲家藏到了一间装满乐器的地下室里？

圣地亚哥常常告诉我他有多么喜欢爵士乐，但我知道他在心底里是讨厌爵士乐的。

而我对爵士乐总是心怀畏惧。

我曾经试着让自己像布宜诺斯艾利斯音乐学校的许多老师

---

1 此处指阿斯托尔·皮亚佐拉（Astor Piazzolla，1921–1992），阿根廷作曲家及班多纽手风琴演奏家，创造性地融合传统古典音乐与爵士乐的作曲风格，将探戈音乐从通俗流行的舞蹈伴奏音乐提升为可以单独在舞台上展示的具有高度艺术性、能表达深刻哲理的纯音乐形式，并由此创立了“新探戈音乐”乐派，被公认为阿根廷文化的代表人物之一。

2 此处指阿尔维托·希纳斯特拉（Alberto Ginastera, 1916–1983），阿根廷作曲家。早期作品受阿根廷民间音乐影响，富于舞蹈节奏和生活气息。20 世纪 50 年代后开始采用序列音乐，但仍保持与传统的联系。其作品在拉丁美洲音乐史上拥有崇高地位，被认为是阿根廷最重要的古典音乐作曲家。

3 阿塔瓦尔帕·尤潘吉（Atahualpa Yupanqui, 1908–1992），阿根廷著名歌手、词曲作家和吉他演奏家，被誉为阿根廷 20 世纪最重要的民间音乐家。

和同学那样迷上派特·麦席尼[1]，但最终却不得不承认（不得不自我安慰）麦席尼对我来说过于优秀了。

出生在这个时代是一种幸运，在这个时代，人们并不一定要为了在世上留下印记而成为天才，或拥有令人难以置信的才华。

数量并不能让质量得到保证。

不管是写小说还是写剧本，我作为作家的最大局限之一也许就是我一直都需要一位导师和引路人，需要一个让我紧紧追随的作家，让我可以在做其他人都做的事情时可以与他进行比照。

我在写作中永远都要借鉴某个人……

不是“借鉴”，应该是“致敬”，永远都要像某个人致敬。

在我的作家生涯中，有好几次我都试图在写作时不去阅读、不做致敬，我将自己所有的书都装进我老妈用来存放那些迪斯尼人物面具的纸箱子里，再把箱子放到壁橱的最里面，藏在几个手提箱中间，那里面装的是我老爸那些还没被我老妈送出去的个人物品。我强迫着自己就这样生活了几天，没有书，只有笔记本和电脑。刚开始的时候，我手头正在写的东西还是有些进展的，但随后没过几天，每当我坐在那里写东西，一种令人不舒服的焦虑就从我内心升腾起来，束手束脚的感觉就像一个四壁潮迹斑驳的房间，正一点一点地取代我的大脑，去读别人作品的需要让我的意志分崩离析，把我推向一种任何意义皆无的境地，写作突然成了一种愚蠢的行为，一种不可能完成也没有必要的活动。于是我跑向壁橱，拿出纸箱子，把那些书又都

1 派特·麦席尼（Pat Metheny, 1954-　），美国著名爵士音乐家。

放回到原来的地方。

写作就是阅读。

我写作的大部分时间其实都是在阅读。

至少在地下室度过的最后一年是这样的。

在为圣地亚哥写头两部剧本时，我都是一边写一边读着各种书籍。

但随后，在我囚禁生活开始后的第五个年头，有些事情发生了变化。

写剧本开始让我觉得举步维艰，付出的代价简直可与“秘鲁宝藏”[1]相提并论。

我也不太明白“秘鲁宝藏”这个表达。

“秘鲁宝藏”值多少钱呢？

我可不觉得“秘鲁宝藏”能值太多钱。

不如说“我付出的代价堪比‘梵蒂冈宝藏’”。

写作变成了一种工作，一种极专业的行当。

时不时进行的阅读间隔的时间越来越长，因为写作要求我付出越来越多的努力，投入越来越多的精神。

我读别人的作品时，总想着我此时本该在写东西，于是书上的文字一句句从眼前经过，我却无法领会它们的意思。

我把同一页、同一段、同一行的内容来回读了三四遍。

我还是去弗雷多[2]买上一公斤的甜牛奶刨冰吧。

---

1 拉丁美洲殖民地时期，秘鲁的波多西（Potosí）地区因其储藏丰富的银矿而举世闻名，“秘鲁宝藏”也成为巨大财富的象征。

2 弗雷多（Freddo），阿根廷著名的冰淇淋连锁店，创建于 1969 年。

* * *

长途汽车的车窗都打不开。

唯一流动的空气来自空调。

我离开了一个没有窗子的地下室，可没过几个小时，就又让自己进了一辆没有窗子的长途汽车。

圣地亚哥没有事先通知就出现在地下室里，他面部肌肉紧绷着，就好像嘴里有只金丝雀，而他不想让那鸟儿飞出来。

我赶紧掀开被子，在床垫上坐了起来。

他没拿咖啡来。

没有装水果的小盘子。

没有笔记本电脑。

没有金球奖。

也没有奥斯卡奖。

手枪的枪把儿从他的右胯后面露了出来。

圣地亚哥将地下室扫视了一遍，就好像这里是他时隔五十年才回归的儿时的家。

他的视线停留在那把尤克里里上。

古斯塔沃给我发了二十条短信，让我把这把尤克里里还给他。（停顿。）你弄断了一根琴弦。

我点点头。

弄断多久了？

有好几个月了。我不得不学会用三根弦来弹奏。开始我还以为不行，不过……

“三”是个不错的数字。

我点点头。

诺尔玛告诉我你一直都在弹琴，他说道。

我点点头。

要是圣地亚哥 1904 年的时候住在都柏林，乔伊斯肯定早就在《尤利西斯》里把他嘲笑一番了。

他坐到冰箱上方的橱柜台面上。

怎么样？我问他。

什么怎么样？

咱们做到了吗？

做到什么？

改写世界电影史啊。

什么时候？

什么什么时候？

世界电影史就是阿塔卡马[1]的沙漠，巴勃罗，一片沙漠又怎么能被改变呢？

我不明白。

你当然不明白了，因为没有什么要弄明白的事儿。

洛杉矶怎么样啊？

还行。

---

1 阿塔卡马（Atacama），南美洲西海岸中部的沙漠地区，在安第斯山脉和南太平洋海岸之间，延绵近 1 000 千米，主体位于智利北部境内，部分位于秘鲁、玻利维亚和阿根廷。

“还行”是什么意思？

漂亮的城市。宜人的气候。从来都不下雨。

跟我聊聊电影。

什么电影？

咱们的电影啊。

一丝微笑在他的脸上荡漾开来。

九千七百万，他说。再加上差不多五千万的广告费。他们估计我们连四分之一的钱都赚不回来。环球影业的老板跟我握手，告诉我“我们就到此为止了”。（停顿。）我犯了个大错误，巴勃罗。

出什么事儿了？

我居然把你当回事儿了。这是永远都不该发生的……可那是我这辈子看过的最棒的初稿。那些词语勾画出的完美人物形象就那么闯进我的眼帘。那是一个奇迹，巴勃罗，一个了不起的奇迹。你到底是如何在两个星期里就把这一切重写了一遍的？

实际上是一个晚上。

不对。

我是在一个深夜加一个凌晨的时间里重写了这些。我有好多天都停滞不前，直到星期天的……

无所谓了。那就是一个奇迹。我真是想掉眼泪，想拥抱你，可你的脸上却有着一种……我也不知道……一种被压抑的恐惧，比我想掉眼泪和拥抱你的欲望更为迫切。

你有剧本的副本吗？

没有。

我想看看副本。

他站起来，走进卫生间，打开水龙头，水落下来溅在洗手盆上，几秒钟后，他关上了水龙头，走出了卫生间。

我们没有参加戛纳电影节，他说，但我们的影片被接受参评“一种关注”[1]单元奖项，其实这就等于不参加戛纳电影节了。在电影首映前两天，我给蒂埃里·弗雷莫[2]打了个电话，告诉他我不会去参加戛纳电影节。我请求他原谅我，因为我得了肺炎，没法完成后期制作了。他不相信我说的话。我从他电话里的声音可以感觉到他并不相信我。我当时决定最好还是不要在电影节上搞首映式。如果没参加戛纳电影节的正式竞赛单元，那电影在欧洲是不会有任何反响的。我们九月份在洛杉矶举行了首映式。那可是大张旗鼓搞起来的一场盛会，在好莱坞都算是顶级的活动了。首映在格劳曼中国剧院[3]举办，自助餐是戴维·张饭馆的。约翰·斯科菲尔德[4]在影片放映后的鸡尾酒会上进行了演奏。但我借口头疼没参加鸡尾酒会。在剧院的门口，人们的议论真是让我惊异不已。影片的一切均已准备妥当，可我还是不得不等了好几个月，因为环球影业的那些人决定要在临近年

1 “一种关注”（Un Certain Regard），法国戛纳电影节的官方单元之一，为正式竞赛的平行单元。创始于 1978 年，目的是为了鼓励不同视野与风格类型的电影参加。

2 蒂埃里·弗雷莫（Thierry Frémaux, 1960-　），法国卢米埃尔电影学院院长，并担任卢米埃尔电影节和戛纳电影节主席一职。

3 格劳曼中国剧院（Grauman's Chinese Theatre），位于美国加利福尼亚州洛杉矶好莱坞星光大道的一间著名影院，1927 年启用，奥斯卡金像奖在 1944 年至 1946 年间于此颁发，许多好莱坞电影的首映也在此举行。

4 约翰·斯科菲尔德（John Scofield, 1951-　），美国著名吉他演奏家，被尊称为“吉他三巨头”之一。

底时再公映。他们说这样有助于影片获得提名。电影艺术与科学学院的那帮老家伙们开始投票的时候，这部影片还正处于新鲜的风头上。

那几个月里你本可以来看看我，把电脑和书都给我带来。你都不知道只靠着我的尤克里里忍过这两年有多么艰难。

那不是你的尤克里里。

从某种意义上来说就是我的。

不是。

你可以问问那把尤克里里。问问它自己是愿意回到古斯塔沃那儿，还是愿意跟我待在一起。

那都无所谓，巴勃罗，它得去古斯塔沃那儿。

你问问它嘛。

圣地亚哥走近我，把一只手放在我的肩膀上。

他很少离我这么近。

我只记得两次拥抱：第一次是在好几年前，在他用枪指着我，转动转轮又射击之后，第二次是在他拿着奥斯卡最佳外语片奖杯醉醺醺地下楼来的那天晚上。

他习惯于保持距离，似乎经过了这么多年他仍然没有发展出对我百分之百的信任。

他用他那不属于作家的手指捏了捏我的肩膀，然后将他的脸贴近我的脸，我还以为他要在我嘴上亲一下，可他并没有。他闻了闻我的胡子，然后咳嗽起来，问我有多久没洗澡了。

好几个月了，我对他说。

几个月啊？

我也记不得了。

你闻起来就像宪法广场上的流浪汉。

我怀疑圣地亚哥是否去过宪法广场，也不相信他会去靠近一名流浪汉。

他离开我身边，走向有长方形天窗的那面墙壁，背对着我，将头靠在水泥墙上。

我对他说，诺尔玛待我很差劲。

我管她要书，可她不给我拿来，我对圣地亚哥说，我还管她要一张纸来写东西，可她……

她告诉了我那件出格的事儿，圣地亚哥说。

什么出格的事儿？

她跟我说你曾试图……你知道吧？巴勃罗，其实我挺理解这种事儿的，我并没有在指责你的意思。

我那时以为我就要死于无聊了，我对他说，圣地亚哥，我那时已经陷入深深的无聊之中了。一天长得就像几个星期，到最后简直就像是好几个月。每次我要睡觉时，不管在哪个钟点，我都会数一数那一天在我心里到底已经持续了多少日子。最高纪录是九十五天。长达九十五个日夜的一天。

九十有三十个“三”，圣地亚哥说道。

那牲口一样的气味倒是成了我最好的朋友。应该是我位列第二的好朋友，因为我最好的朋友是“尤克”。

你根本就不知道，对不对？

不知道什么？

你写的东西。

我写了什么？

剧本，那个重写的剧本啊。真的是一晚上写出来的？

一个深夜加一个凌晨。

真是令人难以置信。这是个不同凡响的飞跃啊。你是不是吃了什么东西？

没有啊。

禁食。也许禁食就是原因。我这稿子还真有些佛教色彩呢。（停顿。）所以才有了胆结石，得让米兰达医生来处理。一页页的文稿中逐渐堆积了过多的平庸，才华却被分散稀释，但只有才华被稀释了，其他的东西则堆积在你的胆囊中了。医生告诉我，他从来没见过这么大个儿的结石。

他们把我怎么了？

医生已经不在了，巴勃罗。他在去乔斯·马拉尔[1]的路上出事儿了。真是不幸。他可是个好医生。

要是有人能将我脑海中闪过的思想的流量（愚钝、恐惧、绝望的闪现）都恢复，并且把它们都下载到一个大容量移动硬盘里那该有多好……

一个被关在地下室里的“莫莉·布鲁姆[2]”。

---

1 乔斯·马拉尔（Chos Malal），阿根廷内乌肯省北部的城市。

2 莫莉·布鲁姆（Molly Bloom, 1978– ），美国企业家、演讲家、作家，曾是著名的滑雪运动员，因受伤不得不终止运动生涯。后成为地下扑克赌局的运营者，招揽好莱坞名流、运动员、商业巨子等参与赌局，并因此成为联邦调查局调查的目标人物。好莱坞曾根据其2014年出版的回忆录《莫莉的牌局：世上高赌注地下扑克游戏最独家的内幕：一个26岁女人的真实故事》（*Molly's Game: The True Story of the 26-Year-Old Woman Behind the Most Exclusive, High-Stakes Underground Poker Game in the World*）拍摄了题为《莫莉游戏》（*Molly's Game*）的影片。

这不过是一出全是内心独白的喜剧。

一场人为的思维训练。

是对乔伊斯在旅馆认识了服务员诺拉[1]后给她写的那些信件的剽窃。

这是更为真实的……

比在那可恶的近两年时间里逐渐堆积起来的想法要真实的多。

星期一的中午我把剧本重又读了一遍，圣地亚哥说，这次我更觉得它好了。我只在我估计译者会修改的地方做了几个批注。而且我估计得不错。我星期一晚上就出发前往纽约了。星期二我在位于东村[2]的一家叫“撒克逊和帕洛尔”或“撒克逊 + 帕洛尔”的不错的饭馆里和译者共进了晚餐，我答应她，要是她在五天内翻译完剧本，我就付给她双倍价钱。她的工作完成得非常出色。由于我对自己的英语水平不太有把握，所以就把剧本给我的经理和经纪人看了，没过几个小时，他们仨就都给我打电话来向我表示祝贺，告诉我这是他们很久以来读到过的最好的剧本之一。那天晚上我把剧本又读了一遍，第二天一早，我就给译者打了电话让她做最后几处修改，她很快就把改好的剧本再次发给了我。鉴于我是个较真儿的人，就把剧本重又读了一遍。一看完，我就把它发给了演员们。杰克、梅丽尔和西

1 这里指诺拉·巴纳尔克（Nora Barnacle，1884–1951），詹姆斯·乔伊斯于 1904 年 6 月 10 日在都柏林的芬因旅馆结识并爱上了她，两人在之后数十年时间里一直保持亲密的关系，1931 年正式结婚。乔伊斯一生给诺拉写了很多情书，曾结集为《致诺拉》出版。

2 东村（East Village），美国纽约曼哈顿区的一个街区。

恩马上就回复了，并且都令人难以置信地予以肯定。杰克还建议让我把丽萨这个角色交给詹妮弗·劳伦斯[1]来演。我的经纪人和詹妮弗·劳伦斯的经纪人取得了联系，在确认了她在我拍摄这部影片的那几个月里有档期后，我们就把剧本发给了她。詹妮弗第二天一早给我打了电话，告诉我她肯定参演，还说自打她在好莱坞从业，这么久以来这次读剧本是最让她激动的体验。这么多的肯定最终让我信服了，巴勃罗。我差一点儿就给你打电话……（停顿。）我一直都没把学习演奏尤克里里的教材给你。

没有，你没给我拿来过。

那本书我就放在楼上呐。你是怎么学会弹奏那么多首歌而不用……

就是因为我有的是时间，我对他说，尽管我的手指不那么灵活，但我的听力还是非常出色的。在音乐学校里我的听力可是数一数二的，我的演奏却是最糟糕的。

那是一个奇迹，巴勃罗，是又一部《Smultronstället》[2]。

那是什么东西？

伯格曼啊。《Wild Strawberries》《Fresas salvajes》《Frutillas salvajes》《Cuando huye el día》[3]。咱们这剧本应该以单行本出版。一百三十九页呢。我告诉了投资人们还需要两千七百万的投资。

---

1 詹妮弗·劳伦斯（Jennifer Lawrance, 1990– ），知名美国女演员，凭借在《乌云背后的幸福线》（*Silver Linings Playbook*）中的表演获得第 85 届奥斯卡金像奖最佳女主角奖。

2 "Smultronställe t"，《野草莓》的瑞典语名称，瑞典著名导演英格玛·伯格曼编剧并执导的电影，摄于 1957 年，为其代表作之一。

3 分别为《野草莓》在英语国家和西班牙、拉丁美洲等西班牙语国家地区上映时的片名。

他们没有提出反对意见。他们都很喜欢这个剧本，都为它欢欣雀跃。我当时都考虑要告诉他们是你写的这个剧本了。可我还是没说，你能想象得出那得造成多么大的麻烦吗？我们是在纽约拍摄的。两个月时间做前期准备，连周末都不休息。四个月时间拍摄，从星期一到星期五。全部都取实景。我们将整个城市都探查了个遍。曼哈顿、布鲁克林、哈莱姆、布朗克斯、皇后区。我要求演员们就住在他们扮演的人物所居住的公寓里。他们都怨气冲天，认为那简直太疯狂了，但我还是说服了他们。西恩·潘在哈莱姆区的一间一居室公寓里住了四个月。梅丽尔·斯特里普则住在了西村的一所大宅里。尽管它位于曼哈顿，但跟世界上任何地方的大宅子也没什么两样，甚至它连大宅子都算不上，不过是一座搞得很像大宅子的公寓楼。我向负责租赁的人询问这房子要买下来得花多少钱，他告诉我得花上一千七百万。我住在一套能看到中央公园的三居室公寓里。我也不知道要三居室有什么用。伊拉里奥又不会来看我。在影片的前期准备开始之前，我去埃斯特角城待了几天。他们待我实在是太好了，好到让我觉得自己成了多余的人。他们总是对我说“好的呀”，那样子就像在跟疯子讲话。我觉得他们是故意这样做的。伊拉里奥完美地扮演了自己的角色，变成了个公子哥儿。吃早餐时我前妻问我电影进展如何，可我发现她实际上对此根本不感兴趣。他们三人里没有一个对我全身心投入的事情有任何一点兴趣。我就像个幽灵，一个可悲的幽灵，披着一条粘上了粪便的白床单，上面弄了两个露眼睛的窟窿。一天晚上，他们都睡觉的时候，我把我不多的几件东西塞进随身的小箱子，然后就去了康莱德酒店。我在那儿吃了欧陆式早餐，游了泳，当天下午去了蒙得维的亚，乘上飞机就回了纽约。摄制过程很轻松。我这辈子第一回没有超出预算，也没有跟演员发生什么不愉快。在影片拍摄的八十八天时间里，我们只有一天加了班。我的午餐通常是星期一和演员们一起吃，星期二跟摄影师和他的团队一起吃，星期三跟服装师和他的团队一起吃，星期四跟化妆师和他的团队一起吃，星期五跟导演助理和见习生们一起吃。周末我都是跟环球影业那帮家伙一起出去混，如果投资人来探班，就带着他们一起出去。星期天早上我都是骑自行车去中央公园转上几圈，中午在“街角小馆”吃个汉堡包，然后去布里克街买黑胶唱片。那四个月里只有纯粹的快乐，巴勃罗，我第一次这么享受拍片的过程。我还邀请我老妈到纽约去跟我一起过了几天，就住在我的公寓里。上午她和我一起待在监视器跟前，就坐在我身后，午饭以后她开始打瞌睡，我就让我的司机把她带回公寓去睡个午觉。

坐在我旁边的女士刚刚睡醒，问我到什么地方了。

我告诉她，已经没多远了。

圣地亚哥说，我跟阿根廷最棒的剪辑师巴勃罗·巴维里签了约，来处理后期制作。我还考虑过要在圣马丁这儿把楼上的空房间装备成一间剪辑室，但最终我们还是去洛杉矶完成的后期制作。那里的气温永远都是二十五度。尽管电影制作必须在戛纳电影节之前就要全部完成，这让我们感到有点儿压力，但跟巴勃罗在一起工作真是让我们高兴坏了。我们开始在晚上工作，晚饭后从十一点干到凌晨四点。我跟蒂埃里·弗雷莫谈了谈，他告诉我不用担心，可以不用去管影片提交的期限，让我把片子弄完以后直接发给他。尽管剧本有一百三十九页，但剪辑完的影片刚好有一百二十分钟，这又是一个奇迹，因为这是我拍的片子第一次没有超过两个小时。包括赞助商名单播放在内，一共一百一十九分三十三秒。编剧和导演是圣地亚哥·萨尔瓦铁拉，配乐是菲利普·格拉斯[1]，摄影师是克劳迪奥·米兰达[2]。（停顿。）当弗雷莫打电话告诉我说电影进入了"一种关注"单元，我就觉得电影史忽视了我。一直以来都跟我面对面谈话的电影史，现在居然转身给了我一个后背，谈话时连头都不回。我向弗莱莫致谢，跟他说那真是太荣幸了，一边想着用什么借口来摆脱那个狗屁不如的电影节。

车外拥堵的交通让长途汽车在车流中难以动弹。

街道在梦境般的恍惚中成了圣马丁德洛斯安第斯的模样，就像我在儿时梦见圣诞老人那被白雪覆盖的小房子。

还有那个阿尼塔，她的手就像是能一头撞倒大树的男人的手。

我到希腊去了，圣地亚哥说，我想离电影远远的。影片已经一切就绪了，剪辑好了，修过色了，混音也做完了。在离开之前，我邀请演员们到环球影业的放映间，给他们放映了最终剪辑的版本。他们表现得都很冷漠。只有西恩试图让我相信这

1 菲利普·格拉斯（Philip Glass, 1937- ），美国当代作曲家，简约主义风格的代表人物之一，重要的电影配乐作曲大师，著名电影音乐包括《楚门的世界》（*The Truman Show*）和《时时刻刻》（*The Hours*）。

2 克劳迪奥·米兰达（Claudio Miranda，1965- ），智利裔美国电影摄影师，凭借《少年派的奇幻漂流》（*Life of Pi*）中的摄影获得第85届奥斯卡最佳摄影奖。

是一部伟大的作品。他跟我说，祝你的希腊之行一切顺利，你是得去度几天假，忘了吧，把一切都忘掉，等你回来了，咱们就专心做宣传。梅丽尔用她的手机接了一个电话，就到外面的停车场去讲电话，然后我就没再看到她了。詹妮弗告诉我她跟两个朋友约好午饭去吃寿司，问我想不想跟他们一起去，可我对她说我不去了，非常感谢，我已经有约了。但实际上我根本没约人。杰克看整部电影时一直都在笑，但正如你所知，那部电影里其实没有什么可笑的地方。最后他对我说："真是搞笑，一堆搞笑的废话"，然后就走了。

长途汽车已经开不动了，它只是在往前一点点挪动，根本不是在向前开了。

司机在跟乘务员分享一份马黛茶。

我在马蒙庄园酒店游泳池周围那些小屋中的一间里住了三个月，圣地亚哥说，除了睡觉、游泳、吃东西，别的什么都不干。我根本就不出酒店，不看电影和电视。我本想把《其他调查》[1]再看一遍，可我怎么也读不完《帕斯卡尔的球体》那一篇。《长城与书》倒是看了有七十遍。我穿着运动服，走到健身房，抓过一条毛巾，调好跑步机开始跑步，但随后我就把跑步机关掉，把毛巾扔进筐里，回到我的小屋里去。我自慰了足有九十次。把伊拉里奥的号码拨了九十次，但每次又在接通之前给挂断了。我们在八月底开始为影片做宣传推广。成吨的海报铺天盖地，YouTube、Facebook、电视和出租汽车的广告屏幕上都播

1　阿根廷著名作家豪尔赫·路易斯·博尔赫斯发表于 1952 年的散文集。

放了预告片。《综艺》《好莱坞报道》《好莱坞新闻前线》《纽约时报》《洛杉矶时报》和《赫芬顿邮报》上我也都去做了专访。也上了"查理·罗斯[1]访谈录"。在影片公映前的一周里，演员们出现在各种脱口秀的现场，早场和晚场都会去。詹妮弗还去做了"周六夜现场[2]"的嘉宾。星期二我们进行了媒体专场的放映。有人要求我去参加"Q&A"节目[3]，但我跟他们说我最好还是别去。公映时我都没在放映厅露面。星期五一早影片评论就出来了。没人给我打电话。没人来劝我说当今那些评论家根本没什么分量，已经不会影响公众了。也没人请我到酒吧去来个一醉方休……（停顿。）"烂番茄"[4]上的影评里有七篇评为"新鲜"，六十四篇评为"腐烂"。不管是好评还是差评，都对剧本做出很高评价。说它具有独创性，是一种全新的力量。尽管不是十全十美，但开启了门户。然后大家就都静静地等待着提名名单的出炉。环球影业的那些家伙跟我说他们都在八仙过海各显其能。他们请求我去出席电影艺术与科学学院的晚宴和好莱坞外国媒体协会的鸡尾酒会。我回到了纽约。足不出户地待在名叫"梦公馆"的连锁酒店里，就好像住在南部海滩的迪斯科舞厅里。可我没要求给我换一家酒店。我在米特帕金区溜达，想随

1 查理·罗斯（Charlie Rose, 1942– ），美国脱口秀主持人与新闻记者。

2 周六夜现场（*Saturday Night Live*），美国一档于周六深夜时段直播的喜剧小品类综艺节目。

3 Q&A，美国有线–卫星公共事务网络的一档对谈类节目。

4 烂番茄（Rotten Tomatoes），一个网站，以提供电影、电子游戏及电视节目的相关评论、咨询和新闻为主。烂番茄的工作人员会搜寻各网站上刊载的特定电影或游戏评论，使用整合资料来决定评论是正面（"新鲜"，以红番茄作为标记）或负面（"腐烂"，以一个绿色被砸烂的番茄作为标记）。

便买点儿什么。我一天要冲三回澡。我穿着游泳裤、皮拖和浴袍，下楼去游泳池，如果我在水里或晒太阳的时候遇到人，不管他是不是一个人，也不管他是不是正在躺椅上睡觉，我都会马上回到房间去。提名名单是在美国东部时间早上八点钟由演员们在 CBS 电视网上公布。我没有开电视，而是待在床上，盖着被子，把指节捏得咔咔响。那两天的早上，根本就没人给我打电话。后来我看了《综艺》，得知只有梅丽尔被提名了最佳女配角。我在纽约又多待了一个月，住在“地狱厨房”[1]能看到哈德逊河的一间公寓里。在那儿我只讲西班牙语，在第十大道和第四十三大道交叉口的一家熟食店买三明治，跟那儿的墨西哥厨子聊天，他叫安东尼奥，个子比柜台高不了多少，是个三十多岁的父亲，家里的妻子和五个孩子都住在塔马莫罗斯[2]。我去看了我的左膝盖，每次我弯曲膝盖的时候它都会发出响声。诊费是由美国编剧工会支付的。医生建议我做手术。我也没弄明白到底是什么问题。有一天晚上我跟马努·吉诺比利[3]在阿尔法贝特城[4]的一家阿根廷饭馆吃晚餐，他跟我说那部电影他看过了并且很喜欢。我根本就不相信他的话。我在斯特兰德书店买了普鲁斯特作品七卷本。我打算一个星期读上一本。我们的影片在欧洲获得的评论要好一些。法国人觉得这部影片很有趣，但

1 “地狱厨房”（Hell's Kitchen），正式行政区名为克林顿（Clinton），俗称西中城（Midtown West），是美国纽约市曼哈顿岛西岸的一个地区。

2 塔马莫罗斯（Tamamoros），墨西哥东北部塔马乌利帕斯州的一座城市。

3 此处指伊曼纽尔·大卫·吉诺比利（Emanuel David Ginobili, 1977–　），阿根廷职业篮球运动员，曾在 NBA 效力于圣安东尼奥马刺队。

4 位于美国纽约曼哈顿东村的一个街区。

意大利人没觉得它多有意思。在英国我们被完全忽视了，连一个英国电影和电视艺术学院奖（BAFTA）的奖项提名都没有得到。而在西班牙，它被提名了戈雅奖，我也不记得是哪个奖项了。他们求我去参加戈雅奖的颁奖仪式，但我对他们说……我身体不好，这回又是肺炎。我也不知道。（停顿。）明天影片就要在阿根廷这里上映了。谁也不知道我到圣马丁来了。我的发行商告诉媒体我现在正在希腊的克诺索斯[1]度假呢。

指甲敲击车窗玻璃的节奏或旋律，那种注定要让我发疯的“嗒嗒嗒嗒嗒嗒嗒嗒嗒”的声音现在终于没有了。

我刚才在长途汽车的一个停靠站看到了一张电影海报，我好像是看到了梅丽尔·斯特里普的脸，可斯特里普一年常常要拍好几部电影呢。

在到地下室来之前，我跟伊拉里奥谈了一会儿，圣地亚哥说，伊拉里奥告诉我他还没看过那部影片，因为在埃斯特角城要等到下星期才会上映。我觉得他对我撒了谎。伊拉里奥不管看什么听什么都是从“海盗湾”[2]网站上下载，而那部电影的种子很久以前就已经出现在“海盗湾”上了。几十万次的下载量，几十万人都没有支付他们该付的钱来让艺术得以延续……几百万的人都把手伸进我的口袋来洗劫我，却没有胆量露脸，承认自己是小偷。互联网最终会把一切都毁掉的。不仅是艺术，

1 克诺索斯（Cnosos），位于希腊克里特岛北部的一座米诺斯文明遗迹，被认为是传说中米诺斯王的王宫所在地。

2 海盗湾（The Pirate Bay），一个专门存储、分类及搜索 Bittorrent 种子文件的网站，所提供的 BT 种子除了有自由版权的收集外，也有不少被著作人声称拥有版权的音频、视频、应用软件与电子游戏等。

而是把一切都毁掉。认为互联网可以加强民主、还权于民的想法都是虚假的。好吧，也许以某种方式看那想法是真实的，互联网确实将一定的权力赋予民众，但那都是些什么民众啊。民众中的大多数都是反艺术的，他们大多像狗屎一样一无是处。不仅仅是在阿根廷，整个世界都是这样。互联网把权力给了人们，而他们除了释放自己的苦难、仇恨、愤怒，散播那些狗屁不如的思想和腐败发臭的灵魂外，根本不知道用那权力去干什么。在 Facebook 和其他一些应用软件的帮助下，互联网对人们说：你们现在都是艺术家啊，你们自己，你们的生活就是你们的艺术作品，就是你们自己的电影、书籍、绘画、雕塑和剧作，所以你们就忘了那些电影、书籍，忘了那些绘画、雕塑和剧作吧，你们看看自己，展示自己就可以了啊。而可怜的人们居然就信了，他们对这谎言深信不疑，于是便靠着自我审视和自我展示来过日子了，满足于自己那根本称不上艺术的“狗屁艺术”，但那正在戕害真正艺术的“艺术”却令人如此着迷……与此同时，那些混蛋却早已把钱箱装得满满的了，就是他们发明了这个游戏、并让人们相信……让人……他们……

终稿文档

那是乌埃尔塔·德·奥布里加多和门多萨大街的电影院对面的一家酒吧。

我在酒吧最里面找到一张桌子，靠着店里唯一有三脚电源插座的墙。

电影还有一个小时才开始。

照售票员的说法，放映厅已经差不多满座儿了。

尽管已经到晚上了，我还是点了一杯奶咖啡外加三个奶油牛角面包，那店里只剩下这三个牛角面包了，其中一个还给烤得有点儿糊了。

当店里的伙计把菜单给我拿来的时候（那菜单上居然还有貌似不该出现在那里的菌菇烩饭），不知道为什么，我首先想到的就是一份奶咖啡再配上奶油牛角面包。

我离我老妈的公寓还隔着十五个街区。

街上并没有太多改变。

我在如堕梦中的一间地下室里度过了整整七年时光啊。

那个梦该是个噩梦吧。

是一个令人喜忧参半的梦。

是不会让人醒来后还绝望地想返回去的梦境。

是一个最好被抛在身后的梦，但我并不怕它，因为它并不会在我的一生中都对我穷追不舍，不会慢慢出现在那些镜子或半掩的门里。

那个梦也许是件礼物，来自已不再是有史以来拉丁美洲乃至世界上最伟大导演的那个人。

那些牛角面包只有在奶咖啡里浸过才好吃。

只消在奶咖啡里浸上三秒钟，就能把硬邦邦的一坨变成美味。

液体顺着我的嘴角流下来。

我足足用了五张餐巾纸才擦干净。

电影票也是纸的，它仍然还是纸质的呢。

成千上万的树木被砍倒，就为让成千上万无聊的人能够走进成千上万间电影院，去观看成千上万的狗屁电影。

我用了很多回“狗屁”这个词。

圣地亚哥也曾用了很多次“狗屁”这个词吗?

我还用了很多次“很多”这个词。

圣地亚哥很快就会变得狗屁不如了。

诺尔玛已经给圣地亚哥的前妻、儿子和妈妈打过电话了吗?

圣地亚哥的妈妈是那种在照片中猛一看到就会让人汗毛倒立的人。

从电影院到人行便道的路上冒出了好多不同的面孔，但实际上那些面孔都是一个样儿，都像是要去拜访女巫，期待着得到一个未曾得到的预言。

也许我可以在电影院的大门口处停下来，在检票和分发节目单的先生或女士身边，告诉每一个观众，这电影是我写的，告诉他们圣地亚哥绑架了我，把我关在一间地下室，违背我的意愿，强迫我写剧本，虽然不是这个剧本，不是的，他们马上就要看到的这部电影的剧本并不是绑架的结果，不，不不不不，他们马上就要看到的这部电影的剧本是来自……来自……不不不。

一号厅，最大的放映厅。

随着奶咖啡一点点冷却下去，排队的长龙在逐渐增长。

去看一部本应改写世界电影史却没能办到的电影时买上些爆米花会不会显得大不敬?

贝克特的作品并没打算改变任何事情，但他凭借这些作品改写了世界文学史，也就是说，那些作品被构思出来（是被构思出来的吗?）……被写出来根本就不是为了去改变什么。

那些作品之所以改写了世界文学史，是因为它们有资格去改写，而不是因为它们应该去改写。

尽管我此时想到这一点的时候并不是那么笃定：也许贝克特当初写这些作品时确实是想改写世界文学史；而那些作品（特别是那三个并非“三部曲”的作品）都竭尽全力去一举击溃那些长篇小说、短篇小说，甚至哲理散文。

估计贝克特不会同意去跟一个对写作一窍不通的导演合写剧本，他根本就不同意去跟别人合写，但他那样其实是对电影的本质不太了解，电影是要合作才能成功的艺术。

我从来没指望也没要求圣地亚哥能让我单独享有“作者”的荣誉，我只是一直盼着、一直渴望着（尽管我还是没有要求过）他将我的名字列在他的名字下面——“圣地亚哥·萨尔瓦铁拉与巴勃罗·贝坦塞斯著”，或“圣地亚哥·萨尔瓦铁拉 & 巴勃罗·贝坦塞斯著”。

在这第三个剧本中，那两个名字也许可以（也许应该）颠倒过来——“巴勃罗·贝坦塞斯 & 圣地亚哥·萨尔瓦铁拉著”。

巴勃罗·萨尔瓦铁拉 & 圣地亚哥·贝坦塞斯。

巴勃罗·圣地亚哥 & 贝坦塞斯·萨尔瓦铁拉。

贝坦塞斯·萨尔瓦铁拉听起来就像是美国职业棒球大联盟里运动员的名字。

体育的好处就在于没有任何一个运动员在获取成功时不是自觉自愿的。

圣巴勃罗·萨尔瓦塞斯 & 地亚哥·贝铁拉。

我猜问题在于圣地亚哥需要“著者和执导者”的双料名号，他对这一点的需要是那么强烈，以至于要去绑架一个陌生人，用枪——我是说用左轮手枪——逼着他去写东西。

电影原来的标题是《Ad Fundum》，拉丁语的意思就是“直达本质”，或者“深入”。

我想圣地亚哥应该曾经为了在翻译时不改变这个标题而尽力争取过，他肯定像前几部电影发行时一样跟世界各地的发行商争吵，恳求他们，不对，是唆使他们让影片标题保持原样。

可在阿根廷这儿人家才不会理会他，在贝尔格拉诺电影院放映的这部电影标题就是《开路前行》。

圣地亚哥采用了拉丁语的表达方式是为了让自己的影片显得更丰富多样，我最喜欢的拉丁语词语，也是我最喜欢的标题，是“Quidam”，意思是“某个人”，是指并不重要也不确定的小人物。

排成一条长队的一群“小人物”正等着看我的电影。

我用圣地亚哥的信用卡为奶咖啡和牛角面包付了钱。

当店伙计把信用卡拿走的时候，我直想赶紧逃出去，但我还是待在那儿没动，眼睛盯着电脑，却什么都没输入，读着我自己写的东西但其实什么也没看进去，心里想着穿着防弹背心、端着冲锋枪的警察马上就要冲进酒吧里来了。

我听到从远处教堂传来的钟声。

不对，那是带着圣地亚哥的信用卡和我的账单返回来的店伙计的手机铃声。

旁边桌的一位先生点了菌菇烩饭，看起来还挺不错的。

圣地亚哥给店伙计留下相当于账单金额百分之四十的小费，然后掏出左轮手枪，瞄准了我。

到底是“菌菇烩饭”还是“饭烩菌菇”呢?

如果“饭”就是在指“米饭”的话，那应该就是“饭烩菌菇”。

但如果“饭”指的是这一整份菜的话，那就应该是“菌菇烩饭”。

关于这个问题我倒是可以问问那个店伙计。

我也不知道我为什么举起了两只手，就好像我正身处一个秃头劫匪冲进来抢劫的银行。

把手放下，圣地亚哥说。

你别再用枪瞄着我，我就把手放下来，我对他说。

你干的那都叫什么事儿啊?

什么时候?

你到底在写作方式上做了什么改变? 到底是什么让我折服了? 最令人难以置信的是我竟然连一秒钟都没有怀疑。我那天晚上去睡觉的时候信心满满，第二天一早我把剧本重读了一遍，又再次充满了信心。不，我再次充满了信心并不是因为我当时已经信心满满，而是因为我重读剧本时对它的信心比之前更加强烈。可是那剧本就是个骗局。巴勃罗，你欺骗了我。我不知道你是怎么骗我的，那也是我要你给我解释清楚的事情。通过研究我、解读我，你学会欺骗我了? 那就是你这么多年来一直干的勾当吗? 这地下室里一直都是这么热吗?

我试图向他解释……开始向他说明……尽管我根本不知道要向他解释些什么……但圣地亚哥打断了我，对我说，很显然我最突出的才华就是欺骗。

你根本就不是艺术家，巴勃罗，他说道，你就是个变戏法的，一个剧本就是一场纸牌构成的阴谋。当我跟你签约的时候我可真是没想到……

跟我签约? 那合同在哪儿呢，圣地亚哥? 我的工资又是多少? 我从来没有得到过支票啊。

他把左轮手枪又向我的脸贴近了一点儿。

这就是合同。这里面就是你的签字，你的名字。我只需要转动它，就知道你的工资是多少了。

他转了一下左轮手枪的转轮。

又转了一下。

又一下。

又一下。

你知道最让我生气的是什么吗？他说，是那些投资人，这是他们破天荒头一次连一个比索都不再多投，在看完电影后表现得如此克制，说的都是些陈词滥调，是那么……不，那还不是最让我生气的事情。最让我生气的是我之前没有发现，是我事先根本就没有觉察到。

圣地亚哥一边说着，一边转动持枪的那只手的手腕，枪口就指向地下室里不同的地方。

如果评论家们说影片唯一还有救的只有剧本，圣地亚哥说道，那就说明这片子唯一差劲的就是剧本了。评论家们赞美什么，什么就是最差劲的，一直都是这样的，而他们批评的反而是最好的，这一点同样一向如此。评论家们就是这样来发挥反作用的，所以看电影就一定要看“烂番茄”上那些得差评的片子。只看那些烂掉的、闻起来像挤破的疖肿一样的影片。

还有二十分钟电影就开始了，我要看不上预告片了。

为什么阿根廷这儿要管电影预告片（Trailer）叫“Cola（增补）”呢？

而 Trailer 的意思不是“拖车”吗？

人们干吗又要用 Trailers 来表示电影预告片呢？

我也许能连上网去看看《Ad Fundum》的“拖车”（预告片）。

可我没法连上网，因为笔记本电脑的无线 Wifi 根本不能用。

要是我能连上网，我肯定已经查过我的邮件，在谷歌上搜索媒体关于我失踪事件的说法，看看他们找了我多少天；我没准儿还能用谷歌搜索一下我老妈，尽管也可能什么也搜不到，因为我老妈跟我一样，根本不会出现在互联网上，也就是说，她根本不存在。

够了。

我要离开酒吧，开路前行了。

直达本质。

影院节目单

我在地上找到一支圆珠笔。
在伍迪·艾伦新电影
广告页的右侧空白
写啊写，
那电影的编剧和导演是伍迪·艾伦，
主演也是伍迪·艾伦，
谁还需要伍迪·艾伦的另一部电影呢？
谁还需要别的电影呢？
我没买爆米花。
坐在我右边的一对儿男女
将画着《玩具总动员》人物形象的
大塑料桶中的爆米花
一把把抓出来送进嘴里。
“爆米花”这个词总是让我想起

《伊利亚特》中阿喀琉斯的好朋友[1]。
我用了好多次“总是”这个词。
我们是多么轻易就说出“总是”和“从不”。
这一点我已经写在广告页另一边的空白处了。
我看完了最后一段预告片
还有一段关于手机的动画片
要求我们
把手机调至静音。
可我并没有手机。
应该再有一段关于爆米花或人类上下颌的动画
要求那些吃爆米花的人
将自己的上下颌调成静音。
在两段商业广告和正片预告的间隙，
灯光已经暗了下去，
马上就要熄灭了。
放映厅里十分昏暗，但倒不是漆黑一团。
我还看得见两侧的帘幕
又被拉开了一点儿
好让屏幕显得更宽一些。
这是一部不适于十三岁以下人士

1 这里指《伊利亚特》中阿喀琉斯的好朋友帕特洛克罗斯（Patroclus），在阿喀琉斯因与希腊联军主帅阿伽门农不和而拒绝出战之际，帕特洛克罗斯披上他的盔甲替他出战，最终为赫克托耳所杀。阿根廷西班牙语中表示“爆米花”时惯用“Pochoclo”一词，与帕特洛克罗斯（Patroclus）发音接近。

观看的影片。

是 PG13 等级。

环球影业的标志。

淡出。

车来车往的声音。

《Ad Fundum》。

下面的字幕写着：

“开路前行”。

纽约

一条大街的全景。

又是一部

以纽约大街的全景

开场的电影。

好莱坞有一半的电影

都是以纽约一条大街的全景

来作为开场。

剧本该怎么开头呢？

第一个镜头或第一个“场面标头”

应该是什么样儿的呢？

幸亏在银幕上

没有印上“纽约”这个词。

我讨厌在银幕上印上

场景发生的

城市的名字

或者年份。
用不着把观众
当成什么都不懂的婴孩。
在接下来的两个小时里
世界电影史
根本也不会被改写。

黄色便笺

凌晨两点。

我坐在楼门口，在笔记本电脑的黄色便笺上敲着这些文字。

便笺可以设成蓝色、绿色、粉红色、灰色或黄色。

我不知道为什么“便笺”一词用了阴性冠词而不是阳性冠词[1]，我倒不觉得“便笺”这个词有阴阳性。

我在十一点四十五分离开了电影院，慢慢走到了公寓楼那儿。

我下不了决心去按门口的电铃。

楼里出来了一位女士，我本来打算向她打听我老妈，但最后还是任由她从我面前经过，走到街角那边打车去了。

门口的电铃跟以前的不一样了。

是我觉得它不一样了。

我去按四层 B 公寓的按钮时手都颤抖起来了。

没有人回应。

我在那儿等着。

1 西班牙语中“便笺”（Sticky）一词来自英文，为阴性名词，原文复数形式为 Las stickies，使用阴性冠词。

再按。

没有人。

我等了一会儿。

又按了一次。

还是没有人。

也没有人出来或进去。

我又打算按按其他公寓的按钮，但出于某种原因我没有那么做。

气温下降了很多，地面上冰冷异常，我后背靠着的大门玻璃也一样寒气彻骨。

笔记本电脑就像在地下室时那样被放在我的大腿上。

人行便道上经过的人寥寥无几。

经过的那几个人想袭击我，抢劫我的笔记本电脑，但最后都改了主意，继续往前走，就好像根本没看见我似的。

确实没有人看见我。

我老妈要是来了，很可能就那么从我身旁经过，走进楼里，根本注意不到我待在那儿，坐在地上，正在写着关于她的事情，描述着内心的忧惧，我是多么害怕啊，老妈。

还有百分之十九的电量。

我妈妈的生日是 11 月 19 日。

我爸爸的生日是 4 月 13 日，就在塞缪尔·贝克特出生四十年后的同一天。

也许刚才那些经过的人当中就有利桑德罗。

他还住在街角那儿吗?

我能过去按响他家的门铃吗？

我能过去按响整个街区的公寓门铃，把整个街区的人都吵醒，向他们大声说出真相，告诉他们圣地亚哥侮辱了我，侮辱了我们大家，也侮辱了他自己。

《Ad Fundum》并不是由圣地亚哥·萨尔瓦铁拉执导的。

我不知道摄影机后掌镜的那位到底是谁。

不过肯定是个冒牌货。

* * *

我怎么就能相信一部在短短几天时间里全部重写出来的剧本能用于拍摄呢？圣地亚哥说道。

因为花掉的那些时间啊，我说。

什么？

我已经告诉过你了，我用了一个深夜外加一个凌晨的时间就把它写出来了。十二个小时。十二个小时写了一百三十九页。

他用枪指着我的两腿之间：

你说这些就好像你对这事儿很自豪啊。

不是。因为我并不知道自己在那十二个小时里都写了些什么。一个人不会为了他毫无头绪的事情感到自豪。我倒是为自己能摆脱萎靡和麻木的状态，能坐下来写东西并持续不断地一直写完而感到自豪。但是关于你那个星期一早上读到的到底是什么，我可完全一无所知。事实就是……请你别用枪指着我的命根子。实际上我当时以为你又找了个编剧合作，已经把我抛弃了，诺尔玛随时都会下楼来，照我脑袋来上一枪结果我的性命。

圣地亚哥转动了一下手枪转轮，用枪指向长方形天窗并扣动了扳机。

咔嗒一声。

根本没有别的编剧，他说，我就是唯一的编剧。你只不过是在输入文字，而我才是在写作。这部电影已经写好了，巴勃罗，是我把它放在托盘里送到你跟前的。你只需要把它敲录到电脑里而已，就跟你敲录前两部剧本一样啊。我给了你时间。两个星期呢。两个星期用来敲录第三幕和一半的……

够了，圣地亚哥。你不要再提“敲录”这个词。这个词根本就不存在。你可以把皇家学院的字典拿下来查查看。不管你怎么认为，也不管你如何想象，你根本就没有写过那几个剧本。它们都是我写的，是我。不是你，不是彼得·谢弗，也不是亚里士多德，而是我，这个正被你用枪指着命根子的傻瓜蛋。那些剧本属于两个人，是你的也是我的，但是把它们写出来的是我。每个词都是我选定的，每个场面标头、场景说明、括号插入和对话都是我完成的。就一场戏讨论了两个小时并不等于写了这场戏，而只是参与了这场戏的创作，也就是说，这场戏部分地属于你，但并不是你写了它。对着一个空白页面一坐好几个小时，就像一个懵懂无知的孩子在米罗[1]的一幅啥也没画的作品前，你根本就不明白那究竟是怎么一回事儿……

1 这里指胡安·米罗（Joan Miró, 1893–1983），西班牙加泰罗尼亚画家、雕塑家、陶艺家，超现实主义的代表人物。

我不明白？你以为我从来都没有想弄明白吗？一天又一天，一个日子又一个日子。但这并不重要。你搞错了，巴勃罗，写作剧本可并不是把它写出来就完事儿了。剧本只不过是一部电影的指南。在你把剧本写出来之前很久，影片就已经在我的脑海中了。是我把它给了你，好让你把它写出来。你只是把我脑子里的那些电影都诉诸笔端，好让我能把它们拍出来，也让我团队的成员明白我脑海中的电影是什么样子，然后所有人一起把它们拍在十六毫米、三十五毫米的胶片或是摄影机的硬盘上。人们在电影院看到的只是一个影子的影子。而每当我拍完一部电影时，最让我伤心、令我心碎的，是我心里明白人们永远也不可能看到我脑海中那部影片原本的样子了，那可比他们在电影院中看到的第三手的影片不知道要强多少呢。哈内克曾说过，如果在拍成一部电影时能够实现构思的百分之四十，他就已经是最幸福的人了。他说的肯定不是“幸福”。哈内克永远都不会用“幸福”这个词的。可我也不知道他会用什么词儿。

圣地亚哥微微笑着，用枪指着我的脸：

你知道为什么我在拍自己的每一部电影时都那么拼命吗？

我沉默不语，圣地亚哥提这个问题其实并不是在指望有人来回答。

因为我知道，如果我不拼命工作，那些影片就都得成为闹剧，他说，成为某个杰出作品的廉价模仿。我累死累活地工作，就是为了能把它们最原始构思的百分之六十呈现出来，能奉献给人们一个百分之六十。低于百分之六十，那影片就得成为一出闹剧。哈内克的片子就是闹剧，只是那些闹剧都非常出色，有着令人难以置信的精良制作，编剧、导演和表演也都异常出彩儿。巴勃罗，我的片子从来都没有低于百分之六十。

从来都没有，直到眼下这一回。

我刚刚看过的这部影片，《Ad Fundum》，《开路前行》，连我剧本的百分之三十都没呈现出来。

在拍这部本应改写世界电影史的影片时，圣地亚哥并没有拼命地工作。

我刚刚看过的那部影片不可能曾让他拼命地工作。

这就是那些制作、导演、表演、剪辑、灯光都完美无缺的诸多影片中的一部，但它同时又毫无价值，是电影中最糟糕的那一类。

哪怕去拍一部狗屁不如、激怒众人的作品，都强过拍一部平庸的影片。

我不知道“平庸”这个词用得是不是准确。

这部影片还是不错的，在某些方面非常出色，可同时它又毫无意义。

它具备成功的一切因素，却没有成功。

唯一不够完美的因素就是剧本。

这个剧本在各个方面都很失败，但同时又是那部影片中唯一有生命力的因素。

将剧本拍成电影就像是用香料涂抹尸身防腐。

一个不完美但有生命的身体被变成了一具完美、永恒的死尸，而这永恒却没任何意义。

人类就是总存着执念，要让那些总有一天会像恐龙一样消亡的艺术作品永存于世。

除非这种执念是为了保留列侬的《明日永不知晓》[1]。

我们所有人都是会消亡的。

我老妈、利桑德罗、诺尔玛，还有保罗·麦卡特尼都会消亡。

小野洋子也会在一声愚蠢的嗥叫声中消亡。

我的剧本倒还曾值得让巅峰时期的圣地亚哥·萨尔瓦铁拉来执导。

不，应该让巅峰时期的费里尼来执导，他可能是有史以来最伟大的电影导演了，是个了不起的、任何人都无法与之比肩的艺术家。跟圣地亚哥一样，费里尼对自己作为导演的工作一清二楚，就像哥伦布知道如何去指挥一支一心只想掉头返航的船队。

费里尼知道如何与不止一名编剧合作。

《甜蜜的生活》由五个人合写，其中还包括帕索里尼[2]那并非实打实的合作。

《八部半》[3]由四个人合写。

《阿玛柯德》[4]由两个人合写。

《舞国》[5]由三个人合写。

---

1 《明日永不知晓》(*Tomorrow Never Knows*)，披头士乐队歌曲，收录于1966年发行的专辑《左轮手枪》(*Revolver*)，被视为20世纪60年代最伟大的歌曲之一。

2 此处指皮埃尔·保罗·帕索里尼（Pier Paolo Pasolini, 1922–1975），意大利作家、诗人、“后新现实主义时代”导演。

3 《八部半》(*8 1/2*)，意大利导演费德里科·费里尼于1963年执导的影片，被许多影评人评为“有史以来最出色的电影之一”，荣获多项国际大奖，包括奥斯卡最佳外语片奖。

4 《阿玛柯德》(*Amarcord*)，意大利导演费德里科·费里尼所执导的一部电影，是费里尼半自传式电影，也是他的代表作之一。

5 《舞国》(*Ginger e Fred*)，由意大利导演费德里科·费里尼执导，于1986年上映的喜剧片。

任何人都不会因为费里尼曾跟其他一个、两个、三个，甚至四个人一起分享“编剧”的头衔而贬低他作为艺术家的成就。

* * *

还剩百分之十五的电量。

对面的街区里有人在听“比尔马·帕尔马与吸血鬼们”[1]的歌曲。

圣地亚哥曾问过我，用三根弦的尤克里里是不是有弹不成调儿的危险。

他右手握的那支左轮手枪早已不存在了。

他走开了几步，又将地下室环顾了一遍，然后他盯着我，双眼里突然盈满了泪水。

他想要跟我说些什么。

也许是要请我原谅他。

也许他要承认自己犯了罪，干了一件残忍的事儿，那是哈内克在其“奥地利创作时期”[2]拍的电影里才有的行为，并不属于现实生活。

但哈内克的电影并不是现实。

至少不是眼下这片冰冷地面的现实。

---

1 “比尔马·帕尔马与吸血鬼们”（Vilma Palma e Vampiros），阿根廷创建于1990年的摇滚乐队。

2 迈克尔·哈内克的电影创作分为两个阶段：奥地利创作时期（1989–1999）为初创阶段，以“冰川三部曲”为主要代表；法国创作时期（2000年至今）为成熟阶段，以《未知密码》《钢琴教师》《隐藏摄像机》《白丝带》为主要代表。

圣地亚哥编造了他自己的现实，那是一个围绕着他起舞、按照他的规矩运行的世界。

我们都干了些什么呀，巴勃罗？他对我说，花了九千七百万，外加五千万的广告费。咱们可真是给自己找了个天大的麻烦。我任由你独自待了那么多天，你却是直到最后一晚之前都在那儿无所事事……好吧，一个深夜……外加凌晨……我把一个离定稿还差着一大截的草稿也当成终稿来接受了。可是，所有人都喜欢这个剧本，这让我更加昏了头。你把我们所有人都骗了。你骗了好莱坞的一大帮人，你还骗了那些土耳其投资商，他们发家致富靠的可都是贩卖军火，还有其他一些最好别去弄清楚的路数。你该不是故意这么做的吧？这就是你报复的方式吗？你他妈到底为什么写了那个剧本呢？

他把左轮手枪顶在我额头上。

扣动了扳机。

咔嗒一声。

我的双腿在颤抖。

我竭尽全力不让自己的牙齿发出“格格”的响声。

我想着去抓住他的手腕，给他的命根子来上一脚，再用膝盖使劲顶他的肝部。

如果你是故意那么做的，我也能理解你，巴勃罗，他说道，我永远都不会原谅你，但我能理解你。

他转了一下手枪转轮，把枪口对准我的两眼之间，扣动了扳机。

咔嗒一声。

我没故意做任何事情，我说，我只是用一个深夜加一个凌晨写了我能写出的最好的剧本。我不得不把咱们已经完成的一切都抛在一边，好能把这剧本写出来。整个故事的架构就是一道不让词语四下流散的足有五千米厚的堤坝。我那时必须让自己赤条条无牵挂，必须将那道堤坝击碎，把自己剥得精光……

咔嗒一声。

《Ad Fundum》是一部很快就会被人忘记的影片。

我敢肯定这也正是圣地亚哥所希望的。

他如此希望却并不自知。

他在无意中将这部影片抛下了悬崖。

是他自己竭力让影片变得毫无价值，变成彻底纯粹的无足轻重，因为从一开始他就知道这片子并不属于他。

以前的那几个剧本也没有哪部是属于他的，只是这一次他意识到了这一点。

他对于所读到的东西赞叹不已，想让自己坚信这剧本就是属于他的，是他自己创作出来的，但他最终没能说服自己。

每次他喊“开拍”的时候，都知道要拍的那场戏是我的，于是他就站在后面，把那影片朝着悬崖轻轻推过去。

于是一场被装在轮椅上的戏便坠落了……

咔嗒一声。

他开始用左轮手枪的枪把儿敲着自己右侧的太阳穴。

伊拉里奥已经看过那部电影了，他说道，他根本就不关心我，也不回我的邮件。我的儿子已经不再是我的儿子了，巴勃罗，他已经决定不再做我的儿子了。

他转了一下手枪转轮，瞄准我的胸膛，扣动了扳机。

咔嗒一声。

根本没有汽车经过。

一只黑猫从我眼前唯一的一棵树上跳了下来，犹犹豫豫地向我走来，它停住脚步，突然转过身，融进暗黑的夜色中去了。

在布宜诺斯艾利斯，夜色并不全是黑的。

地下室里可以是完全的漆黑一团，静谧无声。周边是那么漆黑、寂静，以至于墙壁和天花板仿佛都已不存在了。我可以沿着直线行走几个小时而什么都撞不上。

圣地亚哥头脑中的光亮已经被熄灭了。

我都不知道这样过了多久，他反复地转动着手枪转轮、瞄准、扣动扳机、发出咔嗒一声，指责我骗了他，指责所有参与影片拍摄的人，那片子本应改写世界电影史，可如今就算没人明说，这一点也显然根本没能实现。

前期准备花了那么多的时间，他絮叨着，却没人提醒我在犯一个错误。

当圣地亚哥用枪指着我肆意倾诉的时候，我却想象着在一个小小的画面里，圣地亚哥正在一个黑暗的房间中打转，那房间就是他的大脑，而正是那大脑让他举起枪来。我想象着小小的圣地亚哥一边迈着细碎的步子兜着圈子，一边哼唱着一首摇篮曲，就是每次伊拉里奥不肯入睡时他会为儿子哼唱的那一首。

我心中暗问，斯皮内塔是否也会为自己的孩子们唱摇篮曲，用他那在熊熊炉火上才会融化的冰锥一般的嗓音，去唱出世界上最动听的摇篮曲。

在电影放映的两个小时里，电影院里的人们没有发出任何声音。

既没有笑声、哭声，也没有叹息声。

只有咀嚼爆米花的声音。

还有一声咳嗽。

在第二幕完结前，有三个人离场了。

梅丽尔·斯特里普是影片中唯一把握住了人物并赋予其生命力的演员。

我倒是真希望能结识影片中梅丽尔·斯特里普所饰角色那样的女人。

世界电影史上有那么几个角色是我非常希望结识的，我结识他们的愿望甚于去认识那些扮演他们的演员。

安东尼奥·萨列里[1]。

巴顿·芬克[2]。

古伊多·安塞尔米[3]。

安妮·霍尔[4]。

汤姆·哈根[5]。

---

1 安东尼奥·萨列里（Antonio Salieri），彼得·谢弗担任编剧的影片《莫扎特传》（*Amadeus*）中的人物。

2 巴顿·芬克（Barton Fink），美国影片《巴顿·芬克》（*Barton Fink*）中的主要人物。该影片由科恩兄弟执导、监制和编剧，曾获得戛纳电影节金棕榈奖。

3 古伊多·安塞尔米（Guido Anselmi），费德里科·费里尼执导的影片《八部半》（*8 1/2*）中的主要人物。

4 安妮·霍尔（Anne Hall），美国著名导演伍迪·艾伦执导的影片《安妮·霍尔》（*Anne Hall*）中的主要人物。该片曾获第 50 届奥斯卡最佳影片奖。

5 汤姆·哈根（Tom Hagen），根据意大利裔美国作家马里奥·普佐（Mario Puzo）的小说《教父》（*The Godfather*）改编的同名系列影片中的人物。

艾丽卡·科胡特[1]。

“坦克”弗兰克[2]。

桃乐丝·瓦伦斯[3]。

* * *

也许阿根廷作家协会能为我出头。

也许作家协会能给我找个律师，向圣地亚哥的继承人去主张权利，尽管我也不知道作家协会会不会给那些需要律师但又没钱的作家们帮忙找律师。

圣地亚哥欠我钱。

把我做编剧应得的那部分报酬送到我老妈的手里对他来说不费吹灰之力。

一个匿名者要把几万美元送给布宜诺斯艾利斯一位中产阶级的女士，我明白，要为这事儿找个合适的理由确实不是那么容易，但是不管怎么说，我老妈是一声不吭地把钱收下也好，是把它送人也好，或者干脆把它交给警察也好，都应该由她自己来决定怎么处理那笔钱。

1 艾丽卡·科胡特（Erika Kohut），根据2004年诺贝尔文学奖得主、奥地利女作家艾尔芙蕾德·耶利内克（Elfriede Jelinek, 1946–　）的小说《钢琴教师》（*Die Klavierspielerin*）改编、由迈克尔·哈内克执导的同名电影中主要人物。

2 “坦克”弗兰克（Frank the Tank），由美国导演托德·菲利普斯（Todd Phillips, 1970–　）执导的喜剧片《单身男子俱乐部》（*Old School*）中的主要人物。

3 桃乐丝·瓦伦斯（Dorothy Vallens），由美国著名导演大卫·林奇（David Lynch, 1946–　）执导的影片《蓝丝绒》（*Blue Velvet*）中的主要人物。

不过就算我老妈是从一个匿名者那儿收到那袋几万美元的钱，她也很可能会想到那是我的缘故，是我给她送的钱，那她就没法平静地过下去，没法重建没有我的生活了。

我打心眼儿里希望我老妈已经在我失踪后重建自己的生活了。

现在我又要迫使她再次重建自己的生活了。

或者根本不用重建，只是回到从前就好，回到圣地亚哥出现以前的日子。不过最好还是再次重建吧，因为这场悲剧会让我们更加亲密无间，让我们得以在享受简朴生活的时候还觉得自己是世界上最富有的人。

所以不能回到从前，如果只是简单地回到从前那可太荒唐了。

圣地亚哥必须得去死，这样我才可以……

圣地亚哥已经没法再去看自己的脸了，镜中的那张脸不想让他看到一副挨了揍一样的倒霉样儿，不，那张脸本来也没自己去找揍，不，镜中的那张脸通常只会让他哈哈大笑。

他杀了我就一无所有了。

圣地亚哥背叛了原有的一切，因为他无法接受……

萨列里背叛了原有的一切，是因为他无法接受自己不能谱写上帝赋予他的旋律。

他迫使莫扎特去创作《安魂曲》，那也是莫扎特自己的《安魂曲》（尽管莫扎特并不知道那就是他自己的《安魂曲》，对他而言，那就是一项被委托的工作，不，并非那么简单，因为他需要钱，除此之外，那位做出委托的陌生人出现在他面前时，居然戴着他死去的父亲曾戴过的面具），在以这样的手段把病重的莫扎特推向死亡之后，他（萨列里）便只能陷入疯癫，或是幻想自己陷入了疯狂，让自己从其原本配享特权的位置上被彻底剔除了。

我曾经宁愿让圣地亚哥杀死我吗？

不会的。

不会吗？

当然不会。

因为眼下明明是我在活着。

只不过不像以前那样活着了，我已经没法像以前那样活着了。

我的气味都和以前的不一样了。

如果我老妈还在，没准儿她闭着眼睛都认不出我来。

痔疮让我忍受着一跳一跳的疼痛。

我忘了拿那些咀嚼片了。

还有百分之九的电量。

九就是三个三。

我希望能骑上自行车去转转，得是那种能骑着四处闲逛的自行车，其他样子的车可是会把你的屁股都磨破，而我的屁股已经被痔疮弄破了。

我老妈会有痔疮吗？

所有人都有痔疮。

就连地球都长着几个血淋淋的痔疮呢，那就是马尔维纳斯群岛。

我站起身来，又去按响了门铃。

如果还是没人应答，我就去吵醒一位邻居。

我希望诺尔玛让圣地亚哥的尸体就那么躺在地下室里，而她自己已经跑路回墨西哥去了。

但很有可能她仍然跪在那儿擦洗着地上的血迹，清理着墙壁，还有那扇曾陪伴我那么久的可怜的长方形天窗。

没准儿以后我在自己的房间里也得装上一个。

明天我要到一家网吧去，把那个讲小伙儿将自己家人扔到井里去的剧本打印出来，然后我就给利桑德罗打电话，告诉他发生的一切，在拥抱和痛哭一会儿以后，就让他把布宜诺斯艾利斯最好的电影制作公司老板的电话和地址都给我。

其实根本没必要去网吧打印那个讲小伙儿把家人都扔到井里的剧本，我可以让利桑德罗把布宜诺斯艾利斯最好的电影制作公司老板的电邮地址给我，然后就把剧本的 PDF 副本发给他们，在扉页上写上“献给拉丁美洲有史以来最伟大的电影导演圣地亚哥·萨尔瓦铁拉”。

* * *

还有百分之八的电量。

在输入这些文字的时候，我才刚刚发现自己根本就停不下来。

就在刚才，这个笔记本已经不再是一个可以随意涂抹的草稿本了，而从那种必须在笔记本上写东西的义务中解脱出来却让我感到恐惧。

这就是我真实的样子——几页匆匆写就的文字。

我已经不知道在这几页文字以外自己是什么样子了。

窥得这一点让我心生惧意。

甚至《Ad Fundum》的剧本都已被写在并非纸张的电脑页面

上了。

写的东西成了“文本”。

我真应该将整个剧本都选取，将它复制，再粘贴在这个卑微、怯懦，但是比文字之外的现实还要真实的文本中间。

《失败笔记本》是一个不错的标题。

《失败笔记本》用拉丁语怎么写？

贝克特就活在他那不能称为“三部曲”的三部作品的字里行间，而在那之外，他的生活无足轻重。

杰克·尼科尔森在银幕以外的生活无足轻重。

梅丽尔·斯特里普在银幕以外的生活同样无足轻重。

伟大的演员都知道如何入戏并生活在其中，还知道如何在入戏之前做他们自己。

这就是我现在必须要做的事情——在一场戏开始前的现实中做我自己，投身于一个很久以前拍摄的场景中，尝试寻找自己的位置并再次找到它，或者进入自己的内心，成为地下室经历之前的自己，尝试寻找自己的位置并再次找到它。

圣地亚哥又在问我为什么要去写剧本。

而我只能回答他：

因为那是我唯一会干的事儿。

他转了一下手枪转轮，瞄准我的脸，扣动了扳机。

咔嗒一声。

他转了一下手枪转轮，瞄准我的脸，扣动了扳机。

咔嗒一声。

他转了一下手枪转轮，瞄准我的脸，扣动了扳机。

咔嗒一声。

他转了一下手枪转轮，瞄准我的脸，扣动了扳机。

咔嗒一声。

我开始哭了起来。

圣地亚哥停了下来，看着我在那儿涕泪横流。

一片寂静。

我好像听到了诺尔玛在门外说了些什么，我和圣地亚哥都没听明白，尽管我也不知道圣地亚哥是不是听明白了。

我那时想，也许最好还是对圣地亚哥俯首诺诺，告诉他他说的都对，我写剧本就是在骗人，是一场纸牌骗局，就是为了羞辱他，为了报复。但我还是没说，因为那都不是事实，我已经在一个深夜外加凌晨的短短数小时时间里写出了我能写出的最好的剧本、最棒的戏，就是为了帮助他，想着我们俩可以一起去改变世界电影史，就算从来都没人知道是我们两人一起改写了世界电影史，那些页面上呈现的是坐在飘浮床垫上的最好的我，在那些页面上书写的时候我并没有身处地下室中，而是完全置身于那些页面、场景、人物和对话中，那些对话从我脑海中涌出来，就像一泡没完没了、撒起来让人痛快淋漓的小便，我们把它憋了很长时间，直憋到快要爆炸，然后让它一泻而出时，我们就摆脱了这世界上的一切邪恶。

但关于这些我什么都没对圣地亚哥说。

痛哭流涕让我咳嗽起来，耳朵也听不见了，等我看到圣地亚哥又转了一下子手枪转轮，瞄准了我那被哭泣弄得一塌糊涂的脸，他举枪时那平静的面庞让我抖得更厉害了，我的腿又像他每次瞄准我时那样颤抖起来，但这回他没有扣动扳机，而是用枪瞄准了自己的右侧太阳穴，然后扣动了扳机，咔嗒一声，他又转动手枪转轮，瞄准我，扣动扳机，咔嗒一声，他又转动手枪转轮，瞄准自己，扣动扳机，咔嗒一声，他又转动手枪转轮，瞄准我，扣动扳机，咔嗒一声，他又转动手枪转轮，瞄准自己，扣动扳机，咔嗒一声，他又转动手枪转轮，瞄准我，扣动扳机，咔嗒一声，他又转动手枪转轮，瞄准自己，扣动扳机。

* * *

我的痛哭声戛然而止，就好像有一个我看不见的人给了我一记耳光。

我不想看到圣地亚哥的尸体。

但不可能不看他。

我试着去看看他是否已经死了——腕部和颈部已经都没有脉搏了。

枪声还在回响，仿佛在期待着大门打开，放它出去。

但是大门依然紧锁着。

或者并没有紧锁着?

我从来都没看到过圣地亚哥用钥匙锁门。

也没看到过诺尔玛用钥匙锁门。

我一直以为那门可以自己锁上，有一个自动锁，一种复杂的系统，或者也没那么复杂，只是对我来说复杂罢了，就像那些安全级别很高的监狱一样。

我走到紧闭的房门前，转动了门把手。

门很容易就被打开了。

这门一直都是开着的，我心想，一直都是。这么多年我都拒绝相信那扇门是开着的。我坚信那地下室是间完美的牢房。

不对，我对自己说，那门曾经是锁着的，实际上一直都是锁着的。圣地亚哥是在昨天早上才把它打开的，因为他不知怎的就知道左轮手枪会选择他。当他昨天来地下室时，他就知道自己不会活着离开了。

他当初修建这个地下室就是为了把我关起来，用枪指着强迫我给他写了那些剧本，还有六个广告文案（一个苹果的，一个三星的，一个百事可乐的，三个耐克的），却不知道实际上他是给自己修建了坟墓。

楼梯上也不见诺尔玛的踪影。

当我踏上第一级台阶时，开始担心楼梯的尽头什么都没有，也许这种担忧毫无理由，但让我迈不动步子，一道不断延伸向上却永无尽头的楼梯的形象让我又退回到地下室里。

但地下室已经属于圣地亚哥，属于他那已失去生命的身体了，成了世界上唯一一座配有卫生间的坟墓。

我不得不最后再去看他一眼来做个告别，压抑住内心的冲动，不让自己跑过去往他屁股上踢上一脚或一百脚，直到确信那具愚蠢的尸体上再也没剩下圣地亚哥的任何印记。

楼梯尽头的世界仍然好好地在那里呐。

它就在那儿，围绕在我周围……

不对，*它是在忍受着我*，就像它忍受活着或死去的一切。

照圣地亚哥的看法，这个世界很久以来在艺术方面都没有什么变化。

我不知道我还能不能回到自己以前的生活中去。

我不知道，如果我老妈已经不在了，我该如何应付没有她的日子。

我不知道我会不会怀念那间地下室，会不会凝视着镜中的自己看上整整一天，并且发现那地下室就在我心里，发现我自己就是那间地下室。

我只知道我有能力写出一部还不错的电影剧本。

我不知道它是不是能显露才华，但肯定是一部还不错的作品，要比很多被人们认为还不错的剧本要好得多。

* * *

还有百分之五的电量。

我不知道等电池没电了我该怎么办。

要不我去找一家还开着门，并且里面有张桌子挨着三脚插座的酒吧?

不，我得在这儿等我老妈。

我掏出圆珠笔，继续在我的左臂上写着。

我已经没法不继续写下去，除非我知道我老妈到底怎么样了。

在这个并不完整也无法修改的文本以外，我仍然无法存在，无法生活。

这是一篇不可能被改编成电影剧本的文字。

我希望等我告诉老妈是我写出了那些剧本的时候，她能相信我说的话。

我要跟老妈说我很好，地下室的生活并非如在地狱，我唯一失去的只是时间、头发和胆囊里的结石，而那些结石是一个我根本不认识也不会去认识的人取走的。等我跟她说这些的时候，我希望她相信我的话。

有一种感觉一直挥之不去——如果我老妈出现了，发现我坐在这里，正心醉神迷地写着东西，她一定会让我站起来，用尽全身的力气来拥抱我。那个拥抱将如同打开地下室的大门，而我便是那间地下室，她会走进去，永远不再离开。

但也许我还是得站起来走开。

只是走开而已。

* * *

还有百分之四的电量。

我在圣地亚哥的卫生间里清洗掉脖子和额头上的鲜血和脑浆的污渍，我不停地擦，直到那些污渍完全消失。

有一个小圆点还印在我左耳的耳垂上。

我从水龙头接了足足好几升的水来洗。

我也不知道有没有好几升，但确实得有好多捧了。

我不知道“捧”这个词用得对不对。

一个人把两个手掌并在一起接到的水的量应该怎么说呢？

我本打算冲个澡，但又觉得，诺尔玛在厨房里痛哭的时候我在洗澡，这实在是有些不近人情。

我对诺尔玛早已心生好感，在圣地亚哥自杀后的那几分钟时间里，这种好感变得更加强烈了。

自杀？

玩儿俄罗斯轮盘赌[1]时送命能叫自杀吗？

圣地亚哥是被他自己的左轮手枪“谋杀”而死。

是他自己拿着枪，自己瞄准右边的太阳穴，自己转动了手枪转轮，但是……也就是说，是那支左轮手枪决定杀死他，是那支枪决定了是圣地亚哥而不是我应该去死。

也许我应该向诺尔玛求婚，带着她跟我一起到布宜诺斯艾利斯来，我跟诺尔玛和我老妈一起睡在那张大号双人床上，我睡在她们俩中间。

到了早上，我老妈会为我准备奶香咖啡，而诺尔玛则给我准备一小盘水果。

我真应该从圣地亚哥的书房里偷拿些书来。

比如贝克特那三部不能算是“三部曲”的作品，虽然我不相信圣地亚哥会有那些书。

要是我把那作品集带回来了，到电池没电的时候，我就可以开始读那三部曲了。

还有百分之三的电量。

楼里一层透出的灯光已经足够照亮儿的了。

---

1 一种以生命为赌注的赌博游戏，参与者在左轮手枪的六个弹槽中放入一颗或多颗子弹，任意旋转转轮之后，轮流将手枪对着自己的头扣动扳机，中枪者或怯场者为输者，坚持到最后者为胜者。

我要戴上卡利丰的耳机听披头士乐队的专辑，按顺序一直听，直到有人领着我继续向前走。

路上没有车，也没有行人。

街道对面那座楼的公寓里都没有灯光。

麦卡特尼正在唱《你想知道一个秘密吗？》[1]。

我就像一个傻瓜一样，根本没注意到音乐正迅速吞噬着剩下的那点儿电量。

还有百分之一的电量。

听了三首歌，这一定是圣地亚哥安排的。

有人在看着我。

我想那人就是门房。

我什么也没对他说，因为我正在电脑的黄色便笺上写着这些东西。

《蜂蜜的味道》[2]。

一份配黄油和蜂蜜的烤面包，咬下一点儿面包，让它在嘴里与奶香咖啡混合在一起。

普埃布拉辣椒已经留在了过去。

不对，它还是留在那些痔疮里了。

那个我不知道是不是门房的人在跟我说话。

我连眼皮都没抬，因为我必须要敲录我此时正在敲录着的这

---

1 《你想知道一个秘密吗？》(*Do You Want to Know a Secret?*)，披头士乐队于 1963 年发行的专辑《请取悦我》(*Please Please Me*) 中的一首歌曲。

2 《蜂蜜的味道》(*A Taste of Honey*)，原为鲍比·斯科特和瑞克·马娄为英国剧作家希拉·德莱尼同名剧作的百老汇音乐剧版本创作的歌曲。披头士乐队翻唱了这首歌曲，并将其收录于 1963 年发行的专辑《请取悦我》(*Please Please Me*) 中。

些文字。

我敲录出我必须要敲录完我此时正在敲录着的这些文字。

其实根本就没有“敲录”这个词。

《有一个地方》[1]。

列侬的声音就像一间能让人栖身其中的、涂成刺目白色的地下室。

那个门房就要把手放到我的肩头了。

我敲击着键盘，敲出的字母在黄色便笺上写下：门房的手就要放到我的肩头了。

我估计那文本会自行保存的，这样我就不用再到“文件”去

1 《有一个地方》（*There's a Place*），披头士乐队专辑《请取悦我》（*Please Please Me*）中的歌曲。